彼女の色に届くまで

似鳥 鶏

角川文庫
22044

目次

写真提供
ユニフォトプレス（P53, 195, 261, 305）
大原美術館（P129）

芸術とは、われわれに真実を悟らせてくれる嘘である。

――パブロ・ピカソ

ご多分に漏れず、僕も自分のことを特別な人間だと思っていた。

僕の「特別」は絵だった。

客観的に見ても、僕自身はともかく、僕の家は少し珍しい部類に入るのだと思う。父親の仕事が「画商」であり家が「画廊」なのである。自宅そのものはほどほどに築年数の経過した普通のマンションだったが、父は銀座《ぎんざ》の一角に自分の店舗を持っており、よく海外に買いつけにいったり、画家や彫刻家などがうちに訪ねてきたりしていた。世間的には専業主婦だった母も、全く売れないながら一応画家として活動していたようで、家では毎日絵を描いていた。油絵の具や溶き油といった画材はもともとすべて危険物であり、小さい頃の僕は母親に手を取られながらでなくては決してそれらに触れることを許されなかったが、僕は物心つく前から、子供用のクレヨンや色鉛筆より、常に母と同じ油彩でお絵かきをしたがったらしい。確かに不思議なざらざらした手触りのカンヴァス、きらりと輝いて滑らかに画面を撫《な》でるペインティングナイフ、それに何より、白だけだった画面にめくるめく色彩の爆発をもたらす赤や青や黄色の油絵の具たちは、うろ覚えの幼児期の中でもひときわ「いいもの」だという印象とともに記憶されている。小学校に入ってそれらを使うことを許された僕は、しばらくは油絵の具を使った遊びに夢中になっていたが、不思議なことに、自由に道具を使うことを許されると、じきに油彩にこだわらず、何でも使ってお絵かきをする子供になっていた。色鉛筆は淡く曖昧《あいまい》な塗り方ができるし、マジックははっきりと強い色が出る。クレヨンで紙を撫でる時の独特の感触は興味深く、それがそのまま質感になって紙に残ることも楽しかった。それぞれの道具にはそれぞれのよさがあることを覚えた僕は、母のしている「大人の遊び」にではなく、絵そのものの楽しさに気付き始めていた。

そのせいか、学校で同年代の子供たちと一緒に並べられた僕は、初めての図画工作の授業でいきなり「絵の上手な子供」という地位を得た。学年が上がり自分を他の子供と比較するようになっても、勉強はまあまあ、運動はそこそこという面白みのないデータが並ぶ僕のプロフィールの中で、「絵が得意」の文字だけが太字で燦然《さんぜん》と輝いていた。クラスでもよく漫画の模写をして友達を喜ばせていたし、児童絵画コンクールで入選したりもしていた。当時の僕は人気者であり、何か一枚描くだけで必ず喜ばれ、褒《ほ》め言葉をもらえていた。それをいいことに、有頂天の僕は時折、売れっ子画家を気取って手抜きをした。そんな時は困ったような顔をして「失敗作だけど」「落書きだけど」と言ってみせたが、内心ではそれでも褒められると確信していたし、事実褒められたので得意になれた。おそらく当時の僕は、「落書きですら褒められる自分」というものを確かめてみたかったのだろう。現実には、売れっ子ほど手抜きなどしないものなのだが。

そしてあの時期が、絵描きとしての僕にとって最も幸福な時代であったのかもしれない。昔の僕は自分を「そこらの子供たちとは違う」存在だと思っていて、他はともかく絵についてだけは、たとえ世界中のどんな子供を相手にしても負けるはずがない、と信じていたし、当然のように将来は画家になるのだと思っていた。僕の描く絵はサザビーズのオークションで一枚一億円。だが特別に父の画廊にもプレゼントしようと思っていた。親だからきっと、そのくらいのえこひいきは許されるだろう、という可愛い妄想だった。

中学に入ると絵の得意な他の子供は皆漫画の方向に進んでいき、「絵画」を志すのは僕一人になってしまった。だが僕は、そこでぶれない人間だからこそ後に超有名画家になって成功するのだと思っていた。

ただ、今思えばその情熱は現実と噛《か》み合わない方向に向いていた。あの頃の無駄と独りよがりを思い出すと、今でも顔から火が出る。子供向けのコンクールが馬鹿馬鹿しいと思うようになった僕は、一足飛びに世界的有名画家への道へ進もうとした。書斎の壁を埋め尽くしている画集を開いたり、父の店に置いてある作品を見ては「自分ほどではないがそれなりだな」と決めつけ、「どうして皆、こんな平凡な発想しか浮かばないのだろう?」と本気で首をかしげていた。その頃の僕が認めた数少ない画家がピカソとダリ、それに白や黒の正方形をただ描くというマレーヴィチの絶対主義《シュプレマティスム》絵画だけだったのだから、我ながらなかなかにひどい。だがすでに世界的天才画家の気分になっていた僕は「誰も描いたことのない絵以外は描く価値がない」と決めつけ、それまでのように絵の具や色鉛筆で絵を描くのをぱたりとやめ、内心で「破壊絵画」と名付けた自分なりの「斬新《ざんしん》な」スケッチを秘密のスケッチブックに描き溜めることを最大の楽しみとしていたのだった。そしていつか「そのつもりはなかったのに偶然破壊絵画を見てしまった人が大騒ぎをして、具体的にどこなのかは分からないが各所に取り上げられ、僕は一躍有名人になる」かもしれない、という妄想を膨らませていた。そのため、中学校の美術部で真面目に作品を作ることは一度もなかった。おそらく両親は当時、僕が絵画への興味を失ったと思っていただろう。

現実にはそんなことをしている間に、日本全国の中学校にいる同い年の画家志望者たちは着々と技術を磨き、先に進んでいたのである。本気で画家を目指すなら、まず平凡に右に倣《なら》い、自分の作品コンセプトを充分に現実化できるだけの「普通の技術」をひと通り身につけなければならない。僕がそのことを知ったのは、ちょうど母が病気で死んだ時だった。

母の死が僕に何か深遠な衝撃を与え覚醒《かくせい》を促した、というわけではない。そんなドラマチックなことは現実にはまずない。ただ、母の死後、父と二人の暮らしになって生活が大きく変わり、母に頼りきりであった生活上のあれこれを覚えている間、「破壊絵画」から離れていたことが、僕が「目を覚ます」きっかけになったのだ。そういえばしばらく絵を描いていないなと思ったある夜、僕はネットで、中学生対象の絵画コンクールの受賞作品を見たのだった。

衝撃だった。パソコンの平坦《へいたん》な画面で見ても、同学年のその受賞者が描いた絵の技術は驚くべきもので、ほとんど大人が描いたもののようだった。僕は自分の「破壊絵画」を取り出して、それと比較してみた。差は一目瞭然《りょうぜん》だった。一度距離を置き、しばらくぶりに見た「破壊絵画」は、それまであったはずの輝きをまったく失っていた。自分の宝物であったはずの「破壊絵画」とやらはほとんど意味のない子供の落書きであり、「幼稚」という最も恥ずかしい形容を免れない遊び半分の妄想だった。それまでも親や親しい友人や顧問の教師に、部分的にちらりと「破壊絵画」を見せ、そのいずれもが首をかしげて何か言いたげにしつつも言葉を飲み込む、という同じ反応を見せていたことを訝《いぶか》しく思い始めていた僕は、はっきりと知った。より正確に言うなら思い知った。どんな斬新な発想があっても、それを他人に伝えるための努力と技術がなければ、子供のたわごとと何の違いもないのだ。

中学三年の春、今思えば幸運と言えるほど早い段階でそれを理解した僕は、得意になって描き溜めていた「破壊絵画」をすべて燃えるゴミにし、まず普通に技術を身につけるまで封印することを決めた。父は僕の絵にほぼ無関心だったが、顧問の先生は、態度を改めた僕を笑顔で迎えてくれた。先生の指導もあって、僕はどんどん技術をあげていった。天才のはずの自分が知らないことができないことが山ほどある、というのは死ぬほど恥ずかしかったが、画家という夢のためにはその程度の精神的苦痛を問題にしてはならなかった。

自分の人生として、進路としての「画家」をはっきり意識したのは、その少し後である。もともと僕は「普通に大学に行って普通に就職」することに納得ができなかった。父の画廊の仕事は母の死後、しばしば手伝っていて、面白いと思うことはあった。だがそれよりも母のように自分で絵を描いて、画家として暮らしていくことの方が魅力的だと思った。

ただ、当時の僕には技術が足りていなかった。本当は美術科のある高校に行きたかったが、中学時代の大半を「破壊絵画」で棒に振ってほとんど絵筆を持ってこなかった僕は、一応進学校に進めるだけの学力を無視してまで潰《つぶ》しのきかない絵の道に進むことを許されるような立場ではなかった。それに美術科に入らなくても、高校の美術部や、外部の絵画教室で技術を学ぶことはいくらでもできる。美術科にいる同年代のライバルたちを、普通科の僕が軽々と追い越したら痛快だとも思った。僕は普通に勉強をして受験し、「いずれはプロの画家になる」という野望を隠して友達と一緒に受験結果に一喜一憂し、普通の十五歳のつもりで高校に進学した。家からは少し遠かったが、理事長のコレクションが校舎内に飾られている私立高校であり、きっといい美術教師もいるだろうと思っていた。普通に勉強をし、普通の高校生のふりをしながらでも画家は目指せる。だからまず、少なくとも見かけ上は普通の高校生になろうと思った。

だが僕は、彼女に出会ってしまった。高校一年の六月。初めて彼女を見たあの日こそが、僕の人生の最大の転換点だったのかもしれない。

第一章　雨の日、光の帝国で

彼女についての最初の記憶は、雨の降る日の昇降口である。

高校一年の春、五月の終わりごろだった。無事第一志望に合格して高校生になった僕は高校の美術部を楽しみにしてはいたが、それと同じくらい、いわゆる高校生活というものの始まりに浮かれていた。画家としてはとりあえず、この三年間で何らかの、最初の結果を一つ出すつもりでいた。だが画家としての引き出しを作るためには人生経験も必要だから、高校生活もきちんと満喫しようと決めていた。

実際、中学時代に街で見かけた高校生たちはいつも楽しそうだった。高校生になったらもうあの規則だらけで子供扱いの中学生時代とは違うのだ。制服を着崩したり下校途中に友達と連れだってマクドナルドに入ったり、友達だけで旅行に行ったり、あるいはそれ以外の、漠然としか想像していないけど何かしら新しい方面の出会いがたくさんあるのだ。そう思わせてくれるものがあった。あわよくばそれに加えて、天才高校生画家としてデビューして、学校中の注目の的になるのも悪くない——そんなふうに浮ついた期待を抱いたまま、四月はぼんやりと過ぎた。

　だが五月が終わり、入学から二ヶ月弱が経って僕は、思っていたほどめくるめくこともないという事実に気付いた。電車通学には慣れたが、そういえばクラスに話せる人があまりいない。内部進学の人たちはひとかたまりのままで打ち解けようとしないし、それ以外にいくつかできたグループにもレギュラーとしては入りそびれ、なんだかいつも隅の方であぶれた人たちと話している。期待した美術部も部員は少なく、放課後の美術室にはあまり話をしない先輩と陰気な美術教師が時折来るだけで、同じ夢を持つ友達に認められつつ切磋琢磨《せっさたくま》する、という期待していた部活動ライフは昼間の月のように遠いものになっていた。のみならず、クラスに親しい友達がいない僕は休み時間、話す人がいなかった。放課後、薄暗くて広すぎる美術室で会話一つない部活動にいそしみながら、僕は「おかしいな高校生活ってこんなものなんだろうか」と、思い描いていたイメージと現実の差に戸惑っていた。登校時の賑《にぎ》やかな生徒たちの列も挨拶《あいさつ》を交わして一緒に笑いあう友達がいなければただ疎外感を覚えるだけだし、中学生の頃に憧《あこが》れだったつるつるしたデザインの校舎も、慣れてしまえば冷たい感じがしてよそよそしく、かえって溜《た》まりどころがないというか、居場所がないような不安感を抱かせる。僕はそこで気付いた。「輝ける高校生活」は高校生になっただけで自動的に手に入るわけではなく、「仲のよい友達」の存在が必要条件だったのだ。もちろん今頃そんなふうに焦っても遅いわけで、しかし特に積極的でも社交的でもない僕は、「六月になれば文化祭がある。美術部は部員があまり来ないので低調だが、クラス展示の方で何か活躍の機会があるかもしれない」と密《ひそ》かに希望を抱くのがせいぜいだった。

彼女に会ったのは、そういう時期のことである。

午後四時半ごろだったと思う。日が長い季節だったが、その日は午前中からぼたぼたした雨が降り続けていて、時間帯が判然としない停滞した景色が窓の外にずっと続いていた。体育が屋内での器械体操になって皆がブーブー言っていたくらいで他には特に何もない、ぱっとしない日だった。放課後になっても雰囲気はそのままで、僕は会話一つない空しい部活動を早めに切り上げることにし、特に制作をするでもなくただ漫画を読んでいる美術部の先輩に最低限の挨拶をして、さっさと帰ろうと階段を下りてきたところだった。校内では傘泥棒が頻発していたが今日は午前中からの雨だから盗まれてはいないだろうとか、まだ雨脚はそのままなのかなとか、考えていたのは天気のことだけだった。人の少なくなった校舎内は静かで、廊下のビニールタイルが湿っているため、過剰にキュッキュッと鳴る上履きの音が響きわたって少し恥ずかしかった。一階まで下りると、節電のため明かりを消している薄暗い昇降口の外で、雨はまだ降っていた。壁のように一定間隔で立ち並ぶ下駄箱の間からそれが見え、傘立てに自分の傘が残っているのを見つけてほっとした時だった。

僕は見つけた。下駄箱に背中をくっつけて膝《ひざ》を抱え、冬眠する鼠のように静止して簀《すのこ》の上に座り込んでいる女子がいた。

自分のいるD組の下駄箱はもう一つ先だったが、僕は立ち止まっていた。下駄箱のグレーと暗さのため色味を失った簀の茶褐色、冷たそうなタイルの白——と、ほとんど無彩色の濃淡だけになった昇降口の風景。その中に座り込んでいる女子。うちの制服はブレザーも女子のスカートも黒地なので、うずくまる彼女は周囲の風景に溶け込んで輪郭を曖昧《あいまい》にしていた。なのに不思議と濃い存在感があった。腕と膝小僧の間に顔を伏せていて、まっすぐな黒い髪が肩のところで二筋に分かれて流れている。三角形に立てられた脚がスカートからのぞいている。足先の上履きだけが白地の上に緑の色味を持ち、その色から僕と同じく一年生だと分かった。

僕はそれなりに長い時間、突っ立って彼女を見ていたと思う。彼女の背中が一定のリズムで緩やかに上下するのを見てとり、ようやく僕自身にも思考が戻ってきた。穏やかな呼吸だった。眠っているのだ。

だがもちろん、なんだ寝ているのか、で済むことでもなかった。人間はどこでも眠くなるし眠ることができる。交通の妨《さまた》げにさえならなければ、公共の場所で眠ったからといって咎《とが》められる理由もない。だが明確なルール違反でなくても、日常的な常識に照らすと目立ってしまう行為、というのはやっぱりある。僕たちは道の真ん中を歩いている時は大声で歌ったりはしないし、ラジオ体操第一を元気に踊ったり、内ポケットからレモンを出してジャグリングを始めたりもしない。同様に、昇降口にいる時は座り込んで眠ったりもしないのだ。

本来ならそのまま素通りして隣の下駄箱から自分の靴を出すところだった。顔は見えないがおそらく知らない人だし、こういう「目立った」ことをする人とかかわると面倒なことになるかもしれない、という小市民根性もあった。だが、僕は簀をかたりと鳴らして歩み寄り、腰を曲げて上から彼女に話しかけていた。

「もしもし」

間抜けな声のかけ方だな、と自分でも思った。しかし二、三秒待ち、次にどう声をかけようかと悩んでいると、彼女はゆっくり顔を上げた。やはり知らない人だった。二クラス合同の体育でも見かけたことがないから、隣のクラスでもなさそうだ。なにしろうちは一学年がAからG組までと特待生のH組を合わせて八クラスもあるから、見覚えのない人はいくらでもいた。彼女は何組なのだろうか。

彼女は目をこすりながらゆっくりと首を回し、やがて、自分の目を覚まさせた生き物の主要部分が上の方にあると気付いて顔を上げた。目が合った。

状況が飲み込めない、という表情をされ、僕は少し困った。飲み込めないのはこっちだ。

「ええと、その」そもそも自分が声をかけてどうしようというのかよく分かっていなかったのだが、とりあえずの理由はすぐに浮かんだ。「……風邪、ひくと思いますけど。それと、痛くないですか、そこ。……帰って寝た方が」

やはりどこか間の抜けた物言いになった。彼女はまだ怪訝《けげん》そうな顔で僕を見上げていたが、首だけをくるりと回して外を見ると、再びこちらに戻した。それで説明になったというつもりなのか、あとは黙ったままだった。

「ああ、傘」僕は傘立てを見る。まだ残っている生徒の傘は数本で、どうやらそこに彼女の傘はないらしい。盗まれたのか、それともただ単に朝、天気予報を見てこなかったのか。

傘、と言ってしまってから困った。僕の傘はあるが一本しかない。初対面の女子に「入っていけ」とは言えない。別に僕自身は濡《ぬ》れてもよかったから彼女に傘を貸してしまってもよかったのだが、他人に傘を渡して自分は雨の中を走る、という劇的な行為は初対面の相手のためにするようなものではないだろう。だが声をかけて起こしておいて、自分だけ傘をさして「じゃ」と帰るのは気まずい。なにしろ彼女はまだ無表情で僕を見上げている。それに今日の天気予報からすれば、このまま待っていても雨が強くなるだけだ。

「あの」考えを巡らせていくつかの案を検討した。学校の貸出傘はこういう日はたいてい出払っているし、職員室か用務員室で余分な傘はないかと尋ねてまわるのも大ごとになってしまいそうな気がする。自分のためというのならまだいいのだが、見知らぬ女子のため、というのは、ばれたらかえって気恥ずかしい。かといってタクシーを携帯で呼んだりしたら体育の俵《たわら》とか数学の木島《きじま》とかいったうるさい教師が何か言いそうだった。

「……ちょっと、待ってて。十分くらい」

結局僕はそれだけ言い、自分の傘を出して靴を履き、雨の中に出た。出てみると意外と強く吹いていた風に傘を揺さぶられながら、小走りで近くのコンビニまで行ってビニール傘を買った。一本三百円の一番安いものは売り切れていたが、五百円のビニール傘が買えた。

校門から入って昇降口に戻ると、彼女はまだ座っていた。スカートの裾《すそ》を腕で押さえ、黙って外を見ていたためすぐに目が合った。僕は滴の垂れる自分の傘を巻きながらほっとした。傘を買ってくる間に彼女がいなくなってしまっていたら間抜けこの上ない。

「これ」僕は買ってきた傘を差し出した。「……ええと、どうぞ。別に返さなくていいから」

彼女は驚いたようで、目を見開いて僕を見ていたが、僕が傘を差し出したまま動かずに待っていると、ゆっくりと手を伸ばして受け取ってくれた。小学校のころ、友達の家で飼っていたインコに手から餌を食べさせようとして、じっと動かずに頑張ったことがある。その時のことを思い出した。

「じゃ」

ここで返されても困るので、僕はさっさと背を向けて傘を開き、外に出た。

後ろで彼女の声がしたようだった。そんなに焦る必要はないのになぜか逃げるように離れた僕はきちんと聞き取れなかったが、たぶん何かお礼の言葉だったと思う。

あとから考えれば失敗だった。山ほど生徒がいる学校なのだから、何年何組の誰、と名乗っておかなければ、彼女はあとでお礼を言いにくることも、傘代を返しにくること

も できない。こちらの顔だってそういつまでも覚えてはいられないだろうから、仮に僕をどこかで見かけたとしても、記憶が曖昧になっていたら声をかけにくい。

家に帰ってからそれに気付き、しまったと思った。たぶんどこかで「彼女がお礼を言いにきてくれて、それから」ということを期待していた僕は、部屋の絨毯《じゅうたん》の上でのけぞって「ぐっはあ」と呻《うめ》いた。お礼どころか、とんだ手間をかけてしまうことになったのかもしれない。その時はただ後悔した。

振り返ってみると、高校一年生のこの日が一日目だった。この日から今日まで、僕が彼女の——千坂桜《ちさかさくら》のことを考えなかった日は一日もない。そしてたぶん、そんな日はこれから先も永遠に来ないだろう。


翌日になって雨が上がり、またその翌日になっても、たぶん僕の失策のせいで、彼女は現れなかった。それほど強く意識していたというわけではなかったが、なんとなく隣やその隣のクラスをのぞき、もしかして上履きが違っただけで先輩だったのかも、などと考えてみたりもした。親しい友達のいない日々は無為の時間が多く、高校生活の数少ない要素である彼女のエピソードは、空白のカンヴァスに一点だけ落とされた桜色だった。話し相手がいなくてやることのない休み時間、僕はしばしば彼女のことを想像して過ごした。名前は何というのだろう。何部で何が趣味なのだろう。放課後や休日はどこでどう過ごすのだろう。

結局、特待生のH組に彼女の姿を見つけた時にはもう一ヶ月が経ち、文化祭も過ぎていた。夏服になって雰囲気が変わっている彼女に、今さら声をかけることはできなかった。たかが五百円の傘だ。仮にむこうが僕を見つけても、やっぱり声はかけにくいだろう。

その後も声をかけることはできなかったが、たぶん僕が意識しているせいで、彼女の姿は体育館での集会時などに時折見かけた。他の人から呼ばれているのを聞いて「千坂」という名前も知った。千坂さん。特待生。背はやや高い方で、あまり外に出ないのか夏場でも肌が白かった。部活はよく分からない。吹奏楽部や合唱部なら文化祭の発表の時に見ているはずだったが、違うようだった。もともと特待生はほとんど部活に入らないから、彼女もそうなのかもしれなかった。体育祭の時に髪をまとめているのを見たが、それ以外はいつも自然に伸ばしたままで、特にアクセサリーも化粧も見当たらなかった。スカートも長い方で、九月から制服が一部変わって女子がリボンも選べるようになり、ほとんどの女子が可愛いからという理由で新しく導入された大きめのリボンをつけるようになってからも、彼女はずっとネクタイのままだった。夏が過ぎ、県展に出した渾身《こんしん》の一作がなぜか入選すらせず自分の技術のなさにひと通り落ち込み、息つく間もなく連続する定期考査をハードル競走のように切り抜けているうちに寒い日が多くなった。一月のある日、事実上ほとんど無視されている学校指定のコートを着て登校してくる彼女を見た。それからまた定期考査があって、卒業式の日、冴えない会釈だけをして美術部の先輩たちを送り出し、春休みになっていた。入学した時より絵の技術は身についているという実感があったが、結果の方はまだ何も出ていなかった。同時に、教室で時折話す人たちとは何ヶ月経っても名前に「君」をつけたまま話す程度の関係だったから、夏休みに旅行にいくとか、冬休みに初詣《はつもうで》にいくとか、そういう高校生活のイベントも何一つ経験しなかった。そしてそのまま、僕の高校一年は終わっていた。一年間を振り返っても、高校生活におけるエピソードらしいエピソードは彼女のことくらいで、人生の中で三年間しかない高校生活の三分の一をこんなに何もないまま通り過ぎてしまってよいのだろうかと不安に思う気持ちもあったが、もともと自分は絵さえ描ければよく、必ずしも普通の生活は必要としていないのだと考えた。その頃には一人で勉強をし、時折本を読み、放課後には美術室で絵を描く自己完結の生活リズムがすっかり定着してしまっていた。

高校二年生の生活はすぐ始まった。春休みに描いた作品を高校生国際美術展に出品することにし、今度は相手が高校生だから何かに引っかかるはずだ、と祈るように確信しているうち、暑い日が増えてきた。県展で大人たちの作品のレベルの高さに絶望し、同時に入選作の中に平凡な発想しか持ち合わせていない作品をいくつも見つけて以来、僕は闘志を燃やしていた。相手があれならなんとかなると思った。中学時代の「破壊絵画」はもうとっくに卒業していたが、「破壊絵画」の中にすら、今の僕から見ても少しは面白いと思えるアイディアがあった。まして今の僕はあれから丸二年近く技術を磨いてきたのだ。美術部には一年生が入らなかったし、二年生の部員もあまり顔を出さなくなったし、一年時に少しは話していた友人たちとはクラスが別になってしまってますます話せる相手が減ってはいたが、新たに美術室に来るようになった帰宅部の友人もできたし、クラス内での地位など、一年生の時よりさらにどうでもよくなっていた。

驚くべきことにもう高校生活の半分近くが終わろうとしていた。時の流れは、こんなにあっけないのかと思うほど早かった。だが何も起きないわけではなかった。六月、文化祭が終わってすぐのころ、僕はある事件に巻き込まれた。

そしてこの事件が、後に僕が関わることになるすべての事件の始まりだった。

1

「ううむ、これもエロいな。ていうか乳出しすぎじゃないのかこれ」

いつも通りシャツのボタンを三つ開けて堂々と鎖骨をさらし、隣の椅子に座った風戸《かざと》翔馬《しょうま》が画集をめくって言う。「ほらこれも乳。この画家おっぱい星人[*1]じゃないのか」

「乳って言うな。……まあ、そういう傾向はあるかもね。マザコンだったらしいから」

僕は風戸が開いて見せてくる画集から目をそらし、カンヴァスを見た。明暗のバランスはいいはずなのだが背景色がさっきから決まらない。「いろいろ象徴とかの意味があって、裸婦はよく出てくるんだよ。それなんかはほら、シュルレアリスム[*2]ってフロイトの精神分析とか基にしてるから」

「ああ、あの何でも性欲にすりかえる奴か。……それにしても女ばっかだな絵って。男の裸は美しくないとでも言うのか？」風戸は自慢の太い腕をぐぐっと曲げて見事な力瘤《ちからこぶ》を作った。「緑川《みどりかわ》。お前は画家として、ここの陰影とか描きたくならないのか。この、ここの下のとこの」

「ならんこともないけど。……ギリシア時代は均整のとれた男性の肉体こそが至高の美って言われてたらしいし」どうやら見てほしいらしく、ずっと力瘤を作り続けている風戸を見る。「昔から人体といえば女性だったのはまあ、エロ本とかなかったせいもあるだろうし。男社会だったし」

「なんだ。やっぱりエロ目的かよ」風戸はシャツのボタンをもう一つ外し、まだ六月だというのによく焼けた肌を露出させる。「まあいい。俺は仕事を選ばない主義でいこうと思ってるから、遠慮するな」

「何だよ仕事って。……エロも目的だったんだろう、ぐらいの話だよ。いいよ鎖骨見せなくて」

＊1　女性の好みをバストサイズだけで決めるタイプの異星人。地球人に交じって多数潜伏している。
＊2　ダリみたいなやつ。

「あれっ、美しくないか？　大胸筋にはけっこう自信あるんだが」

「美しいといえば美しいけど、いま描いてるの静物だから」

　こいつに友達が少ないのは明らかにこのせいである。自称ながら百八十六センチ九十六キロ。確かにいい体なのだが、いつもシャツの胸ボタンを他人より一つ多く開けているため女子には陰で「はだけ」と呼ばれている。これがなければ普通の奴だと思うのだが、あまりに露骨な筋肉アピールのせいでクラスでは浮いているようだ。まあ、休み時間に画集など眺めている僕と似たような立ち位置なのだろう。愛読しているという『Tarzan』*3とか『月ボ』*4を見せてもらったこともあるが、感心するだけでそれほど興味は湧かなかった。

「背景に描き込むだけでもいいんだが。『美しき肉体のある静物』とか斬新《ざんしん》だろ」

「斬新すぎて理解されないだろうね。ピカソもデュシャンも最初はそうだった」適当に言って筆を取り、とりあえず藍《あい》系の色にすべきところにちょいちょいと絵の具を載せてみる。「あと、その本ちゃんと棚に戻してね。裸婦画が載ってると猥褻《わいせつ》図書扱いする先生もいるから」

「ああ悪い。でもエロ目的なんだろ？」

「作品によってはエロもテーマの一つ、なんだ。『猥褻か芸術か』じゃなくて『芸術は猥褻』だし『ものによっては猥褻が芸術』なの。荒木《あらき》経惟《のぶよし》*5とか木村《きむら》了子《りょうこ》*6とか」

　朝から降り続ける雨が、絵の具やペンキで汚れた美術室の窓を濡らしている。

うちの学校はおそらく授業のスケジュールを邪魔しないようにという理由から六月に文化祭があるのだが、僕はクラス展示のポスター描きなどを頑張ったわりに期待したほどクラスでの認知度が上がらなかった。まあ一年の時もそうだったから、そこについてはもう慣れたと言ってもよい。一方の美術部の展示の方も人が来たのか来なかったのか、こっそり張り込んでいたが、二日目の一般公開日でも特に注目を集めている様子はなく、むろん入部希望者が美術室の戸をノックしてくれるということもなかった。そういうわけで、僕はおそらく自覚している以上に元気をなくしていた。自分としてはわりと自信作であるはずの油彩二点〈日常の檻《おり》〉〈夢の国にようこそ！〉にも特に反響はなく、期待していた高校美*7も一次選考を通過したのみで、文部科学大臣賞とかそういったものには一切無縁な結果に終わったのも大きい。納得がいかなかったが、実行委員会に電話を

*3　マガジンハウス発行。おそらく日本で一番有名なボディビル情報誌。トレーニングだけでなく、健康的な体を作るライフスタイル情報も充実している。

*4　体育とスポーツ出版社発行『月刊ボディビルディング』の略称。昭和四十三年創刊の、日本ボディビル情報誌の草分け的存在。

*5　写真家。通称「アラーキー」。女性の裸体を官能的に撮る。

*6　日本画家。男性の裸体を官能的に描く。

*7　高校生国際美術展。実はレベルが高く、上位作品には明らかにお金をとれるレベルのものが並ぶ。

かけて「どうして僕のは落ちたんですか」と訊《き》くような非常識はできず、結局「要するに技術が足りないのだろう、だとすればやはりひたすら描くしかないのだ」と念じて描き続ける以外にとれる手はなかった。結果、僕は文化祭終了から毎日のように放課後、美術室に顔を出して新作を描いている。

むろん、かといって常時一心不乱に絵筆を握っているというわけではなく、喋る相手もいた。鞄《かばん》を机の上に投げ出して美術室に置いてある画集を眺めているこの風戸は、この体のくせになぜか運動部に入っておらず、暇なのかよく来る。どうも自分を描いてほしいらしく、隙をついては筋肉を見せつけてくる。そういえば僕は以前、風戸の筋肉を褒めたことがあった。本人の言動はともかく、美しいことは確かなのだ。

「まあ、モデルが必要になったらいつでも言ってくれ」風戸は鞄を取って立ち上がった。「俺は服装ポーズ共に、かなりの注文に応《こた》えるから」

「ありがとう」

変わった奴だ、と思う。だが風戸と話す時間ができたおかげで、期せずして「高校生活」の一部が僕にもわずかに存在するようになった。まあ、外れ者同士ではあるが。

しかしその日は、もう一人闖入者《ちんにゅうしゃ》があった。それも、おそらくうちの学校の生徒が最も歓迎しない人間だった。

がらりと乱暴に戸が開けられ、野太い声が挨拶なしに飛んできた。「美術部の者。いるか」

　風戸と二人、同時に声に出さずに「げっ」と言いながら顔を見合わせる。現れたずんぐりした男は、体育の俵だった。こちらの話を聞かず融通もきかず、生徒に声をかけるのは廊下で呼び止めて服装だの歩き方だのを叱る時だけ、という教師である。

「お前ら、美術部か。部長の緑川はいるか」

「はい。僕ですが」僕のクラスの体育は俵が受け持ちなのだが、覚えていないらしい。

「そっちのお前も美術部か」

「いいえ」風戸がぶっきらぼうに答える。

「じゃあ美術部。今すぐ理事長室に来い」

　こちらの都合などはなから考慮しない様子である。僕は「はあ」と言って立ち上がったが、わけがわからなかった。「……じゃあちょっと、筆洗います」

「後にしろ。すぐ来い」

　命令口調にさすがに腹が立った。「絵の具を洗い落とさないと固まって、明日《あした》から筆が使えなくなってしまいます」

「早くしろ」

　何だその態度は、と思ったが、おとなしく雑巾《ぞうきん》で筆を拭《ぬぐ》う。油絵の具の場合ただ水洗いだけをすれば済むのではなくクリーナーが必要だし、美術部の備品にあるクリーナーだと使用後、さらに筆を石鹸《せっけん》で洗わなければならない。嫌だなあと思いつつ筆洗い場に向かっていると、案の定「早くしろ」と後ろから怒鳴られた。もともと俵からの呼び出しは生徒の間で「俵コール」と特別な呼び名を与えられていて、食らった場合は即、体育教官室に馳《は》せ参じなければならず、用件は服装や生活態度についてのねちねちしたお説教と決まっていた。本人は指導と言っていたが、彼が贔屓《ひいき》にしているプロ野球チームが負けると翌日に必ず発生することは生徒の間で常識になっており、要するに生徒を虐《いじ》めて嗜虐《しぎゃく》欲や権勢欲を満たし、うさばらしをしているのだった。現に僕は髪も染めていないし上履きのかかとを踏んでもいない。胸の中に黒いものが広がった。

俵の後について美術室を出る時に振り返ると、風戸は「御愁傷様」という顔で肩をすくめてみせた。

「……は?」

思わずそういう声が漏れた。しかし正面の高そうなデスクに座る生田目《なばため》理事長は、黙って僕を見上げている。

『は?』じゃない」理事長の隣に控えた俵がすぐに反応した。「心当たりがあるかないかを訊いているんだ。さっさと答えろ」

警察官でもこんな横柄な訊き方はしないと思うが、今はそんなことはどうでもいいと思えた。この状況は一体何なのか。

分厚い絨毯と壁に並ぶ絵画が他の部屋とは違うにおいを漂わせている理事長室には理事長と俵の他、もう一人知らない男がいて、三方から僕を取り囲んで見ている。理事長の横、壁際には百五十号*8はある大判の風景画が立てかけてある。そういえばいつも美術室に飾ってあったが、少し前から姿を消していた。どこに移したのだろうと思ったらここにあったのだ。

そして問題はこの絵だった。寒々とした青灰色の水面と白い船体をメインに、俯《うつむ》き加減で働く漁師たちが描かれた風景画で、寂れた雰囲気とその中で黙々と働く人々の強さがにじみ出るなかなかの作品なのだが、よく見ると十人の漁師の横に、黄色で雑に塗られた変な生き物が描き足されているのである。それ一つで作品の雰囲気が台無しであり、タッチや絵の具からして明らかに悪戯《いたずら》書きと分かるものだった。

僕は直立する鳥人間のような形をした、その黄色い生き物を指さした。「……これを、僕がやったと？」

「そうなんですか？」理事長はぬらりとした声で訊き返してきた。

「まさか。やるわけないでしょう」

どうせろくな用件ではないと思っていたが、俵が僕を理事長室に連行したのはこういうことだった。うちの校舎には理事長個人のコレクションである絵画や彫刻がいたるところにあり、そのどれもがなかなかの作品なのだが、そのうちの一つ、田杜玄《たもりげん》なる画家

*8　規格によって差があるが、おおむね長辺二百三十センチ×短辺百六十センチ。

いたという〈漁村　働く十人の漁師〉というこの絵に、悪戯書きがされていたというのである。

「この絵は僕のお気に入りでね。生徒たちがアーツを理解するきっかけにもなると思って、美術室に置いたのだけど」理事長は溜め息をついた。「アーツ」って何やねんアートでいいだろうと思ったが口には出さないでこらえる。「僕はこれをあえてみなさんの手の届く場所に設置した。販売元である、こちらの大里《おおさと》君は反対したよ。悪戯をされるかもしれないからね」

呼ばれたもう一人の中年男は黙って手を後ろに組み、僕を見ている。理事長とつきあいのある画商らしい。

「でもね、僕は本校の生徒たちを信じていたんです。本校の生徒たちの中には、芸術作品の価値を知らずに悪戯するような人間などいない、とね」理事長は独り言の口調になって嘆息した。「それが裏切られた。残念でなりません。そもそも」

「いえ、ですが」黙っていると知らない間にまずい方向に転がされそうな気がして、僕は理事長を遮って言った。「僕、知りませんよこんなの。いつこうなったんですか？」

「おい。嘘はつくんじゃないぞ」横から俵が凄《すご》んできた。

「いや、嘘じゃありませんって」俵から目をそらす。「今、初めて聞いたんです」

「正確にいつからかははっきりしませんがね。おそらく文化祭の三日後です。振替休日、復元日、その次の日」理事長は指を折って数え、大里氏を見る。「この大里君は本校の卒業生でね。展示の手伝いのついでに文化祭も見学に来ていたが、当日は無事だったと証言しています」

「間違いありません」大里氏が大きく頷《うなず》く。なるほどそういうコネで理事長に売り込んだのかと納得したが、そうなると大里氏は絶対に理事長側だろう。

理事長は言う。「もう絵は美術室に戻っていましたがね。学校のサイトの掲示板に犯人の書き込みがあったんですよ。絵に悪戯をしてやったから見ろ、とね。貼られたURLを見たら、個人のブログに、悪戯の様子がアップしてありました。どうもかなりの期間、校内でふざけた活動をしているようですが」

「正直に答えろ」俵が横から言う。「お前がやったのか」

「いえ」僕は慌てて首を振った。「違います。知りませんよ。なんでそうなるんですか」

俵が睨《にら》んでくる。「とぼけてもいずればれるぞ」

「君はいつも美術室にいるらしいですね」理事長の方はあくまで声を荒らげずに言う。

「だから知りませんって。犯人も見てません」

「悪戯の部分。見ましたね。これは油彩……油絵の具です。それに、全体に細かく亀裂《きれつ》が入っている。私の見立てでは、これはペインティングナイフで引っかいたものです」

理事長に言われ、壁際の絵を見る。確かに悪戯書きの他に、画面全体に放射状に傷が入っていた。これでは修復が相当困難になりそうだ。元通りにはならないかもしれない。

「つまりね、これは普段から油彩の道具を扱いなれている者の手によるものなんです」

理事長はあくまで口調を変えずに言った。「しかも時間がかかる。君はいつも美術室に一人でいるそうですが、不審な生徒の姿は誰一人、見ていないと言うのですか？」

理事長は、それがいかにも奇妙である、と強調する様子で語尾を上げた。

冗談じゃない、と思った。名探偵を気取っているのか何なのか知らないが、それだけのことで犯人にされてはたまらない。「僕じゃありませんし見てません」

それに美術室にはよく風戸も、と口から出そうになり、慌てて口をつぐむ。しかしこういう時の観察力だけは異常に鋭い俵が、僕が何か言いかけて黙ったのを察知して言う。

「おい。正直に答えろと言っているんだ」

「答えてます」

「君の家は画廊だそうですね」理事長が僕を見て言った。「なら、君もこの絵の価値が分かるのではないかな。物故作家の田杜玄を知っているかは分かりませんが、安くはありませんよ」

理事長はちらりと、横に控える大里氏に目配せする。大里氏は理事長の意を汲《く》んだ様子で、僕に向かって威圧的に言った。「田杜玄らしさのよく出た、代表作と言ってもよい作品です。二千万は下りません」

「分かったか。悪戯で済む額じゃないぞ」俵が続けた。「理事長は心を痛めておられる。今のうちに正直に話さんと、ますます厳しい処分になるぞ」

一瞬、怒鳴り返すのをこらえなければならなかった。何が「おられる」だ、と思う。

理事長は王様でもローマ教皇でもない。ただの学校の経営者ではないか。

何のことはない。話を聞く、と口では言っているが、最初から僕が犯人だと決めつけ、画商と体育教師で挟んで威圧して白状させようとしているのだ。これが教師のやることだろうか。何の証拠もないのに生徒をいきなり呼びつけて犯人扱いし、取調べのようなことをやっている。教育委員会に投書してやろうかと思った。

だが、自分が追いつめられていることも自覚した。確かに、現時点で最も怪しいのは僕で、しかも他に容疑者が一人もいないのだ。この状況ではいつ解放されるか分からない。

俵を見る。俵は手を「休め」の形に後ろで組み、軍隊映画の下士官の顔で僕を睨んでいる。画商の大里氏も理事長の腰巾着であるらしく、よそ者のくせに嵩《かさ》にかかってこちらを見ている。理事長はその二人を左右に従えて無表情だが、内心はどうなのだろうか。ああいうのって快感なんだろうな、と思うと腹が立つが、こちらが怒鳴ったりしては決定的に不利になってしまう。どうすればいいのだろう。

「黙ってないで何か言ったらどうだ」俵は説教の口調になって言う。「まだシラを切るか」

僕はモスグリーンの絨毯に視線を落としたまま、何もできなかった。この状況では何を言っても信じてもらえないし、自分がやっていないという証拠など出せるはずがない。

こういう時、友達の多い普通の人ならだれかにアリバイを証言してもらえるのかもしれない、と思う。だが僕は文化祭当日もその前後も、一人の時間が多かった。携帯は持っているが助けを呼ぶ当てはない。かといって、黙って出ていけば犯人確定と思われるだろう。では、このまま何時間も、むこうが根負けするまで黙り通せばいいのだろうか。だがそれはそれで「犯人の黙秘」と思われる気がする。

俵が怒鳴った。「おい。黙っていれば許されると思うな」

「失礼します」

不意に入口の方から声がして、僕は驚いて振り返った。ドアがすっと開き、女子が一人、理事長たちの返事を待たずに入ってきた。

入ってきた女子を見て、僕は動けなくなった。揺れるまっすぐな髪に、つけている人をあまり見かけないネクタイ。飾りの一つもついていない鞄。

千坂さんだった。

「私は犯人を見ました」

千坂さんは抑揚のない声で言った。抑えた音量だったが、いきなり入ってきた女子生徒に驚いて大人三人が沈黙しているため、その声はよく通った。「この人ではありません」

大人三人はしばらく面食《めんくら》っていたが、それが自分の役割と心得ているのか、俵がまず千坂さんを睨み、口を開いた。「犯人を見ただと？」

「はい。美術室に忍び込んで何かをしているのを見ました」千坂さんの方は平然としている。

「じゃあ誰だ」

「名前は知りません。顔は覚えています」千坂さんは鞄を開けてノートとペンケースを出すと、鉛筆を一本出し、鞄を肩にかけたまま、開いたノートの白いページに何か描き始めた。

隣で見ている僕は気付いた。彼女は人の顔を描いているのだが、驚くほど手慣れた手つきだった。中心線を取り、輪郭を取り、さっ、さっ、と鉛筆を走らせながら、左手で保持したノートにあっという間に似顔絵を描いていく。全く迷いのないタッチで、しかも機械のように正確なデッサンだった。

黙っている大人たちの前で、千坂さんはものの二分もかからずに似顔絵を描き終え、ノートのページを破り取った。眼鏡をかけて唇が厚く、疑《うたぐ》り深そうな目つきをした男子だった。

「この人です」千坂さんは全く物怖《ものお》じせずに理事長の机に似顔絵を置き、踵《きびす》を返した。「クラスや名前は知りません。学年も見ていません。そちらで捜してください」

大人三人が思わず似顔絵を見ている間に、千坂さんは僕を目で促した。「失礼します」

「あ……じゃ、失礼します」

僕は彼女の後に続き、何か言われる前に急いで背を向けて廊下に逃げた。

そのまま理事長室から離れる。振り返ったが、俵が追いかけてくる様子はなかった。

階段のところで壁にもたれて腕を組んでいた風戸がこちらに来た。「おっ、解放された」

「風戸」僕は千坂さんの背中と風戸を見比べる。「ええと、これは……知りあいだったの？」

「いや、違うんだが」風戸は太い腕でがしがし頭を掻《か》く。「お前が連行されてくのを後ろから見てたら声かけられたんだ。外で話、聞いてたから、事情を説明したら、まあ」

千坂さんは黙って僕を見ている。

いきなりの再会だった。もちろんこれまでだって同じ校舎に通っていたし、遠目に見てはいたのだが、こんなに間近で向かいあったこれはやはり再会だった。白い肌に黒くてまっすぐな髪。静かな無表情の奥に思慮深さを秘めていそうな東洋的な眼差《まなざ》し。どこか現実から遊離したような、触れた手が素通りしてしまいそうな佇《たたず》まいの千坂さん。一年越しの再会がまさかこんな形になるとは思っておらず、僕は何を言ってよいのか分からない。とにかく、衝撃だった。いきなり会えた、というだけではない。なんと彼女は僕と同じ「絵を描く人」だった。美術部員ではないわけだが、漫画研究会か何かなのだろうか。

「あの、ええと……」なんだか妙に焦る。僕は頭を下げた。「ありがとうございました」

千坂さんは僕が最敬礼したので困ったらしく、視線を彷徨《さまよ》わせていた。「……別に」

「助かりました。犯人を見ててくれて、その……」

「いや」千坂さんは目をそらしたまま、小さな声で言った。「……あれは架空だから」

「……『架空』？」

「架空の生徒を描いたの」千坂さんはようやくこちらに視線を向けた。

二の句が継げなかったが、なるほど、と思った。……つまり彼女は、僕を助けてくれたのだ。

「それじゃあ……」

「大丈夫」千坂さんは言った。「この学校に、あの顔に似た生徒は一人もいないから」

僕が驚いている間に千坂さんはノートを開き、壁に押し付けると再び鉛筆を取って似顔絵を描き始めた。ノートを左手で押さえながら描くのは難しいはずだったが、彼女は特に困った様子もなく、見開きの二ページに二つの絵を描いた。顔のアップと全身像。坊主頭にし、やや肩幅が広くて脚の短い、制服を着た男子である。

「私が見たのは、本当はこの人。美術室だけじゃない。校内の作品をよく見てる」

千坂さんは鉛筆を当てて二枚のページを破り取り、僕に差し出した。「犯人かどうかは知らない。捜してみる」

「あ……」破り取ったページを受け取り、もう踵を返して去ろうとしている彼女の背中に言う。「ありがとう。その……」

千坂さんは振り返り、無表情のまま僕の目を見て、言った。「……お礼」

「お礼？」

「傘の」

もしかして一年前のことか、と僕が思い当たった時には、彼女の姿は廊下のむこうに消えていた。

2

「途中からもう、ドアにくっつかなくても聞こえたぞ。俵の声」風戸がマウスをするすると動かしながら言う。「ああいうのを『権力の犬』って言うんだな」

「ご主人様に先立って吠《ほ》えるのが自分の仕事だって、分かってるんだろうね。どうせそれ以外は期待されてないだろうし」僕は検索ワードを打ち直し、エンターを押した。

「それにあいつバランス悪いしな。大胸筋と上腕二頭筋だけで下半身はダラダラだ」

「そうなの？　筋肉は見てないけど」検索結果のカテゴリを「ブログ」に変更する。

「親戚《しんせき》のばあちゃんが言ってたよ。社会が全体主義的になった時、一番怖いのがああいう人間だって」

「あの下半身で怖いか？……おっ、あった。たぶんこれだぞ」

「筋肉、関係ないってば」風戸が操作している隣の端末のディスプレイを見る。「これだね」

風戸が画面をスクロールさせると、ブログの全貌《ぜんぼう》が明らかになった。

6月16日「11人いる!」

はいみなさんこんにちは~。4ヶ月ぶりに登場のシュールマンです。
今回は先日の学園祭にちなんでパーッと!　地味に!　細工をしてみました。
パーッと地味にってなんやねん(笑)
今回はこちら!　美術室にある理事長御自慢のコレクション〈漁村　働く十人の漁師〉!

ここで写真が挿入されている。暗い部屋の壁が懐中電灯で照らされており、〈漁村　働く十人の漁師〉が浮かび上がっていた。すでにアクリルケースが外され、剝《む》き出しになっている。

こちらに鳥さんに登場していただきましょう!　題して「11人いる!」(笑)

再び写真が出てくる。絵には僕が先刻見たのと同じ、黄色い鳥人間が加えられていた。
「なんか、途中の(笑)がいちいちムカつくな」風戸が至極まっとうな感想を漏らした。
「あの絵、ケース外したら警報とか鳴らないのか?」
「絵本体が壁から離れないと鳴らないのかも。そういうタイプのアラームもあるし」

理事長からURLを聞いておかなかったため直接アクセスすることはできなかったが、話にあった通り、学校のウェブサイト内にある緊急連絡用の掲示板に書き込みがあり、犯人が悪戯を宣伝しているというブログへのリンクが貼られていた。おそらく、サイト管理担当の教職員が第一発見者だろう。ブログには「シュールマン」と名乗る人物が美術室の絵に悪戯書きをしたという報告が堂々と載せられていたが、見てみると記事はそれだけではなかった。ブログはずっと下までスクロールでき、そこには「シュールマン」が校内でした悪戯の報告がいくつも上げられていた。

2月19日「スノーホワイト鳥さん」

はいみなさんこんにちは～。2ヶ月ぶりに登場のシュールマンです。

雪ですね。寒いですね。一面の銀世界ですね。

こんな日には鳥さんに登場してもらいたくなりますね。って、なんでやねん（笑）

今回はウッド！　校庭のウッドに鳥さんを忍ばせてみました！

ウッドってなんで英語やねん（笑）

体育倉庫裏のイチョウです。

ちょっと目立たない場所の木だったことに後悔（汗）でも、彫り物なんで永久に残ります！

鳥さんよ永遠に！

今度は昼間の画像である。まず雪の積もった地面の写真があり、スクロールさせると、それに続いて例の鳥人間が彫られた木の幹がアップになっている写真が現れた。幹いっぱいにかなり大きく彫られ、線の周囲の木肌が痛々しく毛羽立っている。

「……二月、か」確かに何日か、雪が積もった時期があった。そんな日に出てきてせっせと校庭の木に悪戯をしていたらしい。ご苦労なことである。

12月16日「消された！」
先日の鳥さんが！　消されている！　でもうっすら残っている（笑）
マメな人がいるものですね。用務員でしょうか。誰か先生でしょうか。
なんてことすんじゃ～！（笑）

一応、学校側も無策ではなかったらしい。懐中電灯で照らされた壁の写真が上げられていたが、この画像のサイズではほとんど判別できない程度に落書きが消されていた。

この記事に続いてもう一つの記事があった。十六日の記事はこちらの内容を受けてのもののようだ。

12月13日「壁からハロー!」

はいみなさんこんにちは~。2ヶ月ぶりに登場のシュールマンです。

今回はグラフィティに挑戦!

グラフィティというのは、壁に無断で描かれたアートのことです。無断で!

そう! グラフィティとは無断なものなのだ! というわけで壁の鳥さん。

ちょっとシュールマンの影が入っていますが。シルエット公開! ということで。


写真が表示される。どこかの教室の壁に、黄色で例の鳥人間が描かれている。夕方なのか、壁には黄色っぽい光が当たっており、ズボンを穿《は》いた脚の影が落書きの上にかかっている。

「……これ、どこだ?」

「B棟の鳩部屋だと思う」僕は下の方に映り込んでいるタイルの柄に見覚えがあった。鳩部屋というのは昔、この部屋のベランダに鳩が棲《す》みついていたがゆえの渾名《あだな》であり、表示が何もないため正式名称は誰も知らない。「ほら文化祭の時、見たでしょ。マジ研がステージマジックやってたあの部屋」

「ああ、マジ研。うちのクラスの今中《いまなか》さん凄かったな」風戸も思い出したようで、頷いた。「俺、『裸で鎖に縛られた男が水槽から脱出する、とかやるなら出演するけど』って提案したのに、却下されたんだよな」

「何提案してんの」問題になるではないか。「それ縛られる方がマジックできないと駄目だし」

10月9日「黄色い鳥のある風景」

みなさんこんにちは！　謎の仕掛人、シュールマンです！
名前はさっき適当に決めました（笑）
よろしく！
シュールマンはこれから、校内の色々な場所に彩りを添えていこうと思います。
なぜならノーアート・ノーライフだからさ！
第一弾はこちら！　裏門脇、こじま食品の前あたりに鳥さんを描いてみました。
それじゃアイルビーバック！　また来るぜ（古い）

どうやらこれが最初の記事らしい。学校の外壁にペンキか何かで黄色い鳥人間を描いた写真が載っていた。季節感を意識してのことか、枯れ葉の落ちる校門の写真が添えてある。

「……十月から、ずっとこれか」僕は床を蹴《け》って椅子を引き、凝った背中を伸ばした。
「夜のやつは、夜中に校舎に忍び込んだってことなのかな」
「窓なんか、鍵《かぎ》開けると警報が鳴るからな。夜中まで残ってて、やることやってから帰ったんだろうな」風戸は腕を組み、端末の傍らに置いてある、坊主頭の生徒の似顔絵を見ている。

僕は窓の外を見た。「……雨、弱くならないね。まあいいか」

「ん。……現場、見てみるのか」

「うん。……風戸、ありがとう。あとは」

「何言ってんだ。俺も行く」風戸は立ち上がり、シャツのボタンを一つ外した。「でないと結局またお前が俵コールくらうだろ。俺の全身彫刻を作る気になるまで、死なれちゃ困るからな」

「死なないと思うけど」あと何故ボタンを外す。

僕と風戸は傘をさし、外の塀、校庭の木、それから鳩部屋と、現場を見て回った。塀の鳥人間はとっくに誰かが消しており、だいぶ色が薄くなっていたし、校庭の木の彫り物も輪郭がぼやけてはいたが、鳩部屋も含め、確かにブログの写真と同じだった。いずれも人の目の届かない位置で、犯人の自己顕示欲と、それと表裏一体の臆病《おくびょう》さが透けて見える気がした。

放課後は大抵無人である鳩部屋から出ると、僕は鞄から例の似顔絵を出した。現場はとりあえず確認したが、この男をどうやって捜すか。

だが、その紙を横から見ていた風戸が言った。

「こいつ、見たことがある気がするんだよな」

「……ほんと？」僕は「朝、昇降口で張り込みをして」などと考えていたのだが。

「ああ。……ほら、この感じだと脚が短くて僧帽筋だけバランス悪くデカいだろ？」

「バランスは知らないけど」風戸の指さすあたりを見る。

「それが柔道部っぽいんだ。柔道は引っぱりあうから僧帽筋が強くなる。それに柔道部にこういう筋肉の奴、いた気がする。……まあ、デカさだけで大したポテンシャルは感じないがな」

「筋肉で覚えてるのかよ」筋肉推理とでも言うのだろうか。「何だよポテンシャルって」

しかし、ありがたいことは確かだった。僕は風戸の後について、おそらくまだ柔道部が練習で残っているはずの武道場に向かった。

3

「おう風戸。久しぶり。……高野《たかの》先生、風戸来ましたよ！」

「風戸君、見学？　あれ、後ろの人は？」

「あっ風戸、お前いつになったら柔道部入るんだよ。俺引退しちゃうじゃねえかよ」

柔道部はちょうど休憩中か何かだったらしい。武道場に入った途端、風戸はすぐに柔道部員たちに囲まれた。ただでさえむわりと湿って暑苦しさにむせ返りそうな武道場の空気に圧倒されていた僕は、風戸を見るなり寄ってきて取り囲んだ柔道着の面々に完全に押し出され、入口のところで脱いだ上履きの上まで戻されていた。

だが、周囲を見回して気付いた。緑の畳と真っ白な柔道着だけだと思っていた武道場の壁際に、女子の黒いスカートがある。

「あ……」すぐに気付いた。千坂さんだ。

「ちょい待った君。武道場に礼な」

「あ、すいません」柔道部員に肩を摑《つか》まれながら頭を下げ、壁沿いに移動する。「千坂さん」

千坂さんがこちらを向く。それと同時に、彼女の横にいる柔道部員が目に入った。坊主頭だったので僕は思わず、折り畳んでポケットに入れていた似顔絵を出して広げた。見比べてみて分かった。間違いなく、この似顔絵の部員だ。

「……いやもう、俺の筋肉、実用向きじゃないんで」一体何の話をしていたのかという言葉を後に残しつつ、風戸が来る。「おっ？　あの僧帽筋は絵の奴っぽくないか」

「僧帽筋で判断するのかよ」

僕はその部員にすみません、と声をかけた。部員の方は困った顔で僕たちと千坂さんを見比べる。どうやらいきなり女子から呼び出されて何かよきものの到来を予感しているところに邪魔が入った、とでも思っているらしい様子だが、いろいろ違う。

千坂さんは僕たちに気付くと、自分は話す気はない、ということを示すためか、無言で半歩下がった。畳を叩《たた》く音に交じり、その柔道部員が「あれ？」と漏らすのが聞こえる。

「あ……ええと、練習中すみません」

僕が言うと、部員は「あ、いえ」と戸惑った様子を見せた。

「その、ちょっと訊きたいことがありまして。ええと」隣の風戸も喋《しゃべ》る様子がないので僕が言う。「……ええと、田杜玄ってご存じですか？」

唐突に過ぎるかと思ったが、部員は頷いた。「あ……ああ、はい」

風戸と顔を見合わせる。

「柔道部なのに、画家とか興味あるのか」風戸が偏見に満ちた訊き方をした。

「はい」しかし部員は頷いた。「いえ、俺の祖父《じい》ちゃんなんで」

誰かが受身をとったらしく、ばたん、という音が響いた。

僕も風戸も喋らないため説明の責任を感じたらしく、部員は言った。「田杜玄って、本名は森源太《もりげんた》っていうんです。俺、森慎太《しんた》です。……祖父ちゃんはだいぶ前に死にましたけど、祖母《ばあ》ちゃんはまだ元気なんで、毎年夏には祖母ちゃん家《ち》、行ってます。田杜玄の絵、いくつか残ってますよ」

風戸と顔を見合わせ、それから部員に言う。「……ええと、美術室の絵、見てましたよね？」

「ああ、はい。文化祭の時に展覧会みたくしてあったっすよね？　それ見てびっくりして。……理事長とうちの親が知り合いらしいってのは知ってたんすけど、祖父ちゃんのファンだったんすね」森君は僕を見た。「あれ、でもあの絵、なんか今なくなってますよね？　やっぱりあれすか？　あのブログの奴が悪戯してて」

「うん。……知ってました？」

「一部で話題になってるんで」森君の方は至極常識的に、絵の心配をしている顔である。

予想以上に話が早かった。だがかえってそのせいで分からなくなってしまった。この件については理事長たちも調べている以上、まさか作者・田杜玄の孫だというのが嘘ということではないだろう。そして彼の話は、たとえば理事長などなら、家族に話を聞いて裏がとれることばかりだ。つまり彼はおそらく、一つも嘘をついていない。

「ええと、あのう」相手のあまりのまっとうさに、容疑者扱いしていたこちらの方が後ろめたくなってくる。どうもこの森慎太君は、本人の着ている柔道着なみに真っ白な印象である。「……あの絵に悪戯した人って、心当たりあります？」

つい真っ正直に訊いてしまったのだが、森君は特に何も目立った反応をすることなく首を振った。「いえ。……馬鹿っすよね。何百万とかの損害賠償ものだと思いますよ」

質問はそこで打ち止めになり、僕は退散するしかなかった。道場に背中を向けると、森君が風戸に声をかけていた。「あっ、風戸先輩、練習していかないんすか？」

美術室に戻ってもまだ雨は降っていた。窓ガラスをつたって流れ落ちる雨が微妙な光の屈折を生み、外の景色を歪《ゆが》ませている。

「……一年だったか」わざとなのかそうでないのか、椅子に座ってロダンの〈考える人〉[*9]のポーズをとる風戸が唸《うな》る。「外れだな。あのブログ、昨年から続いてるし」

「……必ずしもそうとはいえないんだけど」

僕は風戸の方を向いていた。なぜかというと、無言で美術室までついてきた千坂さんが制作中のカンヴァスの前に立って僕のデッサンをじっと見ているから、そちらから目をそらしたいのである。自分の絵がじっと見られている、という状況は緊張で胃が縮む。下手糞《へたくそ》だなあとかどうしてこんなモティーフをとか思われていないだろうか。ただでさえ、制作中の絵を他人に見られるのは恥ずかしいのに。

「ブログの最初の時は中学生だったとしても、うちの生徒に化けて学校に忍び込むことは不可能じゃない気がする。制服は生徒じゃなくても買えるんだし」

「ああ、なるほど」風戸はポーズを変えずに頷いた。「だが、そこまでするか？」

「しないと思う」こちらも頷くしかない。

横目で見ると、千坂さんは何か考え事をする様子でこつこつと部屋の中を歩き始めていた。気になる。「そんなリスキーなことしてまで悪戯しないよね。それにさっき、森

＊9　一説によれば彼は『神曲』の主人公ダンテであり、足下に広がる恐ろしい地獄の門を見つめている場面だという。トイレだと思っている人が多いが違う。ちなみに鋳造品のため「オリジナル」が複数あり、国立西洋美術館や京都国立博物館にあるものもれっきとしたオリジナルである。

いっぽいね」

君は僕の質問に答えるだけ答えて、自分からは何も言わなかったしなあ……犯人じゃな

犯人だったら、ブログのことを知っている、と自分から言うものだろうか。しかも彼はそう言った後、アリバイを言うなどのことを一切しないまま黙っていた。自分が容疑者になっていることなど思いもしない、という感じだった。だが彼がシロだとすると、結局振り出しに戻ってしまうことになるのだ。

八ヶ月にわたって、校内でひそかに悪戯を繰り返している人間がいる。さすがにそこまで何度もとなると、校内をうろついても問題にならない学校関係者でなければ無理だ。だから校内のどこかに犯人がいるはずなのだが、ではどこを捜せばいいのかというとそれがさっぱり浮かんでこない。A棟B棟C棟三つの校舎。各学年A組からH組まで八クラス。千人を超える生徒と百人を超える教職員。高校生三人で捜すには広すぎる。

黙ってしまうと、雨の音が低く耳に蘇《よみがえ》ってくる。

「しかし……何のためにこんな、手の込んだ悪戯をしたんだろうね。これだけ道具を用意して、学校に忍び込みまでして、それなのに落書きをするのは目立たない場所ばかりで、描くものも意味不明だし……」

そういえば、犯人が描いたあの鳥には見覚えがあった。「シュールマン」という名前からもたぶん明らかだ。確か、シュルレアリスムの画家の誰かが何度か作品に描いたモティーフ、というより、キャラクターのようなものだったはずだ。

僕は立ち上がり、風戸が結局出しっぱなしにしていたシュルレアリスムの画集をめくった。シュルレアリスムの画集にはバルテュス[*10]やベルメール[*11]など「教育上よろしくない」ものも載っているので、俵に見つからなくてよかった。ページをめくると夢の世界を思わせる絵画が次々と現れる。フランシス・ピカビア[*12]。アルベルト・サヴィニオ[*13]。違う。確か。

「あった。エルンストだ」

マックス・エルンスト。こすり出し《フロッタージュ》、転写法《デカルコマニー》などの技法を用い、迷夢のような、あるいは地層の化石のような幻想的な世界を描き出すシュルレアリスム画家の代表格だ。彼の描く絵には時折「ロプロプ」という謎の鳥人間が登場し、一部の作品では〈ロプロプ

＊10　本名バルタザール・クロソウスキー・ド・ローラ。寓意《ぐうい》に満ちた謎めいた構図でエロティシズムの薫る少女を描く。描かれる人物はしばしば不気味な表情をしており、怖い。
＊11　ハンス・ベルメール。画家・写真家・人形作家。少女の腹部から上下方向に二対四本の脚が生えてヒトデみたいになっている例の人形が有名。サディスティックなエロティシズムがあり、怖い。
＊12　フランシス＝マリー・マルティネス・ピカビア。印象派風、キュビスム風、ダダ風と様々な作風を渡り歩いた作家。複数のモティーフが一枚の絵に重ねて描かれる作品が有名。あまり怖くない。
＊13　作家・劇作家・作曲家。巨大な顔が窓から覗いてきたりする作品が有名。怖くはないが、画集のページをめくってこの人の作品がいきなり現れたりするとびっくりする。本名アンドレア・フランチェスコ・アルベルト・デ・キリコ。名前が長い。

がロプロプを指し示す〉というふうに、タイトルにもなっている。

「……あれ、ロプロプだったのか」やはり絵画についてある程度の知識がある人間が犯人なのだ。しかし、それが分かったところでどうしようもない。

ふと気がつくと、千坂さんが隣の机の横に立っていた。彼女の視線は机の上に置かれたままの画集に注がれている。

千坂さんの白い手が伸びてきて、僕がめくったページを逆方向にめくり始めた。

僕は少し体を引き、彼女に画集を譲った。「千坂さん？」

「さっきのページ」

千坂さんはそれだけ言って画集のページをめくっていく。不思議なことに音がほとんどせず、硬くて重い画集のページのはずなのに、まるで薄紙でできているように何の抵抗もなくめくられていく。まっすぐに落ちる髪の陰で細められた切れ長の目は、ほとんどまばたきをすることもなくページをじっと見ていた。

が、彼女の手がぴたりと止まった。そしてそのまま動かない。

僕は横からページを覗《のぞ》いた。典型的なシュルレアリストとして数えられるベルギーの画家、ルネ・マグリットの絵だった。

「……それ、気になる？」

僕がそっと訊くと、彼女はわずかに顔をこちらに向け、僕を見た。「この絵……」

一歩近づき、あらためて彼女の開いているページを見る。「ああ、マグリットだね。

ルネ・マグリット〈光の帝国〉
"The Empire of Lights" René Magritte

1954年　油彩、カンヴァス
146cm×114cm
所蔵：Musées royaux des Beaux-Arts de Belgique, Brussels, Belgium

〈光の帝国〉っていうやつだけど。……面白いでしょ」

彼女は再び画集のページに視線を落とし、そして、ぽつりと言った。

「……分かった。犯人と、理由。それに、方法」

4

僕たちは鞄を持って理事長室に向かった。いつの間にか時間が経っていて下校時刻になっていたが、解決は明日に、という気分ではなかったし、何より、千坂さんが職員室前で俵を見かけるや否や、つかつかと近付いていって「犯人を見つけたので理事長室に来て下さい」と言い放ったので、引っ込みがつかなくなってしまったのである。

理事長室に向かって廊下を歩く僕の後ろには風戸と千坂さんの他、いつも以上の渋面で歩く俵がついてきた。僕は内心、胃が縮む思いだった。千坂さんがしてくれた説明で真相は分かったが、犯人を指摘しても証拠が得られるかどうか、何より理事長や大里氏らを納得させられるかどうかが分からなかったのだ。

だが、材料はあった。千坂さんと一緒に検討してみた結果、この事件がただ単に生徒の悪戯だったとするなら不自然な点が、六つも出てきたのだ。

問題は、それをうまく説明できるかだった。

千坂さんは平然と理事長室のドアをノックし、失礼します、と言って入っていった。

理事長室ではデスク前の応接セットにまだ大里氏が残っており、お茶を飲んでいた。

千坂さんは「今度は何の用だ」と露骨に顔をしかめる理事長に対し、至極簡潔に「絵画を毀損《きそん》した犯人が分かりました」と言った。理事長の眉《まゆ》が上がるのが見えた。

俵はそこが自分の立ち位置だと言わんばかりに、理事長の脇に移動してこちらを向いた。理事長は値踏みする目で千坂さんを見ているし大里氏も訝《いぶか》しげに彼女を見上げている。しかし、まっすぐに背筋を伸ばして立つ彼女は少しも怯《ひる》む様子がなかった。闘争の始まる予感があり、僕は彼女を引き戻して逃げたくなったが、今の彼女を僕が抑えられるという気もしない。なるようになれ、と観念してついていくしかなかった。

「理事長の考えは違います」千坂さんは座る理事長をまっすぐに見た。「不自然な点がいくつもあります」

「おい、何が」

俵が口を開きかけて黙った。理事長が手を上げて制していた。

千坂さんは俵を一瞥《いちべつ》し、さして関心がない、という様子で続けた。「なぜ犯人は絵に落書きをするだけでなく、わざわざペインティングナイフで傷をつけたのか。なぜ犯人はブログのURLを、生徒がめったに見ない学校の掲示板に貼ったのか。なぜ犯人は犯行を文化祭後に行ったのか。なぜ犯人は『12月16日』の記事の写真を夜中に撮影したのか。なぜ」

「おい、ちょっと待て」俵が言った。「分かるように説明しろ」

もうついていけなくなっているらしい。僕は吹き出しそうになるのをこらえたが、風戸は露骨に吹き出してしまい、俵にすごい目で睨まれた。

まさかこの時点で「分かるように」と注文がつくとは思っていなかったのだろう。千坂さんが困った様子で僕を見るので、僕がかわりに言うことにした。

「ええと、例のブログの『シュールマン』がただ悪戯をしたいだけの生徒だとするなら、不自然な点が全部で六つ、あるんです」咳払《せきばら》いをする。「まず一つ目は例の絵の傷です。ただ自己顕示欲で悪戯をしているだけなら、わざわざペインティングナイフで全体に傷をつける必要なんてないじゃないですか。時間もかかって危険なのに」

僕が言うと、千坂さんは少し後ろに下がった。どうも彼女は喋るのが苦手で、自分ではあまり長々とした説明はしたくないらしい。

「続いて二つ目は、ブログのURLを学校の掲示板に貼ってアピールした、という点です。これも不自然です」僕はとりあえず理事長を見ながら喋ることにした。「学校のサイトの緊急連絡用掲示板なんて普通、生徒は誰も見てません。あそこに書き込んだって、最初に見るのは教職員です。そしたらまず教職員の間で情報が伝わって、せっかく悪戯をした絵が撤去されちゃうじゃないですか。生徒の悪戯なら、生徒全員に知らせたいはずです。それなら人のいない教室の黒板に書いておくとか、もっと大人数に知られる方法がいくらでもあるのに」

理事長は黙っている。大里氏と俵も動く様子がない。

「三つ目に、絵に対する悪戯を文化祭後にした、というのも変です。文化祭の、とりわけ一般公開日には多くの人があの絵を見るのに、どうしてわざわざそれが終わってからにしたんでしょうか？　一日目の夜は生徒もわりと遅くまで残ってるから、うろうろしてても目立たないのに」千坂さんを見る。彼女は完全に僕に説明を任せている様子で微動だにしないので、僕は続きを言う。「それと四つ目。ブログの12月16日の記事、ご存じですよね？　鳩部屋……ええと、とにかくあの大教室の悪戯書きが消されていた、という記事ですけど。あれも変じゃないですか？　あの時、犯人は別に何か悪戯をするわけじゃなくて、単に壁を撮影しただけなんです。あの部屋は普段無人なんだから、放課後や休み時間の適当な時に撮ればいいじゃないですか。わざわざ夜の校舎に残ってまで撮影する必要はありませんし、そんなことをするのは危険すぎます。夜中に校舎にいて、見つかったらそれだけで不審者ですから」

「つまりだね」それまで我慢して聞いていた様子の理事長が、やや苛立《いらだ》たしげに口を開いた。「何が言いたいんだね」

「ですから」僕が言っていいのか、と確認するため千坂さんを見るが、千坂さんはこちらをちらりと見ただけだった。「……生徒の悪戯じゃないんです。これは」

理事長たちもだが、僕たちもかなりうっかりしていた。まだ言っていないものも含め、これだけ不自然な点があるのだ。気付かなかった方が不思議なくらいである。

あくまで理性的なポーズを維持しつつ、理事長が言う。「では、誰の手によるものだと？」

「12月16日の写真が夜だったのは、犯人がその時にしか撮影できなかったからです。文化祭後に絵に悪戯をしたのも、その時しか校舎に入れなかったからです」少し声を大きくする。「つまり犯人は外部の人間なんです。犯人は文化祭二日目の一般公開日に校舎内に入り込み、トイレかどこかに隠れて夜まで待ち、それから犯行に及んだんです。外部の人間が校舎内に、記録を残さずに入れるのはこの日だけですから」

ここははっきりと言わなければならなかった。理事長を見る。

「犯人はある目的があってあの絵を傷つけた。あのブログを作ったのは、それを『生徒の悪戯』に見せかけるためです」

「何を言っているのか、分かりませんね」理事長は顎《あご》を撫《な》でた。「ブログを作った、と言うが、犯人は八ヶ月にわたって悪戯を続けているでしょう。そんなに何度も、どうやって学校に侵入したんですか。我が校のセキュリティはしっかりしています」

「いえ……つまり、その」

ここからは説明が難しいのだ。僕がどう説明しようかと迷っていると、千坂さんが言った。

「あのブログは〈光の帝国〉です」

皆、意味が分からなかったのだろう。沈黙した。

千坂さんは続けて言う。「異なる時間帯の並存です」

後ろの風戸もぽかんとしていた。的確ではある。しかしどうも独特の語彙《ごい》だな、と思う。やはり千坂さんは結構、変わった人なのかもしれない。まあ、絵など描く人間は大抵そうだ。

「ええと、ベルギーの、ルネ・マグリットという画家の絵に〈光の帝国〉というのがありまして」まるで解説者だな、と思うが、僕は急いで説明を加えた。「この絵は昼の風景と夜の風景が、同じ絵に同時に描かれているんです。前景の家や通りなどは夜の灯《あか》りがともっているのに、その背景には真昼の青空が描かれているんです」

一見しただけではその事実に気付かないが、必ず違和感を覚える絵なのだ。鑑賞者はこの絵をしばらくじっと見て、ようやくマグリットの仕掛けたトリックに気付く。

「あのブログは、要するにそういうことです。八ヶ月にわたって悪戯の記録をつけているように見えるあのブログは、実はたった一晩で作られたものなんです」

頭の中を整理する。順序立ててきちんと説明しなければ理解してもらえないだろう。

「……あのブログの記事は五つしかありません。そのうち『10月9日』の記事は塀の外側への落書きですから、校内に入らなくても作れます。それから、『2月19日』もそうです。雪の写真は校外のどこかで撮り、木を彫った写真は彫った部分がアップになっている。つまり同じくらいの太さの別の木に彫ってそれを撮影すればいいんです。あとは文化祭の一般公開日に校舎内に侵入して、夜中に写真と同じ絵を彫ればいい」

一般公開日の後は皆、さっさと打ち上げにいってしまっているから、校舎内のひと目は普段よりずっと少なかったはずだ。「同時に、犯人はその時『6月16日』と『12月13日』『12月16日』の三つの記事も、一度に作りました。一般公開日の夜には絵は美術室にありませんでしたが、『6月16日』の記事にある写真も絵のアップだけです。『12月13日』の方は引きで、どこの教室かもはっきり写っていますが、あれはマジ研が引き揚げた後にいくらでも撮れたでしょう。犯人は『12月13日』を撮った後、自分ですぐに落書きを消して『12月16日』の写真も撮ったんです。あの写真は一見夕方に見えますが、マジ研がステージマジックの発表をしていた以上、あの部屋には照明機材があったはずです。それを使って夕日に近い色の光を作り、後ろと斜め後ろから当てれば、壁を撮るだけなら夕方のような写真が作れます」

だからあの部屋だったのだ。文化祭直後とはいえ、照明機材なんていうものを置いてある教室は校舎全体で見ればいくつもない。つまり、現場が他のどこでもないあの部屋だったという事実が、犯人がこのトリックを用いたという、かなり有力な証拠になる。

もちろん、いくらひと気のない校舎とはいえ、派手に光を灯《とも》すのはやはり目立つだろう。だから、あるいは犯人は「12月16日」の写真を撮る準備をしている間に、周囲に人の気配を感じたのかもしれなかった。「12月16日」も昼間に見せかければいいのにそうしなかったのは、おそらくそういう事情だ。

「そう考えれば、五つ目の不自然な点も説明がつくんです。悪戯のアピールのためにブログをアップし、他の『悪戯』の時は場所を具体的に明記していたはずの犯人が、『12月13日』『12月16日』の記事だけは明記していない。それは犯人が、あの部屋が何という名前の部屋なのか知らなかったからです」

生徒なら「鳩部屋」と――その呼び名を知らない生徒でも「大教室」とか書いているだろう。だがこの犯人は何も書けなかった。実際の生徒たちがあの部屋を何と呼んでいるか知らなかったからだ。まさかそのせいで不自然さに気付かれるとは犯人も考えていなかっただろうが、一旦《いったん》「犯人は外部の人間かもしれない」と考え始めてみると、その事実が大きなヒントになる。

「それから六つ目。これが一番不自然な点なのですが」僕は千坂さんを見た。彼女は犯人を見ているだけで、もう喋る気はないらしい。続けて言うことにする。「犯人はなぜ、絵のアクリルケースを外せたのでしょうか？……つまり、あのケースを外しても警報が鳴らないということを、なぜ知っていたのでしょうか。生徒はそんなこと知りません。絵自体を動かさなければ鳴らないタイプのアラームもありますが、あの絵に仕掛けられているのがそれだということは分からない。絵自体を動かしていない以上、犯人はアラームの存在は知っていたんです。なのにアクリルケースは躊躇《ためら》いなく外している」

ようやく結論だ。ここまでは、わりとうまく話せたはずだった。

「……つまり犯人は、あの絵に仕掛けられているアラームがどういうタイプなのかを知っていた人間です。しかも普段校舎に入れない外部の人間で、油絵の具その他が扱え、額装のアクリルケースをさっと外せる人間です」

俵は動かなかったが、理事長の視線が動いたのが見えた。

僕も、応接セットに座ったまま、視線から逃げるように俯いている大里を見た。

「……大里さん。犯人はあなたです。あなたは何かの理由であの絵を廃棄したかった。だから生徒の悪戯に見せかけて、理事長が修復を諦めるような形で傷をつけた。理事長によれば、あなたは文化祭を見学していたんですよね？　その時、マジ研の照明機材に目をつけていたんじゃないですか？　もしかしたら、それでトリックを思いついた」

大里氏は俯いている。膝の上で握られている手が震えているように見える。僕は祈った。あれが身に覚えのないことを言われた怒りによるものではなく、暴露された恐怖によるものでありますように。

「あの絵にわざわざペインティングナイフで、しかも全体に及ぶように傷がつけられたのもそういうことですよね？　ただ鳥人間《ロプロプ》を描くだけでは修復できてしまいますから」

絵画の修復については父から教わってある程度知っている。傷や汚れが深く広く、全体に及んでいるほど修復は困難になる。

「おい、ちょっと待て」

大里は震える声で言いながらさっと顔を上げ、僕を睨んで指さした。「いいかげんなことを言うな。私だっていう証拠がどこにあるんだ」

僕は心の中だけで舌打ちした。やっぱり、素直に認めてはくれないらしい。「証拠なら、ありますよ。もうすぐ出てきます」

「何だと？」

「『12月13日』と『12月16日』に出てきたあの教室の監視カメラですよ。管理してる先生にさっき頼んで、映像をチェックしてもらってます」僕は大里を睨み返した。「知らなかったんですか？　あの部屋は監視カメラが置いてありますよ。あなたの姿がばっちり映ってるはずです」

「引っかけようったってそうはいかんぞ」大里は立ち上がった。「下手糞な嘘はやめろ。貴重品も何もないあんな部屋に監視カメラなんて設置するわけがないだろう」

「言ったな」風戸の声がした。

「うん。言った」僕も風戸を見て頷いた。

それから大里に視線を戻す。

「……ブログには、あの部屋がどの教室か分かるような情報は何も書いてありませんでしたよ」内心ではほっとしていた。大里こそが犯人だと、この場にいる理事長たちが納得できる形で示す方法が他に思いつかなかったのだ。「……あの部屋に『貴重品も何もない』ということを、あなたがどうして知ってるんですか？」

大里がはっと息を呑《の》むのが聞こえた。

もう一回うまく引っかかったな、と思い、ようやく僕は少しだけ緊張を解けた。実際には、さっきの発言をしたからといって大里が即「詰み」になるわけではない。ブログを見たので現場を捜して確認したのだ、と言い張れば済むことだからだ。だが焦った大里は、二重の罠《わな》に両方かかった。

一人遅れてようやく理解したらしく、俵の視線が大里に移った。僕は言った。

「大里さん。あなたがなぜあの絵を廃棄したかったのか、僕には分かりません。でも、生徒の悪戯のふりをしてこっそり廃棄しようとした、というなら、いくつか予想はできます。たとえば……」

大里はくるりとこちらに背を向けたと思うと、がば、と膝を折って這《は》いつくばり、モスグリーンの絨毯に額をざりざりとこすりつけて叫んだ。

「申し訳ありません！」

理事長と俵は口を半開きにしたまま、突然奇矯な行動にでた大里を見下ろしている。大里はスーツの襟からのぞくうなじをぶるぶると震《わ》わせながら叫ぶ。「本当に申し訳ありません。この通り、伏してお詫《わ》び申し上げます！」

「いや、しかし」さすがに面食らったようで、理事長はもごもごと言う。「君、一体何を」

「破損させてしまいました。文化祭の展示のため移動させた時、なぜか角をごく軽くぶつけてしまい、なぜか絵の具の一部がぽろりと」

一部と言っているが、すぐに分かるような目立つ部分だったのだろう。大里はまるで打擲《ちょうちゃく》されるのを待っているかのように背中を丸めて縮こまる。「きっと生徒がすでに傷をつけていたんだ、と思い、それならいっそ、と」

確かに、絵を運ぶ途中に簡単に破損させてしまった、となると、画商としては信用問題になる。それならいっそ、もっと壊して、生徒の悪戯があったと見せかける……つもりだったらしい。

ひどい話である。大人が子供に罪をなすりつけるつもりだったのだ。それに画商としても滅茶苦茶《めちゃくちゃ》だ。そもそも絵の具が剥落《はくらく》するレベルで強く角をぶつけたという時点で、一体どういう運び方をしていたんだと言いたくなる。

「貴様」

俵が怒鳴って大里に歩み寄る。うずくまっていたくせに大里は慌てて立ち上がり、俵から逃れようとして壁際に下がった。

「理事長のお気に入りの品だぞ。どうしてくれる」俵は壁際に逃げた大里に摑みかかった。「バックレるつもりだったのか。ふざけるな」

「い、いいえ、そういうわけでは」

「ふざけるんじゃねえ」ようやく自分の見せ場を見つけたというのか、勢い込んだ俵は太い腕で大里の胸倉を摑んで壁に押しつける。「弁償しろこの野郎。早く払え」

あっと思った。これはどう見ても暴力行為。犯罪である。

僕は内ポケットから携帯を出し、ムービー撮影モードにした。撮影開始の効果音が鳴り、大里を締め上げていた俵がこちらを向く。

「おい。何やってる」

「ええと」答えようがない。しかし今のやりとりも録画している。「撮影してます。現行犯だし」

「何だと」

「君、やめなさい」焦った声で理事長が言う。どちらに言ったのだろうか。

「やめんか。誰が許可した」俵が大里を振り捨ててこちらに向かってきた。「それをよこせ。没収だ」

ふざけるな、と思った。現行犯を撮影するのに犯人の許可を取る必要がどこにあるのか。何が「没収」だ。殴るなら殴ればいい。その瞬間も撮影してやる。

僕は携帯を構え続けた。青筋を立てて向かってきた俵が太い腕を伸ばしてくる。殴られる。

だが、横から同じくらい太い腕が伸びてきて、俵の腕を摑んで止めた。

「……生徒に対しても暴力行為っすか」

風戸だった。風戸は空いた手で俵のもう片方の手首もがっしりと摑んだ。「教育委員会に言いますよ」

「何だと貴様。教師に向かって何だ」俵はわめいた。「手を放さんか」

だが、風戸は俵の両手首をがっちり摑んだままだった。俵は力まかせに振りほどこうとしたが、無理だった。風戸の方が強いのだ。

僕は思った。……実用向きじゃないか。お前の筋肉。

「もういい。やめんか俵君」理事長が裏返った声で言った。

俵が下がる。理事長は観念した様子で眉間《みけん》に皺《しわ》を寄せていた。

それを見た僕はようやく、勝ったな、と思った。

5

窓の外を見れば、雨はまだ降っている。しかし僕が吸い込む廊下の空気はなんとなく軽やかに感じられた。

「風戸、ありがとう」隣の友人に言う。「殴られる覚悟だったんだけど、助かった」

「まあ、鍛え方が違うからな」風戸は得意げに鼻の穴を膨らませたが、すぐに真面目な顔になった。「だが、いいのか？　警察か教育委員会に持っていって、理事長にも然《しか》るべき罰を与えるべきだっていう考え方もできるだろう。緑川なら、そういうのをびらずにやれると思うが」

「別に理事長を潰《つぶ》したいわけじゃないんだから。……今後、理事長は僕たちに頭が上がらないだろ。それで充分だよ」

あの後、理事長は俵を制止し、今のことを穏便に済ますよう僕たちに要求してきた。最初は上から「要求」していたのだが、何の証拠もないのに生徒を疑って取調べのようなことをした、と指摘すると徐々に余裕をなくし、最後にはデスクに額をついて平謝りに謝ってきた。

客観的に見るなら、僕がムカついたのが問題なのではなく、学校法人の理事長が生徒に対してとった行動として問題があるのだから、いくら謝られようが教育委員会に知らせるべきなのかもしれない。だが、僕はそれをやらないことにした。理事長を追いつめてこちらに何かメリットがあるとは思えなかったし、それに、千坂さんが学費免除の特待生であることを思い出したのだ。

僕が理事長を追いつめた報復として千坂さんの学費免除が取り消される、ということは考えにくい。そんなことをすればそれこそ問題になってしまう。だが、追いつめたせいで「学校の経営悪化」を理由に学費免除の制度そのものを変えられてしまう可能性はあった。そうした場合、千坂さんへの個人攻撃とは見なされないから、おそらく問題にすることはできなくなる。もしそうなった場合、この件に何の関係もないH組の人たち全員が特待生待遇を潰されてしまうことになる。そうまでして犯人扱いされたことへの報復を貫徹したいとは思わない。それに、僕は一ヶ月以内に俵を懲戒免職にするかわりに告発を見送る、という条件を提示し、それを呑ませた。あれがいなくなるだけで充分だった。

「……理事長は約束を守るのか？」風戸はまだ信用していないようである。

「理事長が守らなくても僕は守るよ。その場合は刑事告発と同時に教育委員会への投書」

　僕が言うと、風戸は苦笑した。「……おっかねえな、お前」

　ふと気付くと、逆隣を歩く千坂さんも僕を見ていた。僕は歩きながら言った。

「ありがとう。おかげで助かった」

　千坂さんは小さく頷いたが、何か思い悩んでいるようにも見えた。僕に対し、それでいいのか、と気にしているのだろうか。だとしたら、少しほっとする。どういう人で何を考えているのか、これまでずっと分からなかったのだ。

　だが、千坂さんは事件解決の余韻も特に何もなく、昇降口のところで僕たちと別れようとする。

　僕は焦った。「あ、あの」

　彼女が振り返る。僕は何をどう言っていいか分からず困った。

　正直なところ、ここでこのままさよならにしたくはなかった。彼女はH組だ。ここで別れてしまえば、明日からはもう話すきっかけがなくなってしまう。きっと廊下ですれ違って会釈を交わすだけの関係になってしまうだろう。それはとてつもなく勿体《もったい》ないことだと思った。せっかく話ができた。一緒に探偵をやって、しかも彼女はどうやら僕と同じ「描く人」らしいのだ。アートを「難しそう」「意味が分からない」と言って敬遠してしまう人ではないのだ。

「あの、お礼に、ちょっと……」僕は特に考えずに口に出していた。「……駅前のお店でケーキ食べない？　おごるし」

よく考えてみれば、放課後、女子をどこかに誘ったのはこれが人生初だったのだ。勇気というものはどうやら、焦った時に不意に出るものであるらしい。

言ってから、千坂さんの反応が怖くなった。「なんで付き合わなければならないのか」とか「下心が見え見え」だとか思われただろうか、という不安が脳裏をかすめ、首筋が寒くなる。彼女は戸惑った様子で視線を彷徨わせていた。

「いいな、それ。行こうぜ」

言ったのは風戸だった。風戸は僕よりずっと軽やかに、千坂さんを見て言う。「千坂もいいだろ？　駅前のあそこだろ。名前忘れたが」

千坂さんは少し間があったものの、こくりと頷いた。心の中で風戸に向かって最敬礼する。風戸はちらりと僕を見てにやりとした。「俺にも、おごれよ」

「うん」僕はもちろん、という意味を込めて強く頷いた。

三人、靴を履いて傘を持つ。雨はまだ降っていたが、僕は勢いよく昇降口のドアを開けた。

視界の中に、動くものが一つもない。窓の外は梅雨の灰色のまま風もなく雲も動かない。賑《にぎ》やかな授業中とは違って茫漠《ぼうばく》と誰もいない美術室の中も、同じく静止している。さっきまで飛んでいたはずのショウジョウバエすらどこかで動きを止めている。窓を閉めているので運動部の掛け声や車のエンジン音も聞こえてこない。なぜかいつも賑やかな雀と鵯《ひよどり》の声も今はない。

何より、最も動いていて然《しか》るべき千坂さんがぴたりと静止したままなのである。イーゼルに画用紙を置いて左方向に五十五度ほど首を回し、右手で鉛筆を持ったまま、まっすぐに背筋を伸ばして道標のように動かない。よく考えたらあの手はずっと空中で静止したままではないか。

それを隣で見ている僕も動けなかった。彼女の動き出しを待っているうちに、使わない機械の関節部に埃《ほこり》が詰まるようにして徐々に動きにくくなり、今は完全に錆《さ》びついてしまっている。動いて物音をたててはいけないような気もするし、千坂さんから視線をそらしてもいけない気もする。本当に美術室の空気が固着してしまったのかもしれなかったし、脳が処理落ちして実は動いているのに認識できなくなっているのかもしれない。そうでなければ壁の時計までこんなに静かなわけがないと思う。

ずっとこのままというわけにはいかなかった。それは分かっている。だが千坂さんにどう声をかけていいのか分からない。優しく彼女の手を取って動かしてあげる妄想も何度かしてみたが、もちろん体に触れるなどとんでもないことだ。初めて美術室に来てくれたのに、下手なことをしたら逃げられてしまう。それで二度と来なくなってしまったら取り返しがつかない。

千坂さんが美術室に来てくれた。

理事長所有の田杜玄作〈漁村　働く十人の漁師〉に落書きをした、という疑いを晴らした後、風戸のお陰で彼女と一緒に駅前でケーキを食べることができた。彼女は質問に肯定か否定を返すだけでほとんど喋《しゃべ》りはしなかったが、千坂桜というフルネームを聞けたし、僕と風戸の自己紹介もできた。最初、僕は彼女が退屈しているのではないか、早く帰りたいと思っているのではないかと不安だったが、僕と風戸のする話をよく聞いてくれているようではあったし、単に物静かな人なのだろうということは見当がついた。

そして彼女は美術室にあった画集に興味を示し、美術室に来ればいつでも見られるからぜひ来て、という僕の言葉に頷《うなず》いてくれた。

そして翌日、本当に来てくれた。

しかも僕の隣で静物のスケッチに挑戦しようとしている。ここでうまくやれば、もしかしたら美術部に入ってくれるかもしれない。そうなったらもう死んでもいいなと思うし嬉《うれ》しすぎて死ぬかもしれない。ただでさえ新入部員の来ない地味な部活の代表格である美術部。その上ちゃんと活動している部員が僕一人とあっては男子は来ないし女子も絶対に来ない。芸術とは基本的に一人でやるものだから部員が僕一人であっても本質的には構わないのだが、やはり仲間は欲しかったし、このまま部員が来ず、僕が卒業したら美術部は廃部、というのもさすがに責任を感じる。そこにいきなり部員候補が現れた。しかもそれが他の誰でもない千坂さんなのだ。千坂桜。二年H組の特待生。夏服の袖《そで》から伸びる腕はあくまで白く、まっすぐに下ろしたままの髪はあくまで黒い。軽々しく触れられるわけがなかった。

だが、これはどうすればいいのだろうか。

絵画損壊事件の時に恐るべきデッサン力を発揮した彼女は、なぜか今、全く動いていない。事件の時のデッサンでは中心線を取り陰影をつけていたから、天然のままの天才、というのでなく明らかにどこかで訓練したはずなのだ。だが昨日、ケーキを食べつつ絵の経験について質問しても無言だったし（あれは気まずかった）、本当に経験者なら僕が適当に置いた果物のデッサン程度でこんな長時間固まるはずがないのだ。緊張しているのかとも思うが、特に僕の視線を気にしている様子もなくただ止まっている。もしかして本物の天才で、最高の構図が決まって描きだすまで何日もかかるのだろうか、と非現実的なことを考えてしまう。どうすればいいのだろうか。このまま放っておけば「やっぱり無理」と諦《あきら》めて二度と美術室に来てくれなくなるかもしれない。だが下手にアドバイスをしても鬱陶《うっとう》しい奴だと思われて二度と美術室に来てくれなくなるかもしれない。

雰囲気を変えるためさりげなく窓を開けるなどしてみたとして、「気を遣わせているのか」と落ち込まれたらやはり美術室に来てくれなくなるかもしれない。ひたすら動かず待ちに待って、ようやく手に乗ってくれた小動物のようだった。ほんのわずかな動きでぱっと逃げてしまって二度と姿が見えなくなる。そんな気がする。

「……あの、千坂さん」固まっている彼女の横顔に最低限の音量で言う。「あんまり悩まなくていいと思う。上手《うま》い下手とかないから、好きなように描けば」

千坂さんは三秒間ほど反応がなく、四秒目でゆっくり首をこちらに回し、二秒間僕をじっと見た後、無表情のまま言った。「……好きなように」

疑問形ともとれるしただの鸚鵡《おうむ》返《がえ》しにも聞こえる。僕は自分が喋ることにした。昨日だって、それで嫌がられているような様子はなかった。

「あの、座る位置変えてもいいし、そっくりに描く必要はないし、『私の考えた面白リンゴ』みたいに描いてもいいし」

彼女がじっとこちらを見ている。僕は立ち上がってみせた。

「なにもこの位置からじゃなくたって、好きなとこからでいいんだ。たとえばこうやって」言いながらスケッチボードを持って、台の上に置いたリンゴに覆いかぶさる。

「真上からとか」

真上からだと上にかけてある布に覆われてリンゴはほとんど見えなくなるし前後関係や陰影も吹っ飛ぶので練習にならないのだが、今の彼女はそんなことを考えなくていいのだ。僕は大急ぎであたりをとって真上から見たリンゴを描くと、千坂さんはすっと立ち上がり、隣に来て僕のスケッチボードを覗《のぞ》き込んだ。肘《ひじ》が彼女の肩のあたりに触れ、喉《のど》がきゅっと締まるように息苦しくなる。しかし派手に唾《つば》を飲み込んだら変態と思われる。

「こう描かなくちゃいけないっていうのはないっていうか、むしろ変なら変なほどいいっていうか、たとえばこれで『静物です！』って言ってもいいし」大急ぎで描き上げた輪郭だけのリンゴ（というか、それにかぶさっている布）を見せ、それから画用紙を裏返し、今度は対象物を見ないままリンゴを描く。後にも先にも、僕の人生でこんなに急いでデッサンをしたことはなかった。「現実無視しても面白いし。たとえばこのリンゴ、現実では台に置いてあるけど、月面にあることにしてもいいし」

リンゴの輪郭の下部に曲線を引き、クレーターで凸凹の月面を描く。それだけでは面白くないので、リンゴの背後に小さく地球を描き、ついでに月面に立ちリンゴに手をかける小さな宇宙飛行士も描く。宇宙飛行士との比較で考えるとリンゴの直径は三メートル程度だろうか。月面の曲線とスケールが合わないが、まあ今はどうでもいい。僕は画用紙の下部に文字を書いた。「これで例えばタイトルが〈未知との遭遇〉とか。色だって、現実のリンゴは赤だけど別にピンクでもいいわけで。べたっとしたショッキングピンクの気持ち悪いリンゴとか、描いてみたら面白いかもしれないし」

だいたい、小学校の図画工作の授業でそういう教え方をしてくれる先生が少ないのがいけないのだ。せっかく「リンゴをピンクで描く」ことの面白さを発見した子供が「リンゴは赤です」と直されてしまっては自由な発想の芽が摘まれてしまうし、アートを規則でがんじがらめのつまらないものだと誤解してしまう。むしろ日常気付かなかったあれこれの規則をぶち壊す快感こそがアートの楽しみだというのに。もっとも小学校時代、ませた嫌な餓鬼だった僕は「まあ本気で描くともっと斬新《ざんしん》なんだけど、大人たちが喜ぶのはこれかな」と、わざと「普通」に描いたりもしていたのだが。

隣の千坂さんを見ると、彼女は僕が適当に描いた〈未知との遭遇〉にじっと見入っていた。本当に適当に描いただけなのでそんなにじっと見られるのは恥ずかしいのだが、僕は胸が高鳴るのをこらえ、なるべく動かないようにしていた。

「それに、何もこういう『いかにも』って物を描かなくてもいいわけだし」僕は窓の方を指さす。「ほら、あの換気扇を描いてもいいし、窓ガラスのあの汚れの部分だけアップにしてもいいし、ほんと好きなものを好きなように……」

千坂さんは僕の指さす窓の外を見ると、自分の画用紙に視線を落とし、立ったまま猛烈な勢いで鉛筆を動かし始めた。

あの時の感動と衝撃は、何年経ってもはっきり思い出すことができる。

たった五、六分で、彼女のラフスケッチは全貌《ぜんぼう》を現した。窓の外、A棟の校舎が描かれ、その屋上に、リンゴと布が巨大化して置かれていた。横から見た瞬間におっと思った。校舎の屋上を皿にした果物。現実とは全く違うスケールなのに、リンゴはリンゴで、校舎は校舎でそれぞれに現実感を主張してくるため、エッシャーやマグリットの騙《だま》し絵を見せられたような気分になる。

――こういうスケッチはしたことがないと言っていた。だとすれば、初めて描いたのがこれか！

「……すごい！　すごい面白い！　いいね！」声が大きくなるのを止められなかった。

千坂さんは手を止め、僕の反応が本心なのかを確かめようとする様子で、じっと僕を見た。

僕はもう、じっと見られても平気だった。いきなりでこれなのだ。彼女はすごい。これ以上の本心はなかった。「千坂さんすごいよ。これ、すごい面白い」

そもそも彼女の場合、デッサンだの質感だのパースだのといった技術面は最初から何も言うことがないのだ。技術面に関しては小学校からやっている僕より上かもしれない。興奮した僕はぴょんぴょん跳ねるような勢いで喋っていたが、途中から彼女も安心したのか、ふっと表情を緩めた。

あ、微笑んだ、と思った。初めて見た気がする。

僕は自分が心の底から喜んでいるのを自覚していた。そういえば一年の頃から一度も見たことがなかった、千坂さんの微笑みだった。それまで何を考えているのか分からなかった彼女の気持ちを摑《つか》む、ほんのささやかな糸口だった。そして何よりこのセンスである。普通の人間は、好きに描いていい、と言われたからって校舎の屋上にリンゴを置いたりはしない。千坂さんは少なくとも、普通でない何かを持っている可能性が大きい。

宝物の発見だった。彼女の成長への期待と、それを見せた時の周囲の反応が次々脳裏に花開き、僕の全身を動悸《どうき》と痙攣《けいれん》が駆け抜ける。彼女はきっと、僕の仲間だ。

「……これで、いいの？」

無表情なまま訊《き》いてくる彼女に全身で肯定の意を伝える。鬱陶しいとか怖がられるかもとか、ちまちました不安はどこかに吹っ飛んでいた。「いい！　ほんと面白いよすごい！　これ。これだから。面白いと思ったものを好きなように」

千坂さんはそこまで聞くと、画用紙を裏返し、周囲を見回し始めた。別のものも描いてみるつもりらしい。ここは邪魔をしてはいけないと思って体を引く。千坂さんはスカートの裾《すそ》をはためかせて窓際に寄り、窓沿いにするすると動き、デッサンや点描が貼ってある後方の壁沿いに歩き、そのまま戸を開けて廊下に出ていってしまった。おいおいと思って後を追う。彼女の集中力は知っていたが、よほど夢中になっているのか。それともともと、少し変わった人なのか。

結論から言えば、両方なのだった。追いかけて廊下に出た僕は、消火栓の前に立ち、火災報知機のボタンを凝視しながら高速で鉛筆を動かす彼女を見た。こちらは思わず廊下の左右を見る。階段から下りてきた女子四人組がちらりとこちらを見たので、僕は急いで鉛筆を構え、美術部の活動ですよ、とアピールした。千坂さんは視線に気付きもしなかった。

斜め後ろから、赤い火災報知機をスケッチする彼女を見る。まばたきすらしていないように見える。熱く冷静な眼差《まなざ》しが対象を分析し解読してゆく。僕は思わず唾を飲み込んでしまう。可愛い、というより、美しい顔だと思った。

と、千坂さんがくるりと回転し、まっすぐに僕を見た。見つめていたことがばれたかと焦ったが、彼女の関心はそちらには全くなく、今度はその眼差しで僕を分析しているのだった。正確に言うと僕の頭部と頸部《けいぶ》から肩のあたりまで。バストショットで捉《とら》えているのだ。容赦のない視線に裸にされたような気分になるが、せっかく集中しているから逃げ出すわけにはいかない。階段の方から再び女子の笑い声が聞こえてきて、この状況を見られたらどうするのだと思ったが、しかし動くわけにはいかない。まさかモデルにされるとは思っていなかった。彼女の視線に顔が紅潮していくのが分かる。

そして、彼女が手を止め、スケッチボードに視線を落として停止する。たっぷり二十秒間そうした後、鉛筆を引っ込め、それからくるりとスケッチボードを回して僕に見せた。制服を来たバストショットの僕……の、頭部が火災報知機の丸いスイッチになっていた。

タイトルが浮かんだ。〈押すな〉。

頭部変形のインパクトに衝撃を受ける。彼女はマグリットの〈光の帝国〉を知らなかった。つまりそれほど絵を見た経験はなかったはずなのだ。シュールさを主眼とした絵のモティーフとしては「人間の頭部を他のものに置き換える」はさほど珍しくなく、むしろ常套《じょうとう》手段と言ってもよいものだ。だがその常套手段を、今日初めてスケッチをしてまだ二枚目、という高校生がちょっとした思い付きでやっている。しかもただネタの面白さだけではなく、火災報知機の正確な円形とちょうど鼻のあたりにくる押しボタンという造形の面白さもあり、ちゃんとセンスを感じさせる作品になっている。僕は感動を表現しつつ、「本当に天才かもしれない」という、これまでと別個の興奮が心臓から首に向けてせり上がってくるのを感じていた。今度は不安と緊張の混じったシビアな興奮だった。これは冗談抜きで、本当に天才かもしれない。高校生としてではない。大人の社会で通用するレベルの。僕は今、すごいものを目の当たりにしているのかもしれない。だとすれば、逃がしてはならなかった。僕はなんとか千坂桜に絵を描かせ、本格的に画家を目指してもらわなければならない。ひょっとしたら彼女は美術界に衝撃を走らせる存在になるかもしれない。緑画廊《うち》の商売的にも、独占できれば数千万単位の大儲《おおもう》けが期待できるかもしれない。それを僕だけが知っている。つまり、彼女を発見したのは僕だ。プロの画商でも美大の教員でもない、ただの高校生が、後の大作家を発見してしまったかもしれない。

いつの間にか手に汗を握っていた。

その日、もう一つ分かったのは、千坂桜は変な子だ、ということだった。彼女はその後、いよいよ興が乗ってきたらしく、スケッチボードを持ったまま学校中をうろうろし始めた。僕は一度見失ったのだが、仕方なく美術室で待っていると（そういえば、彼女は携帯を持っていないらしかった)、戻ってきた彼女は「右下にキーボードが置かれており、畳の目の間から魚類の骨格標本がうにうに生えてきているスケッチ」を描き上げていた。それぞれ生物室と武道場とパソコン室で実物を見ながら描いたに違いなく、描かれたキーボードはいくつかキーがとれて内部が覗いていることから現場では相当な混乱があったのではないかと推測されるが、とにかく絵そのものは面白かったのでよいということにした。あとでモデルになった各場所を訪ね、何か失礼があったら詫《わ》びておこうと思った。その過程で彼女を美術部員にしてしまえるだろう。

翌日から、彼女は毎日美術室に来てくれた。日によっては僕より先に来て待っていてくれることもあった。ダンベルを上下させる風戸が何度か描かれ、僕も花瓶に挿されたりうなじの上を狼の群れに走られたりし、そうしている間に、彼女はなし崩し的に美術部員になった。そして、彩色を始めた彼女はあっという間に僕に追いついた。彼女の絵を見て、ついこの間美術部に入り、初めてのスケッチをした人間のものだと思う人はいないだろう。

美術部の活動は急に華やかで賑やかになった。しばしば奇矯な行動が目立つ彼女をフォローしつつ、時には美術史を踏まえたアドバイスをしつつ、僕は戦慄《せんりつ》していた。手の中で水をやっていたつもりがどんどん大きくなり、いつの間にか自分の背より高くなっている植物のようだった。本人に自覚はないのだろうが、成長が早すぎる。これが才能というやつなのだ。

そして同時に、かすかに恐怖し始めていた。

僕は昔から「絵の才能があった」。中学の頃までは、写生大会でもポスターデザインでも、それなりに真面目に描いて出した時は必ず何かの評価を得てきた。家が画廊であることもあって、本物のプロのレベルというものを小さい頃から知っていた。当然のようにアート業界に進むと決めていたし、画家になれるつもりだった。そのはずの僕が、千坂桜が本格的に描き始めて一ヶ月もする頃には、彼女の背中についていくのがやっとになっていた。

第二章　極彩色を越えて

1

日本全国に無数の「お店」が存在する以上、家が商店、という子供もそれなりにいる。画家でいうなら福田《ふくだ》平八郎《へいはちろう》*14とか杉山寧《すぎやまやすし》*15の実家は文房具屋であるし、レンブラント*16は粉屋の息子とパン屋の娘の間の子である。僕の友達にも「お店屋さんの子」の友達は時々い

---

*14　大正から昭和にかけて活躍した日本画家。動植物をはっとさせられるようなシンプルな構図で描く。ほとんど点線を描いただけの、超シンプルな〈漣《さざなみ》〉が有名。その他にもちょこんと皿に載ったカステラひと切れだけを描いた水彩画などがあり、何やらかわいい。

*15　日本画家。一九九三年没。スフィンクスや水牛など、エジプト的モティーフの作品が有名。あらゆる音を吸い込むような静謐《せいひつ》な画面、宇宙的深遠さを感じさせる背景の青などが神秘的。

*16　レンブラント・ファン・レイン。十七世紀オランダのバロック期を代表する超有名画家。ドラマチックな光の効果が得意なため、「光と影の魔術師」というえらくかっこいい異名をつけられた。

た。小学校の頃は同じクラスに「学校前の文房具屋さんの娘」がいたし、中学の頃は「中華料理屋の息子」がいた。彼は調理実習の時、一人だけ包丁と菜箸《さいばし》の使い方のレベルが違い、班の女子たちを石化させていたが、家の仕事を手伝っているから、と言っていた。そう。「お店屋さんの子」は小さい頃から家の仕事を手伝うのが普通なのである。だから僕も、わりと小さい頃から家の仕事をちょこちょこ手伝ってきた。僕はやや珍しい「画廊の子」であり、小学生の頃から企画展の告知チラシを折ったり、封筒の宛名書きをして発送したりという作業をしていた。十四、五になり、母が死んで人手がなくなると、収蔵作品の額装や搬入搬出の手伝い、といった少し専門的な仕事もするようになった。

お店をやっている親にもいろいろあり、「子供は絶対に厨房《ちゅうぼう》に入れない」という親もいれば、「店番ぐらいはさせる」という親もいるだろう。うちの親は店番どころか息子をアートフェアや芸大の卒業制作展に行かせて「いけそうなのがあったら買ってこい」と作家の発掘までやらせる。本人はその間、買いつけと称してヨーロッパ周遊に行ってしまう。もちろん銀座四丁目の店舗には店長代理で木ノ下《きのした》さんという女性スタッフが残ってくれるのだが、木ノ下さんも僕が働いている状況を憂うどころかにこにこして「礼《れい》くん、何かいい物はあった?」などとむしろ煽《あお》ってくる。美大や芸大のイベントに顔を出して有望な作家を探すいわゆる「青田買い」を高校生の息子にやらせている画廊など聞いたことがない。父の同業者にはよく驚かれるし、何より年下の高校生が自分の作品を買いつけにきたら制作者である美大生・芸大生のお兄さんお姉さんが目を丸くする。僕自身も分かっている。うちの父はひどい。

そして、現在の僕のこの状況だって全部父のせいだ。

「……指の関節もとても綺麗《きれい》なのね。しなやかで柔らかくて。あら温かいわ。体温が上がっちゃったかしら？」

「いえ。……僕も美術部なんですけど、絵描きっぽい手とかそういうのってあるんでしょうか」話をそらしつつ、テーブルの上で握られていた手を退避させる。「先生の手は絵筆を持つとしっくりきますね」

お世辞ではなく実際に横で見ていてそう思ったのだが、先生の方は肩をすくめ、ティーカップをとった。「嫌よね、すっかりそういう手になっちゃったわ。私の手は殿方の肉体を愛《め》でるためにあるのに」

「作品内で思いっきり愛でてますよね」

「妄想には妄想のいいところがあるけど、やっぱり実物の方がいいわ」

先生はティーカップを口に運ぶ。「いい香り。これは何のお茶かしら？　あなた、お茶を淹《い》れるの上手なのね」

「レモンバームみたいです。……恐縮です」画廊では営業中、常にお茶出し要員が必要なので覚えざるを得なかった。「お店屋さんの子」の特技である。「いえ、これ、館長のご厚意で用意していただいたものですから」

「いいわね。若いイケメンが淹れるお茶は格別」

先生はお茶を飲みつつ、もう一方の手は指を絡ませてくる。セクハラだよなこれは、と思う。だがセクハラだとしてどう対応すればいいのか。なにしろ和服で僕を口説きつつ優雅にお茶を飲むこの人は日本洋画壇の大御所であり、初期の作風から最後の戦前派と呼ばれる大薗菊子《おおそのきくこ》先生である。数えで御歳八十二、ということであったが、その情熱は衰えることなく、油絵の具とカンヴァスから、ポスターカラーに蛍光塗料、プラスチック板や超高分子量PEまで面白そうと思った素材なら何でも画材に用い、最近は一部CGを組み込んだ作品で話題をさらっている。要するに一種の化け物である。世界的にも評価が高く、人気のある大作なら億単位の値がつくため、この業界では新参者である緑《みどり》画廊にとっては目玉中の目玉商品となり、当然その新作は喉《のど》から手が出るほど欲しい。だから邪険にはできないのである。

「緑画廊さんのねえ、お父様とはパーティーでお会いしたことがあったわ。外国俳優みたいないい男だったけど、でもちょっと信用できないタイプの二枚目なのよね。あれはきっと女を振り回すタイプよ」

「御明察です」息子も振り回す。

「あなたはそういうふうになっちゃ駄目よ。穢《けが》れなく真っ白な方がいいわ。私は」

「はあ。あのう大薗先生」

「嫌ね他人行儀で。菊子、でいいわよ」

「はあ……」

大薗菊子という画家本人のことはよく知らなかったのだが、どうもこの菊子先生、とにかく若い男が大好きらしく、お手伝いに参りました、と挨拶《あいさつ》した途端に大いにはしゃいで未成年の僕を口説き続けている。大薗菊子の新作を買う契約をとりつけてくる、などという大役をなぜ高校三年生の息子に任せたのかと最初は訝《いぶか》ったが、父の狙いはこれだったらしい。

心の中で溜《た》め息をつく。僕は画家志望だし、画家としての自分には自信がある。だから実のところ少し期待していたのだ。何かのきっかけで、もし大作家の大薗菊子に僕のスケッチだけでも見てもらえたなら。そして例えばそれを見た彼女がいたく感心し、そのことが話題になり、僕は「大薗菊子が偶然発見した天才高校生画家」として一躍有名になる――まさかそこまではあるまいが、それでももし大作家に自作を見てもらえたなら、もしかしたら何か起こるかもしれない、褒めてもらえるかもしれない、ということは、少し期待していたのだ。だから父に言われてのこのこやってきたし、一番いいスケッチの描かれたスケッチブックも持参し、雑談の間になるべくさりげなく開いてみたりもした。だがそれを見た先生は特にコメントをすることもなく、「自分でも描いてみるのは、画商にはいい経験になるわね」と、あくまで僕を画廊の人として扱っていた。僕は内心落ち込んだが、こんな手で大御所にスケッチを見てもらおうなどという考え方こそがそもそもいやらしいわけで、仕方がないことともいえる。

「でも緑画廊さんも粋《いき》なことをしてくれるのね。こんな可愛い子に見張られてちゃ、頑張らないわけにいかないもの」

「父が耳敏《みみざと》いものでして。先生がこちらで制作を始められた、と聞いたら、すぐ僕に『お手伝いしてこい』と」おかげで学校の方は昨日から休んでいる。もうすぐ一学期の中間テストで、下手をすると今日、試験範囲が発表されているかもしれないのだが。

「お邪魔になっていなければ何よりです」

ガラス窓を振り返って中庭を見る。庭園の緑のむこうに、ガラス張りになった本館の廊下が見える。台車に立てて載せられた大判の絵が二枚、展示室の中に運び込まれたところだった。

僕と菊子先生がいるのは都内の私立美術館である「金山《かなやま》記念美術館」のカフェである。この美術館は現在、毎年恒例の〈真贋《しんがん》展〉の準備のため閉館中で、本館の展示室の方では作品が搬入され、準備が進められている。そんな中に高校生の僕がいるのは、緑画廊が作品を提供しているからだ。〈真贋展〉は同じ作品の真作と贋作を二つ並べて展示し、「どちらが真作でしょう？」というクイズ形式にする、という変わった展示で、美術ファン向けというより話題性重視でファンの裾野《すその》を広げるための企画なのだが、鑑定眼を試してみたい筋金入りの愛好家も結構来るらしく、もともと変な企画展の多い金山記念美術館ならではのものといえた。

緑画廊から提供する数点の中には大薗菊子作〈エアリアル〉の真作の方が含まれてお

り、当初は作品を搬入すればうちの仕事は終わりのはずだった。だが自作の贋作を見てみたいという菊子先生が美術館を訪れた上、展示中の作品のどれかを見てインスピレーションを得たらしく、自分のアトリエのスタッフに電話でペンキと大判の板を用意させ、展示室で制作を始めてしまった。自分の個展なのに出品する作品が間に合わず会場で制作を続ける、という画家は時折いるし、もともと大薗菊子はそのてのエキセントリックなエピソードに事欠かない画家なので、学芸員の川本《かわもと》さんはすぐに承諾してくれて（というより、大薗菊子の新作が生み出される場に立ち会える、と大喜びしていた）、すでにあらかた準備が済んでいて入る必要のない離れの「第七展示室」を貸してくれた。父の命令で昨日の放課後ここに呼びつけられた僕は本館の展示の準備を手伝いつつ、第七展示室に籠《こ》もって制作を続ける菊子先生が休憩に出てきた時にお茶を淹れたり、言われた道具を用意したり、そうやって昨日から過ごしている。手伝えば手伝うほど完成した新作をうちが買える可能性が大きくなっていくわけで、これも仕事である。問題なのは僕がただの高校生で、従業員ではないということだ。学校には「家の手伝いで休みます」と連絡を入れておいたが、風戸からはＳＮＳで「家の手伝いって何だ？」というメッセージが届いている。仕事の合間に「画家の某先生が来ているからその手伝いをしている」と答えはしたが、さすがにこれでは不明瞭《ふめいりょう》だったようで、さっきもジャケットの内ポケットで携帯が震えていた。あとで返信せねばと思う。

が、その必要はなかった。

「……あれ?」

思わず声が出る。ガラスのむこうの本館廊下に、妙に体のでかい男がいた。片手に脚立を、もう片手に展示用パネルを軽々とぶら下げて歩く見るからにごつい男。それだけならまだ普通なのだが、あの筋肉には見覚えがあった。

「……風戸?」

この距離でまさか聞こえたわけはあるまいが、男は立ち止まってこちらを見ると、手を振るかわりなのかぶら下げた脚立をぶんぶんと振ってみせた。高校の友人がこんなところにいるわけがないが、と首をかしげる間に男は見えなくなり、今度はカフェの入口の方から「おおうい」という野太い呼び声が響いた。

振り返ると、まさに風戸翔馬本人だった。恰好《かっこう》こそうちの高校の制服だったが、ボディビルで磨き上げた百八十七センチ百四キロの堂々たる逆三角形である。風戸はなぜかシャツのボタンをほとんど外して前をはだけ、小麦色の大胸筋と立体的に割れた腹筋を見せつけつつ、袖《そで》をまくって上腕二頭筋も見せつけながらこちらに来た。

「よう緑川。手伝いにきてやったぞ」

「手伝い、って〈真贋展〉の?」学校の文化祭ではないのだ。部外者がどうやって入ったのだろうか。「まさか勝手に入ってきたんじゃ。あと前閉めろよ」

「作業を手伝ったら暑くなってな」明らかに暑くはなさそうな様子で、風戸はシャツの裾をぱたぱた煽いでみせる。「ちゃんと緑川礼の友人って言ったぞ。学芸員の人が重そうなもの持ってたからついでに持ってやったらすんなり入れた。まあ作品には触らせてもらえなかったが」

「いいかげんだな川本さん」確かに僕がここにいることを知っているとなれば、関係者であることは明らかなのだが。「で、手伝いにきてくれたのか？　わざわざ」

「お友達ね？……まあ、それにしても立派な体ねえ」菊子先生が口許《くちもと》に手をやって驚嘆の声をあげる。「本当に高校生？」

「高校三年生です」風戸は先生に力瘤《ちからこぶ》を見せつける。「初めまして。緑川の友人で『歩くルネサンス*17』こと風戸翔馬と申します」

「なんだその異名」初対面の人に筋肉を見せつけるのをやめろ。

「すごい力瘤ねえ。……でも私、筋骨隆々の殿方はそんなにタイプじゃないのよ。もっと華奢《きゃしゃ》で柔らかくて、男の子から男になりたて、くらいの」先生は犯罪者まっしぐらの発言をして僕の手を撫《な》でる。「まだ誰の手にも穢されていない感じの子に、新雪に足跡をつけるように私の跡をつけていくのがたまらないのよ」

「残念。俺も花の十七歳なんですが」風戸はポーズを変えて腹筋と大胸筋を浮き立たせ

*17　十四世紀から十六世紀ぐらいの、ダ・ヴィンチとかミケランジェロとかのやつ。正確には「ルネサンス」は「復興」とか「再生」の意味であり、ギリシア・ローマ時代の芸術を復興しよう、という流れや、その時代のことを指す。

る。さしずめラフレシアである。「ところで緑川、こちらの御婦人は」

筋肉を見せつける前に訊《き》くべきだと思う。「こちら、画家の大薗菊子先生。美術の資料集にも載ってるだろ」

「おお、聞いたことあるぞ。……前、テレビに出てらっしゃいましたね」

「あら、あれご覧になったの？　嫌だ恥ずかしい」

「いいえ、ジャンルは少々違いますが、ストイックに美を追究する姿勢は尊敬に値します」

「本当はそんなじゃないのよ。好きなように描き散らしているだけ」

何やら打ち解けている。とりあえず風戸が「誰？　知らねー」などと言って僕のこれまでの努力を崩壊させるような奴ではなくてよかったと思う。

「そういえば大薗先生はテレビで男のヌードも描かれていましたね」風戸はシャツのボタンをすべて外した。「いかがでしょうか。テレビで描かれていたのは細い男でしたが、こういった理想的な肉体もモデルとしては」

「おい」自分で理想的と言い放った。

「大薗菊子先生の筆で作品化していただけるなら、これほど光栄なことはありません。なんならオプションもおつけしましょうか。各種ポーズ。ローション類。汗。花やリンゴ等の小道具」

「やめろって」

「遠慮するわ。あなたの体は、もうあなた自身の作品でしょう」菊子先生は興味なげに断ると、ティーカップを口に運んだ。「ひとの作品をモデルに作品を作る気はしないわ。森村《もりむら》さん＊18じゃあるまいし」

「そう……ですか。そうか……」風戸はその言葉がひどく嬉《うれ》しかったらしく、わりと素直にシャツのボタンを留め、にやりと頬を緩めた。「……確かにそうか。この肉体は俺の作品……」

「……風戸、そのためにわざわざ来たのか」

「まあな。……ああ、あと中間の範囲が配られたから持ってきた。鞄《かばん》の中だから後でやる」風戸は口の端にそれまでとは別の笑みを浮かべてなぜかボタンを再び外すと、声を低くした。「千坂が気にしてるんだよ。『家の事情って何』って訊かれたから連れてきた」

「あ、ああ……そうなんだ。ありがとう」

　平静を装ってそう答えたが、千坂桜の名前が出てどきりとした。

　毎日美術室で顔を合わせるようになってそろそろ一年が経つが、どうも人づきあいが

＊18　森村泰昌《やすまさ》。〈モナ・リザ〉やマネの〈オランピア〉等、世界的に有名な作品に描かれた人物に自分が扮《ふん》してセルフポートレイトを作る、という作品群が有名。日本人のはずだがモナ・リザにもゴッホにも完璧《かんぺき》に扮し、違和感が全くないのが逆に面白い。

極端に苦手であるらしい彼女は、放課後の美術室で僕や風戸と話す以外、誰かと親しくしているところを見たことがない。だとすれば彼女と仲がいいのは僕や風戸だけということになるが、それでも、あまり他人に関心がないように見える彼女が一日休んだだけの僕のことを気にしてくれたり、隣のクラスから風戸にわざわざ訊きにきたり、というのは何か嬉しい。

だが。「……で、その千坂はどこ？」

「ああ、さっきふらふらと展示室の方に行ったが、そろそろ……」風戸はカフェの入口を振り返る。「……来ないな」

「いや、見つけた」

ガラスの外を指さす。石畳の敷かれた歩道の脇、地面に置かれたいくつかの抽象彫刻を従えるようにカエデの木が大きく枝を伸ばしている。それを見上げる位置に、スケッチブックを広げて鉛筆を動かす制服姿の千坂がいた。黒くまっすぐな髪に、無愛想に長めのスカート。少し硬すぎる印象のある臙脂《えんじ》のネクタイ。彼女であることはひと目で分かった。

現在、画家志望者としての千坂は、技術においてもセンスにおいても、すでに芸大の入試をほぼ確実に通過するレベルになっている。その一方で日常の行動にはだいぶ変わったところがあり、学校内だろうが街を歩いている途中だろうが、何か気に入ったものがあると無言でスケッチブックを出し、立ち止まってスケッチを始めてしまうのである。

彼女の足元に置かれた飾りの一つもつけられていないスクールバッグが、そんな持ち主の行動に呆《あき》れるように口を開けている。

僕の視線を追ったらしき菊子先生が千坂を指さす。「あの子もお友達？」

「はい。美術部の……」

「ふうん」先生はガラスの外の千坂と僕を見比べ、首をかしげる。「髪は綺麗だけど、ちょっと飾り気がなさすぎるわね。礼君。若い子はつまらないわ。私にしなさいよいろいろ教えてあげるから」

「いえ、あの、別にそういうのではないので……」

美術部は僕と千坂だけということもあって（風戸が美術室にいつもいるが）、時折そういう扱いをされるのがくすぐったい。千坂の方がどう感じているかは気になるが、なんせ彼女は表情がほとんどないので窺《うかが》いようがない。

千坂は僕を見つけると無表情のままバッグを摑《つか》んでこちらに来たが、中庭とこのカフェを隔てるガラス戸は現在施錠されていて開かない。僕が手の動きで入口の方向を示すと、千坂は無表情のまま頷《うなず》いて歩き出し、視界から消えた。

それを見ていた先生が溜《た》め息をつく。「……なんだか心配な子ねえ。ゆとり世代って言うのかしら」

「……まあ、ちょっと変わってる、ところはあるかもしれませんけど」

もちろんそれを言ったら僕も風戸も変わっているし、そもそも当の大薗菊子先生が一番変わっているのだが、先生自身にはあまりその自覚がないらしい。

同様に自覚がないらしい千坂は風戸と同じコースでカフェに入ってきたが、僕を見て寄ってくる途中で入口横にかけてある絵に目を留めると、くるりと方向を変えて絵の前に行き、そのまま動きを止めて見入っている。よほど衝撃を受けたのか、風戸が小声で「おおい千坂」と呼んでも反応がなかった。

「……あれだからな。来る途中もあっちこっちで引っかかって大変だった」風戸が腕を組む。

「御苦労様」

千坂と一緒に美術館に行ったことがあるが、彼女は興味のない作品の前は一・五秒で通り過ぎるのに、気に入った作品があると十分も二十分もずっとその前に立ち続けるタイプだった。ある時は入口近くの一番初めに展示されていた絵に引っかかり、僕がひと回りしてきてもまだそこにいたことすらあった。[*19]

「……あのう千坂、その絵、作者の先生がここにいるけど」

画面中央右下に何かを暗示するように白いクレマチスの花が咲き、暗い緑の葉がその周囲を覆う大薗菊子作〈クレマチス〉である。千坂は右手に口がぽっかり開いたバッグ、左手にページがばさばさ開いたスケッチブックをぶら下げ、瞬きもせずにじっと絵を凝視していたが、僕が呼ぶと、まるで僕たちの存在に初めて気付いたかのように振り返り、こちらに来た。

やれやれと思うが、作者の菊子先生の方はふふん、と嬉しげに頰を緩ませてカップを傾けている。「その絵、気に入ったかしら？」

千坂は頷き、絵を振り返り、また先生を見た。「……花弁の黒が全体を一度破壊して、葉の緑に繋《つな》げて再構築するのに、背景の藍《あい》がまたそれを壊すのがすごいです」

なんだって？　と僕は心の中で訊き返すが、菊子先生の方は嬉しそうに頷いている。

「そういうところ、見てくれると嬉しいわね」

どうもこの二人の間では会話が成立しているらしい。白い花弁を汚すように滴らせた黒が妙にインパクトあるな、とは思っていたが、それがどのようにすごいのか、千坂のように言語化はできなかった。

だが菊子先生には伝わったようで、先生は僕に見せていたのとは別の笑みを浮かべて言った。「ねえ貴女《あなた》、さっきのスケッチはもうできたの？」

先生が僕の手を放して千坂のスケッチブックを指さす。千坂は戸惑った様子で僕を見たが、僕が頷くと、スケッチブックのページを開いて差し出した。

先生は千坂がゆっくりと差し出したスケッチブックを受け取ると、すぐに表情をほころばせ「あら、いいわね」と言った。さっきのカエデの木を描いていたはずだが、なぜ

＊19　ひとと一緒に美術館に行くとこういうところが難しい。

か葉は描かれず、枝々は禍々《まがまが》しい形に曲がり、その後ろに鯨が浮いている。鯨の浮遊感と、デフォルメされて魔物のようになったカエデの枝の形が奇妙な不安感をもたらし、鉛筆一本のスケッチなのに何か惹《ひ》きつけられるものがある。

先生はすっと表情を変えた。ちらりと覗《のぞ》いたことがあるが、これは制作中の目だな、と思う。「……いいけど、あなた少し真面目すぎるみたいね。一枚の絵だからって、リアリティの水準を全部同じにする必要はないのよ？　部分ごとに違ったレベルで混在していいし、ほら、鯨のこの目なんかもっと例えば、アクリルなんかでテカテカ塗っちゃってもいいわけだし」

そこまでいくと単に技術の話ではなくなっている。僕と風戸が呆気《あっけ》に取られていると、菊子先生はちょいちょいと千坂を手招きし、素直にやってきた彼女の右手を取ってテーブルの上のおしぼりで拭《ふ》いた。「それと熱心にスケッチするのはいいけど、殿方の前ではもう少し綺麗な自分でいないと駄目よ」

千坂はごしごしと拭かれている自分の手を見る。おそらく中庭での一枚以外にも来る途中にスケッチしていたのだろう。彼女の右手は小指側の側面が真っ黒になり、黒鉛色に光っていた。

普段は他人と接近するのを嫌がる千坂だが、今はおとなしく手を拭かれている。こうしていると優しい祖母と孫娘の構図だが、先生はそうしながら僕に命じる。「今描いてる絵が参考になるかもしれないわ。緑画廊さん、ちょっと持ってきて下さる？」

「はい」

完全に画家の顔になっているな、と思いながら立ち上がり、手伝うか、と訊いてきた風戸に手を振ってカフェを出た。別に急ぐことはないのだが、菊子先生がアトリエにしている第七展示室は渡り廊下で本館と繋がる離れのようになっていて一か所だけ遠い。ひと気のない渡り廊下を小走りで進みながら、僕は言いようのない疎外感を覚えていた。

千坂の才能を最初に見出《みいだ》して絵を描くよう勧めたのは僕だ。だから、彼女のスケッチを一枚見ただけで菊子先生が気に入り、何がしかのアドバイスをしてやろうという気になったのは、こちらとしても嬉しい。本当のところは、まず僕自身のスケッチに対してそれが起こることを期待していたのだが。

画家大薗菊子は間違いなく天才だった。僕が見る限り、千坂もそうなのかもしれない。でも、僕だって絵は描いているのだ。そしてただ描いているだけではない。本気で画家を目指している。自分の作品には何か斬新《ざんしん》な、普通の人と違うものがあるはずだ、と信じている。

しかし、菊子先生が「ピンときた」のは千坂だけだったようだ。二人はたった油彩一枚、スケッチ一枚を見せあっただけで通じあってしまった。僕が単純に「いい作品」として見ていた先生の〈クレマチス〉にも、千坂はそれ以外の色々なものを見出している。あるいはそれが、僕と二人の差なのだろうか。普通の人間と、「持っている人間」の。

半屋外になっている渡り廊下を歩きながら首を振る。そんなことはない、と思う。実作者としての才能と鑑賞者としての才能は違う。作家としては天才でも、鑑賞の方は全く平凡な人もいる。その逆もいる。そもそもアートの鑑賞には才能も技術も知識もいらない。よく誤解されているが、本来アートというのは、ただ単純に観たり聴いたり体験したりして面白がればいいだけのものなのだ。とりわけ日本人は作品の「テーマ」とか「意味」とか「正しい解釈」を知りたがり、「正しい解釈」ができる人が「アートを分かる人」で、そのためには膨大な勉強とちょっと普通から外れた非常識な何かが必要なのだろう——というふうに思い込みがちだが、そういうものではないのである。「分かる」と「分からない」の線引きなどは本来できるものではなく、ただその作品を「好き」と「好きではない」があるだけだし、ルーベンス[20]の〈最後の審判〉より隣の幼稚園児の落書きの方が「好き」だったとしても、正解とか間違いとかそういった話にはならない。あえて言うなら、そういった正解とか間違いとかが「ある」と思っている人こそ、アートを「分かっていない」人だと言える。

だから千坂と菊子先生はたまたま好みが似通っていただけかもしれないのだ。確かに二人とも変わっているし、どこか似たようなにおいもある。だが「やっぱり『持っている』人は、普段のふるまいも変わっているのだろう」というのだって、かなり通俗的な思い込みなのだ。普段は普通に振る舞う天才も山ほどいるし、逆に現代では、「アーティスト」を気取ってわざと奇行をはたらく人間は大抵小物である。画廊にはそういう人間がよく来るので見慣れているのだ。

そのことは分かっている。だがそれでも、呑《の》み込みきれない部分がある。もちろん僕は「緑画廊の人」としてここに来ているのだから、スケッチブックに興味を示してもらえなかったとしてもそれは当然だし、じっくり見てもらいさえすれば、僕だって千坂同様に褒めてもらえると信じている。だが千坂は自然にスケッチに興味を持たれ、褒められて真剣なアドバイスをもらえた。やっぱり「持っている人」は違うのだろうか。千坂がそうかもしれないというのに、素直に喜べない自分も嫌だ。でもそれは言葉に出せない。顔にも出せない。作品を持ってカフェに戻る間に、僕は何事もない笑顔を修復できるだろうか。

だが、その心配は全く必要なかった。

離れに着き、半屋外の渡り廊下から玄関室に上がり、続いて第七展示室のドアを開ける。

その瞬間、異様な色の洪水が僕の目に飛び込んできた。

タイルの床に水色がぶちまけられていた。何か所にも飛び散ったその上をライトグリ

＊20　ピーター・パウル・ルーベンス。十六～十七世紀フランドル（オランダ・ベルギー・フランスにまたがるあたりの地方）絵画の巨匠。『フランダースの犬』の人が死に際に観たがっていたやつ。ダイナミックでドラマチックな宗教画が有名だが、多作でもあり、肖像画などもけっこう描いている。

ーンの帯が這《は》い、そこに絡まるようにシャドーピンクが幾筋もの流れを作っている。五色ほどの色が重なりあって広がり、もとは真っ白でぴかぴかに磨き上げられていたはずのタイルの床面は、ペンキの模様が全面を覆っていてほとんど見えない。つんと鼻をつく臭いがあった。滅茶苦茶《めちゃくちゃ》に床にぶちまけられているのは、菊子先生が制作に使っていた油性ペンキだ。

最初は、先生が使っていたペンキの缶が倒れたのだと思った。しかしすぐに、そんなことではないと気付いた。誰かがここに侵入し、ペンキをぶちまけたのだ。

侵入者、という単語を意識し、全身にざわざわとした感触が走る。

床の惨状に目を奪われていた僕ははっとして壁に視線を移した。ペンキで極彩色になっているのは床だけで、壁には全く汚れはない。この展示室には「真作」と「贋作」が計十組二十枚展示されているが、見たところ、正面の大作四枚をはじめ、壁にかかっている絵にはどれにも損傷はなく、イーゼルに据えてある制作中の〈男体礼賛Ⅳ〉にも異状はないようだった。本当は近寄って確かめたいが、床はカーニバル状態である。

それだけではなかった。開けたドアの裏側に、何かやたら刺激的な色の貼り紙がしてあるのが視界に入った。黒地に黄色で一行だけ、でかでかと文字が書かれている。

注意　毒ガス発生中

その文字を認識した瞬間、鼻の奥を焼くような刺激臭が蘇《よみがえ》った。僕は慌てて口を押さえるとドアから離れ、ぎくぎくと激しい鼓動を抑えながら第七展示室に背を向けると、本館に向かって渡り廊下を駆け戻った。

2

「床一面に？　作品は無事ですか」

「分かりませんけど、たぶん。壁にはペンキ、ついてませんでしたし」

「誰がやったんです」

「分かりません」

「なくなっているものはないんですよね？」

「たぶん」

本館の展示室まで駆け戻った僕は息が上がっていて短くしか答えられないが、長身の川本さんは矢継ぎ早に上から質問を降らせてくる。学芸員という立場であれば当然だった。

「おいおい、うちが出したやつ大丈夫だろうな？　贋作だけどけっこうするんだぞ」

「たぶん大丈夫です」

うちと同じく〈真贋展〉に作品を貸し出しており、搬入作業のため本館にいた画商の碇《いかり》さんも、落ち着かない様子で後ろから訊いてくる。この人はとりあえず自分が貸し出した作品のみを心配しているらしいが、こちらも立場上、当然かもしれない。渡り廊下に足音が響く。後ろからは風戸と千坂も来ており、和服にしては驚くべき敏捷《びんしょう》性で、菊子先生も小走りになってづいてきていた。

僕はカフェを素通りして本館の展示室に戻り、学芸員の川本さんに状況を説明したが、もちろん第七展示室の状況は言葉だけで説明しても伝わらない。血相を変えた川本さんたちを案内しながら僕は「毒ガス発生中」の貼り紙を思い出していたが、かといって現場に近付くなと言っても納得はされないだろうし、今のところ僕自身がどうかなっている様子もないから、本当に毒ガスが発生していたとしてもそう危険なものではないのかもしれない。

「うわ」

開け放された第七展示室を見て、いつしか僕を追い抜いて先頭にいた川本さんが悲鳴をあげる。同じような声が隣の碇さんからもあがった。川本さんが踏み込もうとし、「駄目だ油性だ」と言って上げた足を戻す。

「緑画廊さん、どういうことですこれ」

川本さんは振り返って僕を睨《にら》み下ろしたが、すぐに首を振った。「いえすみません。あなたにも分かるわけありませんね」

その通りだ。僕は第一発見者に過ぎない。風戸と千坂も、驚いた顔で展示室の中を見ているだけである。

「あらまあ。すごいわね」僕の横から展示室内を覗いた菊子先生だけが、ややのんびりした反応をした。「川本さん、これ、どうするの？」

「いや、どう、って」川本さんは困った様子で首を振る。「とにかく作品を一旦《いったん》外に……いやまず床をなんとかしないといけないんですが。これは……どうしよう。明日《あした》公開ですよ？」

「このまま公開したら？」

「無理です。床の方が目立っちゃうと展示の趣旨がブレます」

そもそも明日までには乾かないからそれどころじゃないだろうと思うが、川本さんは泣きそうな顔で律義に答える。一方、制作中の自作品が無事かどうかははっきりとは分からないにもかかわらず菊子先生はのんびりしている。やはり変わった人だ、と思う。

「おい、『毒ガス』だって？」

ドアの貼り紙を見た碇さんが裏返った声で叫ぶ。「ちょ、や、やばいよ。どいて」

後ろの風戸を押しのけて逃げ出そうとする碇さんのジャケットを摑《つか》む。「大丈夫です。僕もさっきちょっと吸いましたけど、特に何もないみたいですから」

碇さんは恐々という様子で僕の顔色を見る。「ほんとかよ。君、なんかさっきより緑がかって見えるよ？」

「まさか」どんな毒だ。「気のせいです。……いや千坂、大丈夫だから」

僕の顔色を窺う千坂を押さえる。

風戸は苦笑していたが、何かに気付いた様子で碇さんの足元を見た。

「ん。……碇さん、足をどけてください」

「え？　何？」

すっかりびくびくしている様子でぴょこんと跳ねるように移動した碇さんの足元から風戸が拾い上げたのは、大きさ二十センチほどの黒いビニール袋である。口がしっかり閉じられており、毒物を連想したらしき碇さんが「ひい」と言って渡り廊下に出る。

風戸が持ち上げると袋が突然、ばさり、と動いた。

「うお」風戸は落としかけた袋をキャッチし直す。「何だこれ、動いたぞ」

確かに袋には何か重量のありそうなものが入っており、そこだけ膨らんでいる。しかもその膨らみががさがさと動いている。いや、もがいていると言った方がいいのだろうか。

「ちょっと、何ですかそれ」渡り廊下の彼方《かなた》から碇さんが声を響かせる。

千坂がすっと出てきて手を伸ばし、袋の膨らんだ部分をきゅっと握った。

「体温がある。脚が四本」

当たり前の気もするが、しかしよく触れるものだ。風戸が床に膝《ひざ》をつき、怖々という様子で袋の口を開ける。

その途端、黒い何かが風戸の手に飛びつき、それからぼとりと床に落ちると、凄《すさ》まじいスピードで走って壁際で動きを止めた。

「ね……」

川本さんが口を開く。ひと目で分かる。袋に入れられていたのはネズミだった。

ネズミは壁際を走り、渡り廊下と玄関室を隔てるドアの足元に駆け込んで隠れた。

「……なんでネズミ？」風戸が口を開けている。

「そのネズミは元気だから、本当に毒ガスが発生していたとしても、毒性は低いと思う」千坂が言う。確かにそうだがこの状況でよくそちらに頭が回るものだ。

「ネズミです。ラット。ファンシーラットです。一匹千五百円くらいです」川本さんが妙に詳しく言う。「いや、ちょっと待った。冗談じゃないぞ。ネズミだって？」

袋の中を探っていた風戸が、中からメモ用紙を出した。「メモも入ってたっす。『只今《ただいま》全館でネズミ放流中』」

風戸が読み上げると、場の空気がぴしりと動くのをやめた。

……「ネズミ放流中」。

「ネズミって『放流』って言うんすかね」

「川や海じゃないからそれは……いや、それはいい。どうでもいい。それどころじゃない」

一度は収まっていた鼓動が、また急速に大きくなってくる。僕は渡り廊下の先、本館方向を振り返った。「川本さん、やばくないですか。本当に本館にネズミを放されたなら」

「やばい」震える声で川本さんが頷く。

美術品の保存にとって、館内に侵入する生き物は皆大敵だった。各種のカビや、シロアリ等の昆虫類の他、何でも齧《かじ》るネズミも注意すべき相手なのだ。エルミタージュ美術館などではネズミ対策のために数十匹のネコからなる防衛隊を組織しているほどである。

「第七にはもういないね？　じゃあドア閉めて」

「うす」風戸が応じる。

「本館に戻ってチェックしないと。展示室、収蔵庫、一時保管庫」渡り廊下に駆け出しかけた川本さんは、ぴたりと止まって足元を見た。「いや、こいつも捕まえないと」

殺気を感じたのか、ドアの足元にいたネズミは鼻をひくひく動かしながら走り出した。だが素早く移動した川本さんがその進路の先をだん、と踏み鳴らし、驚いて立ち止まったネズミをさっと摑み上げてしまう。

「すげえ。ネコみてえ」風戸が感嘆の声をあげた。

「僕ネズミ大嫌いなんですよ」川本さんは摑んだネズミを手に乗せ、するするとハンドリングし始めた。「こいつら毛がふかふかだし、あったかいし、人懐っこくて背中撫《な》でると目を細めるんですよ。うりうり」

大好きなんじゃないかと思ったが黙っていることにする。「収蔵庫とか見た方がいいですよね。犯人がネズミを放してる可能性が」

犯人、という単語が脳内に残像となって焼きつく。そう。犯人がまだどこかにいるかもしれないのだ。第七展示室の床にペンキをぶちまけ、貼り紙をし、なぜかネズミを館内に放した犯人。

「展示室と一時保管庫も手分けして。すみませんがみなさん手伝ってください」

言うが早いか、川本さんはネズミをハンドリングしながら駆け出した。僕たちも急いで後に続く。ネズミによる被害がもし広範囲にわたる場合、億単位の損失になりかねない。

当然のことだが、金山記念美術館は大騒ぎになった。僕たちだけでは人手が足りないので、本館で作業中のアルバイトのみなさんの手も借り、手分けして各部屋のネズミ狩りと作品のチェックをした。一時間以上は優にかかり、途中で日が暮れたが、結局、六つある展示室、地下の収蔵庫、本館裏手の搬入口脇にある一時保管庫いずれからも、ざっと見た限りでは破損した作品は出てこず、ネズミの姿もなかった。

それを報告しあった僕たちはほっと胸を撫で下ろしたのだが、そうすると今度は別の疑問が湧いてくる。

「……結局、何だ？　犯人は何がしたかったんだ？」

折り畳んだブルーシートを脇に抱えて渡り廊下を歩きながら、隣の風戸が首をかしげる。「第七展示室の床は確かにやられたが、それだけってことはあとはブラフか？　毒ガスもネズミも」

「ネットとかでよくある、偽テロ予告みたいな悪戯《いたずら》なのかな」抱えたブルーシートを揺すりあげ、僕も同じように首をかしげるしかない。「でも、それにしては床にペンキをぶちまけたのって、手間がかかりすぎる気もするけど」

「とにかく、第七展示室内の作品の無事も確認しないといけません」先頭を行く川本さんが振り返る。「緑画廊さん、それにお友達の方もありがとうございます。手伝っていただいて」

僕は仕事だし、第七展示室にはうちの商品もある。だが風戸と千坂はただ居合わせただけである。二人に礼を言うと、風戸は「いや、俺もアーティストの端くれだからな」と言って腹筋をぴくぴく動かした。いいかげん前を閉めてはどうか。

後ろからついてきた碇さんは入口のドアから四メートルほど間合いを取ったまま前進しようとしなくなったが、第七展示室の「毒ガス」に関しては、とりあえず無視してまずは中に入らなければならない。警察沙汰《ざた》であることは分かっているが、まずは作品に被害がないかどうかを確かめなければ被害届も出しにくい。

第七展示室は学校の教室よりやや狭い程度で、縦横各七メートルほどの正方形の空間だった。ペンキは油性のため乾いておらず、ほぼ床全体に広がっているから、避けて中に入ることはできない。だからせめて足元を汚さないように風戸と二人、ブルーシートを持ってきたのだが。

まず先頭の川本さんが立ち止まった。その背中にぶつかりそうになった僕は彼の視線を追い、川本さんがなぜ呆然《ぼうぜん》として立ちつくしているのかを理解した。

風戸も気付いたらしい。隣で呟《つぶや》く声が聞こえた。「嘘だろ……？」

僕もそう言いたかった。一番初めに現場を見た時、僕は注意して見て確かめた。その後にも全員で駆けつけて、全員が見ている。第七展示室内の絵には、見て分かるような損傷はなかったはずだ。

それなのに。

入口から七メートルほどむこう、正面の壁にかけてある大作。大薗菊子作の〈エアリアル〉。薄衣《うすぎぬ》を着て背中に羽を生やした少年の妖精《ようせい》たちが手をつないでダンスをする、百二十号[*21]の大作である。一見幻想的なモティーフだが妖精たちの羽は昆虫的なリアルさを持ち、それにもかかわらずなんともいえない非現実感と軽やかさがある力作。それが二枚並んでいる。左側は碇画廊の提供した贋作。右が、緑画廊の提供した真作だ。

贋作の方はそのままだった。見る限り、やはり傷一つない。

だが真作の方が、ぼろぼろに破られていた。この距離でもはっきり、というよりひと

＊21　規格によって違うが、おおむね長辺二メートル×短辺一メートル前後のサイズ。こんなに大きくなるとかえって売れにくい。

目で分かる。ある部分は虫が食ったように長い穴が空き、破れて垂れ下がったカンヴァスの裏面が見えている。ある部分は大きく丸く破れ、下地の板目が覗いている。全体もほぼ十字に、四分の一ずつに分割されてしまっているようだった。額縁とアクリルケースに収まっているから辛うじて崩落せずに持ちこたえているだけのようだ。

……そんな、馬鹿な。最初に僕が見つけ、先刻、全員で確認した。その時はなんともなかったはずだ。いつの間にこうなった？

周囲を見回し、他の絵を見る。他の絵はどれも傷一つ見当たらない。正面にある真作の妖精たちだけが、ずたずたに惨殺されているのだ。

川本さんが踏み出し、びちゃり、とペンキを撥《は》ねさせ、慌てて後退する。僕と風戸は視線を交わし、川本さんに頷きかけて了解をとると、ペンキの海の上にブルーシートを広げた。もっとも一枚あたり二メートル四方しかないから、これだけではまだ絵まで届かない。現場を荒らすのは抵抗があったが、敷いたシートに乗り、もう一枚を向こう側に広げ、そちらに移動したら後ろ側の一枚を回収してまた前方に広げる、という手のかかるやり方で展示室の奥を目指すしかなかった。

シートが奥まで到達すると川本さんが踏み出し、それでもしっかりハンカチで呼気を押さえつつ壁の絵に近付く。

「どうですかあ」入口の彼方から碇氏が訊いてくる。

川本さんがそちらを振り返る。「贋作の方は大丈夫のようです。真作の方は……」

言うまでもなかった。ぼろぼろだ。僕は川本さんを手伝って絵を降ろし、アクリルケースつきの額縁を外した。その途端、三人の妖精のうち左下の一人がぼろりと剝落《はくらく》した。慌ててキャッチする。だが、そんなことをしてもどうしようもなかった。

確かに、昨日搬入したうちの真作だった。これではもう、修復は不可能だ。

額縁の中に一枚、メモ用紙が挟まっていた。川本さんが引っぱり出す。メモ用紙には、ネズミのイラストと共に一言、メッセージが書かれていた。

おいしくいただきました　ネズミより

3

「……親父さんにはつながったか」

「まだ。肝心な時に頼りにならないんだあの人は」

「画廊の人には」

「木ノ下さんがこっちに来てくれるって。一時間くらいで行けるかもって言ってたけど、あの人の一時間だからたぶん二時間半くらいで来てくれると思う」

「……そうか」風戸はテーブルに突っ伏した姿勢で腕を伸ばした。別に広背筋のアピールではなく純粋に疲れているのだろう。「なんだかもう、全然分からないぞ。犯人は何がやりたかったんだ?」

「第七展示室の床にペンキをぶちまけて、貼り紙をして袋に入れたネズミを置いて、それから〈エアリアル〉の真作の方をぼろぼろにしたかったんだ」

「そのままだ」

僕は椅子の背もたれに体重を預ける。デザイン性重視の頼りないカフェの椅子は、あまり体重をかけると崩壊しそうだった。

携帯を出して時計を見ると「9:09」と表示されていた。本館の設営は終わったらしく、作業をしていた人たちが帰っていったため、館内は静かである。カフェはまだ明りがついているが、いるのは僕たち三人だけだ。

あの後、作品の損傷については菊子先生にも報告した。カフェで休んでいた先生は第七展示室の現場を見ると溜め息をつき、「仕方がないわね」と言ったが、それ以上のコメントはなく、今は夕食のため外している。完成させてすでに売却された作品に対しては大事に思う作者と無関心な作者に分かれる。常に新作に夢中である菊子先生は後者に思えたが、それでもどういう心境なのかは不明で、どう声をかけていいか分からなかった。

川本さんと外出先から戻った館長、それに碇さんは、休みなしで収蔵品のチェックを続けている。展示されている作品に損傷はなかったが、収蔵庫の中のものは全部引っぱり出してみないと分からない。まだ警察には通報していないし、僕たち未成年三人をこの通りカフェに残していても、気にする余裕もないようだ。

「僕は少なくとも木ノ下さんが来るまで残るけど、風戸も千坂も、たぶん帰ってもいいと思うよ。大丈夫？」

「いや、ここで帰れって言われても無理だ。納得がいかん」

風戸はでかい図体《ずうたい》で駄々をこねるようにテーブルに突っ伏している。千坂も無言で、カフェに置かれている画集をめくっている。

「……まあ、そのうち警察が来るだろうから、事情聴取のためにはいた方がいいけど。特に僕は」

風戸がテーブルを派手に揺らして体を起こす。「俺たちも同じだろ」

「いや、風戸と千坂は『たまたまいた無関係の人』で済むと思う。でも僕は容疑者になるだろうから」

「またか？」

風戸が言っているのは、昨年、うちの高校で起きた絵画損壊事件についてだろう。そういえば、あの時も僕が容疑者にされたのだった。

「でも、なんでお前が」

「壊されたの、うちの商品だからね。金銭的には損に見えるけど、保険金は入る」テーブルに視線を落とす。自分で言いながら、あまりいい気分ではない。「うちの経営が苦しくて、いつ売れるか分からない美術品を手っ取り早く金銭に換えようとしたんじゃないか、って見るのは、まあ当然だと思う」

千坂は僕をちらりと見たが、何も言わなかった。かわりなのか、風戸が言った。

「それじゃ説明がつかないだろ。それならなんで床にペンキぶちまけたりネズミ置いたりしたんだ？」風戸は太い腕を組む。「だいたい、それならお前んとこの店に置いてある時にやればいいだろ。なんでわざわざ、容疑者が限定されるこんな状況でやるんだ？」

「だよね」

頷く。そうなのだ。容疑者は限定される。

今のところ、破られていたのは第七展示室にある〈エアリアル〉の真作の方だけで、他の絵は同じ大薗菊子作品を含め、すべて無傷だった。だとすれば、犯人は〈エアリアル〉を狙った、ということになるはずである。

だが、そうだとすると問題が発生する。展覧会の会期は明日からで、〈エアリアル〉が第七展示室に設置されたのは昨日の夕方なのだ。HPにはすでに案内が出ているが、携帯で見たところ、どの展示室にどの作品が置いてあるかまでは載せていなかった。それどころか〈エアリアル〉は展示されていることすら告知されていない。第七展示室には半屋外の渡り廊下から外部の人間も出入りできるが、たまたま忍び込んだ誰かが第七展示室に〈エアリアル〉があることを知って犯行を思いつき、ネズミや貼り紙を用意してまたここに舞い戻ってきた、と考えるのは無理がありすぎるだろう。つまり〈エアリアル〉が狙われたとしたら、犯人はそれが第七展示室にあることを知っている関係者に絞られるのだ。該当するのはせいぜいが館長と学芸員の川本さん、それに菊子先生と、菊子先生に昨日挨拶をしたという碇さん、あとは僕ぐらいなのである。バイトの人たちは昨日以前から作業に入っているが、川本さんの話によれば、彼らはほぼ全員が一緒に行動していて、一人だけいなくなったりはしていないそうである。同様に館長の方も別の仕事の打ち合わせだったらしく、不在がはっきりしている。

そうすると、一番の被害者であるはずの川本さんや菊子先生を入れても容疑者はたったの四人になる。そしてまず動機があるのが僕、ということになってしまう。これは困る。たとえ高校生でも、ここには一応「緑画廊の人間」として来ているのだ。うちの信用に関わる。

だが、問題の中心はそんなことではなかった。見る限り、これはいわゆる不可能犯罪なのだ。

第七展示室は小さな建物だ。人が隠れられるような場所はない。入口は僕たちが出入りしたあの一か所だけで、あとはせいぜい天井付近に空調設備の隙間があるに過ぎず、これはどうやっても人が出入りできる幅ではない。美術館の展示室であるから直射日光は大敵で、窓などもない。そして。

「……床にはペンキが撒《ま》かれてたはずだ。絵が壊されたのはペンキが撒かれた後だから、犯人は床一面ペンキの海になっている第七展示室の奥まで行って、額縁から絵を外して、壊して、また額縁に戻して、戻ってこなきゃいけない」

口に出して確認する。間違いがないはずだった。風戸も頷く。

「……なのに、床一面のペンキの海にはどこにも人が通った跡がなかった。足跡はもちろん、例えば何か細い車輪みたいなものが通っても、何らかの跡が必ず残るはずなんだ。それなのに、ペンキはどこも、撒かれたそのままの状態だった」

一体、どういうことなのだろう。犯人は、床に全く触れずに絵まで到達し、そこで犯行のための作業をし、また床に全く触れずに戻ってきた、ということになってしまう。そんなわけがない。それこそ空を飛ぶ妖精か何かでない限りは。

「……座っててもしょうがないか」僕は立ち上がった。

「ん、飯でも買ってくるか？　腹減ったよな」

「いや、勝手に出ていくわけにもいかないし。……確かに腹、減ったけど」

「食い物欲しいよな。俺も今は粉のやつしかない」

「プロテインかよ」主食なのか。

千坂は、と声をかけるが、彼女はちょっと顔を上げて首を振っただけで、また画集に戻ってしまう。僕は渡り廊下を見た。「もう一度、現場見てくるよ。それから収蔵庫に行って、川本さんたちに声かけてから外、出よう」

「よし」風戸も立ち上がった。義理もないのにつきあってくれるいいやつだ。

現場に行くけど、と言ったら、千坂も今度は立ち上がったが、なぜか大判の画集を開いたままである。あの重いのを持っていくつもりなのだろうか。

　空調がずっと効いているせいか、最初かなり刺激的だった揮発性の臭いも、今はだいぶ収まっている。明かりも点《つ》いたままだが、周囲が暗くなったことで、第七展示室の空気はなんとなく静かである。正面には壊された〈エアリアル〉が額に戻され、贋作と並んでかけられている。隣にもうひと組の大作があり、左右の壁には四組八点ずつ、真作と贋作・複製画が並んでいる。贋作や複製画といっても外見はいずれも真作そっくりなので、同じ絵が二枚ずつ並んでいるように見える。考えてみれば奇妙な光景だった。川本さんもそれを狙ったのだろうか。

　床は少しぐらい乾いているかと思ったが、相変わらず絶望的に濡《ぬ》れたままだった。シートを動かした跡がはっきりこすれて残っている。そのシートは入口付近に戻っているが、これを使ってまた奥まで入るのはやめた方がいいだろう。必要もないのに勝手に現場を荒らすことになってしまう。

「……マジで、なんでこんなことしたんだ？　普通に絵を破るだけじゃ駄目だったのか」風戸の声が展示室の空間に反響する。「ていうか、どうやったんだ？　ペンキのついてないとこを伝ってむこうまで行ったのか」

「ある？　そういうところ」

「ないな」

自分で言いながら、風戸も分かっているようだった。確かに床にはところどころ、ペンキのついていない白い部分があるにはあるが、一つ一つがあまりに小さすぎるし、離れすぎている。竹馬状のものを使ってその部分だけを伝って歩くとか、細い支柱を立てて空中に足場を作るとかいった方法は非現実的だ。

「……じゃあ、あっちの壁まで一気にジャンプしたのか」

「風戸、できる？　七メートルくらいだけど」

「無理だ。俺はウェイトがありすぎるからな」風戸は大胸筋を強調するポーズをとった。「それに俺の筋肉は鑑賞するためのもので、実用向きじゃない」

「それは前にも聞いたけど」

無論、走り幅跳びでなんとかなるようなものではない。ペンキの海は床一面、つまり絵の真下にも広がっているからだ。犯人はただ絵の近くまで行けばいいのではなく、行って犯行をして戻ってくるまでの間、一度も床に触れてはならないのだ。

「なあ、今、思いついたんだが」風戸がポーズを解いて言った。「床じゃなく壁に足場を作るってのはどうだ？　足場を作りながら壁をぐるっと回って絵のところまで行って、帰りは足場を取り外しながら戻ってくる」

「無理だと思う。壁にはどこにも細工された跡がなかったし」

確かに犯人には時間があった。菊子先生はここを出てから優に一時間、僕とカフェにいたし、昨日から休憩のたびにそのパターンだったから、中に籠《こ》もっていた先生以外の誰でも、先生の行動を読んで第七展示室に侵入し、ペンキをぶちまける時間はある。そしてペンキを発見した後はすぐ、ネズミ騒動で全員がばたばたしていた。あの間は誰がどこにいたかなど確かめていないから、本館から遠いここなら、こっそり入って絵を壊す時間は充分にあったし、かなり大がかりな細工もできただろう。それでも分からないのだ。一体どんな方法があるのだろうか。

強力な磁石を使ってはどうだろうか、と考えてみた。強力な磁石を壁の内側と外側に貼りつけ、その上に足場を載せていけば、壁には何も痕跡《こんせき》が残らないのではないだろうか。

だが、これも無理そうだった。人が乗れるほどの足場を作るためには、相当強力に磁石が壁に押しつけられていなければならない。ここの壁は板だ。それだけの力で押しつけられればやはり跡が残ってしまう。

腕を組む。隣の風戸もわざとなのかどうなのか、上半身だけロダンの〈考える人〉のポーズを真似て悩んでいる。反対側の千坂は、大判の画集を開いて見ている。もはやなぜついてきたのか分からないが、相当重いはずなのに立ったまま開いていて腕が疲れないのだろうか。

しかしこの分では横の二人を当てにはできない。僕はまた息を止めて思考する。ペンキは明らかに適当に撒かれている。狙ってこぼしたような飛び散り方ではないし、ペンキが何重にも重ねられているような場所はない。つまり、足跡をつけて通った後、その部分に上からペンキを撒き直したという方法でもないのだ。

正面の壁の〈エアリアル〉を見る。たった七メートルやそこらの距離だ。だがそれが月より遠い。

「ドローン……」

風戸が口を開いたが、呟きはそこで途切れて展示室の空間に消えた。

言おうとしたことは分かる。ドローンのような何かをむこうまで飛ばして絵を壊すか、取り外してここまで持ってくることはできないか、という意味だろう。それも無理なのだ。絵はかなりの力で壊されていたし、そもそも壁から額縁を外すにもまたかけ直すにも、重い額縁を支えながらの微妙な操作が要求される。人の手でなければ絶対に無理なのだ。

僕はまっすぐ手を伸ばしてみる。ここから何かを飛ばしても、アクリルケースの中の絵は破れない。だがあるいは、そう。たとえば糸などを仕掛けておくのはどうだろうか。ペンキを撒く前に、額縁の中に細いワイヤーのようなものを入れ、その先端をこのあたりまで這わせておく。そしてペンキを撒いた後、それを引っぱれば、絵を壊せるのではないか。

この思いつきは一瞬、僕を前のめりにさせた。だが、それも本当に一瞬だった。あの絵は明らかに、一度額縁とアクリルケースから出されて壊された後、元に戻されている。

メモ用紙だって入れられていた。遠隔操作でなんとかできる壊し方ではない。溜め息が出る。これだけ考えても何も浮かばない。では本当に犯人はネズミとか妖精なのではないか。

だが、隣の千坂を見ると、彼女はなぜか、部屋の右側に展示された肖像画をじっと見ていた。

「千坂……」あの絵は傷つけられてはいないはずだが、何か気になるのだろうか。

と思ったら、千坂はいきなり屈《かが》みこむと、靴を脱ぎ始めた。

「おい」

言う間に靴下も脱いでしまう。まさか、と思ったが、裸足《はだし》になった彼女は、無造作にペンキの海の中に踏み出した。びたり、と音が鳴って水色が飛び散り、彼女の足首に撥ね跡をつける。

「おいおい。おいおいおい」

風戸も慌てるが、追って飛び込むことはできない。千坂はどんどん歩いていってしまう。

「千坂、汚れる汚れる」

僕は焦って手を伸ばすが、彼女はこちらを見て首をかしげただけだった。何が問題なのか、と言わんばかりである。やっぱり彼女は変わっている。

千坂はまっすぐに右側の肖像画に近付く。そこで彼女の様子が変わった。至近距離でその絵を見た途端、彼女は何か気付いたように目を見開いた。

彼女が見ている絵は上岡喜三郎《うえおかきさぶろう》という画家のものだ。全く同じ絵が二枚並んでおり、川本さんですら「真作の方はカンヴァスの下部に薄いピンクの汚れがついている」という方法で区別しているとのことだから、額縁に入れられてしまっている今ではどちらが真作でどちらが贋作だか分からない。タイトルは〈富子《とみこ》　六月〉で、画家が縁側に座る妻を描いた作品だ。上岡喜三郎が最も脂ののっていた昭和三十年代の作であり、愛妻家で知られ、「僕が画家になれたのは、地上で最も美しい女性を妻に持てたからです」という台詞《せりふ》を残している彼の作品の中では、愛妻を描いた〈富子〉シリーズは最も人気のあるものである。

だが、今回被害に遭ったのはあくまで菊子先生の〈エアリアル〉だけだ。この絵は関係がない。真作は普通にこの美術館の収蔵品であり、今回の展示品の一つに過ぎない。

「千坂……」

ためしに呼んでみると、千坂はこちらをくるりと向き、それから床を見回して少し首をかしげる。現場が滅茶苦茶、さらに千坂の足もペンキで極彩色だが、彼女は特に気にする様子はなく、また無表情になってぴちゃぴちゃとペンキを踏みながら戻ってきた。

「千坂、待った。そっと歩いてそっと。スカートに撥ねてる」

「おいおい。どうすんだこれ」

僕と風戸は慌てるが、千坂は平然としていた。やっぱり彼女は変だ。それに放っておけない。

裸足というのは艶《なまめ》かしい。水着とかパジャマとか、裸足でいてしかるべき服装ではなく、制服のスカートから伸びる足が裸足、というのはやはり非日常感があり、それがどうにも、分かりやすく艶かしい。ましてや千坂桜の、飾り気のないプリーツスカートから伸びた白い足。そのふくらはぎに撥ねた一滴の水色。踵《かかと》を染める緑。指先のピンク。露骨過ぎて下品にしかならないほど直截《ちょくさい》なエロティシズムだと思う。本来ならば。

……そのはずなのだが、どうも何か幼児の世話をしているというか、もっと単純に「犬を洗っている」ような気分になってきている。まあ風戸も一緒だし、興奮したらまずいのだが。

「……あー、動かないで、まだこっち落ちてない」

「どうする。お湯を持ってきてみるか？」

「いや、まだいいや。……千坂、大丈夫？　痛くない？　けっこう大胆にシンナーつけまくっちゃってるけど」

ビニールシートに座らせた千坂の足をごしごし拭いている。何だこの状況は。

どうも現場を見て何かに気付いたらしく、千坂はペンキの海をばちゃばちゃ歩いて戻ってくると、そのまま靴下を履き直そうとした。当然、この足で靴下を履いたら靴下が台無しになるどころか、靴の内側まで極彩色になってしまう。どうやら彼女は「靴下も靴も内側なら色がついても平気」と考えていたようである。千坂桜は時折こうして、一部分だけ幼児のように常識が抜け落ちているところがあるのだ。僕は慌てて彼女を押しとどめ、制作中のイーゼルの横に置いてあったラッカーシンナーと雑巾《ぞうきん》を取ってこさせると、無表情のままきょとんとしている彼女の足を掃除する羽目になった。いや、もちろん最初は自分でやらせようとしたのだが、千坂はどうも何かに気付いたらしく、心ここにあらずという様子で手がなかなか動かないどころか、なぜか持ってきた画集を膝に載せて開いたりしている。「ほらこれつけて。画集はいいから拭いて」とか言いながらやっているうちにだんだん親戚《しんせき》の子の面倒を見ている気分になってきて、結局途中からもう僕が拭いている。ヴィーナスの誕生[*22]、水浴するバテシバ[*23]、オダリスク[*24]にオランピア[*25]。女性の脚線美はしばしば理想化されて絵画に登場するが、現実の足相手に今こうしていても美とかエロティシズムは隅の方でおとなしくしていて出てくる気配がない。ラッカーシンナーの醸し出す業務臭のせいだと思う。

「はい右足終わり。あ、これもう駄目だね。風戸、布まだあったっけ?」

「お、おう」横で見ているだけの風戸の方が照れている。「緑川、オカンだなお前」

「う。いや……」

当の千坂はというと、マッサージでもされている気分なのか、壁に背を預けてなんと寝ている。だが慣れているので僕はそう驚かない。どこでも寝るのだ。美術室で寝ていることもあるし、そういえば初めて会った時も昇降口の簀《すのこ》の上で寝ていた。寝顔は綺麗なのだが、膝の上に画集を広げたままなので遊んでいてそのまま寝落ちした子供そのものである。

あとは左足にうっすら残ったライトグリーンをなんとかすれば、と思ったところで、千坂は目許を袖《そで》でごしごし拭いながら目覚めた。足を拭いている僕を見てなぜか今更照れたように俯《うつむ》く。遅いよ、と思うがそうされるとこちらも照れる。

だが、照れ隠しなのか膝の上の画集のページをめくっていた千坂の手がぴたりと止まった。どうしたのだろうと思って窺うと、彼女の視線は見開きで大きく載っている一枚の図版にぴたりと張りついている。

「……それ、どうかしたの？」

千坂は顔を上げて小さく呟く。「……この絵」

＊22　貝殻の上に立っているボッティチェリのやつが有名。ちなみにあの絵、立つ位置に無理があるため、あのヴィーナスは一瞬後には貝殻がひっくり返ってすっ転んでいるはずである。
＊23　今よりずっとエロに厳しかった昔は、絵画も「宗教画にかこつけてエロをやる」ものが多い。そのため旧約聖書における数少ないエロ要素と言っていいこのシーンはよく描かれる。
＊24　トルコのハーレムに仕える女奴隷のこと。東洋趣味＋エロというおいしい題材のため、よく描かれた。背中の長ーい、アングルの〈グランド・オダリスク〉が有名。
＊25　十九世紀フランスでは「娼婦」を指す単語だった。作品名としては、黒人奴隷を従えて白い寝台に横たわる、マネ作の例のやつ。

図版を覗く。「……ジャクソン・ポロックの〈カット・アウト〉だね。アクション・ペインティングって言って、カンヴァスにじゃなく、床に置いた……」

「トリック」千坂が続けて言う。「これだと思う」

彼女の言葉を頭の中で反芻《はんすう》する。〈カット・アウト〉。つまり……。

あ、と声が出そうになった。瞬間的に頭の中で配線がつながる。

「まさか……」

「全員が犯行可能」千坂は図版を見たまま言う。「でも、犯人は」

千坂からいくつかの言葉を聞いただけで、僕にも真相が分かった。もともと、犯人は明らかだったのだ。僕は一番初めに現場を見た時点で分かっていなければならなかった。

だがそれを言葉にしようと口を開きかけたところで、後ろから足音がした。

「うわっ、どうしたんですか一体」

振り返ると、川本さんと碇さんが来ていた。千坂がさっと足を引っ込めて膝を抱える。僕も焦った。裸足の千坂も変だが、現場を勝手に荒らしてしまったのだ。怒られるに決まっている。

だが怒声より先に飛んできたのは、菊子先生の「あらあ」という感嘆の声だった。

小柄なので川本さんの後ろに隠れていたのだが、先生は目を輝かせていた。「礼君。何よあなた、そんないいことして」

「いえ」他人の足の掃除は「いいこと」なのだろうか。

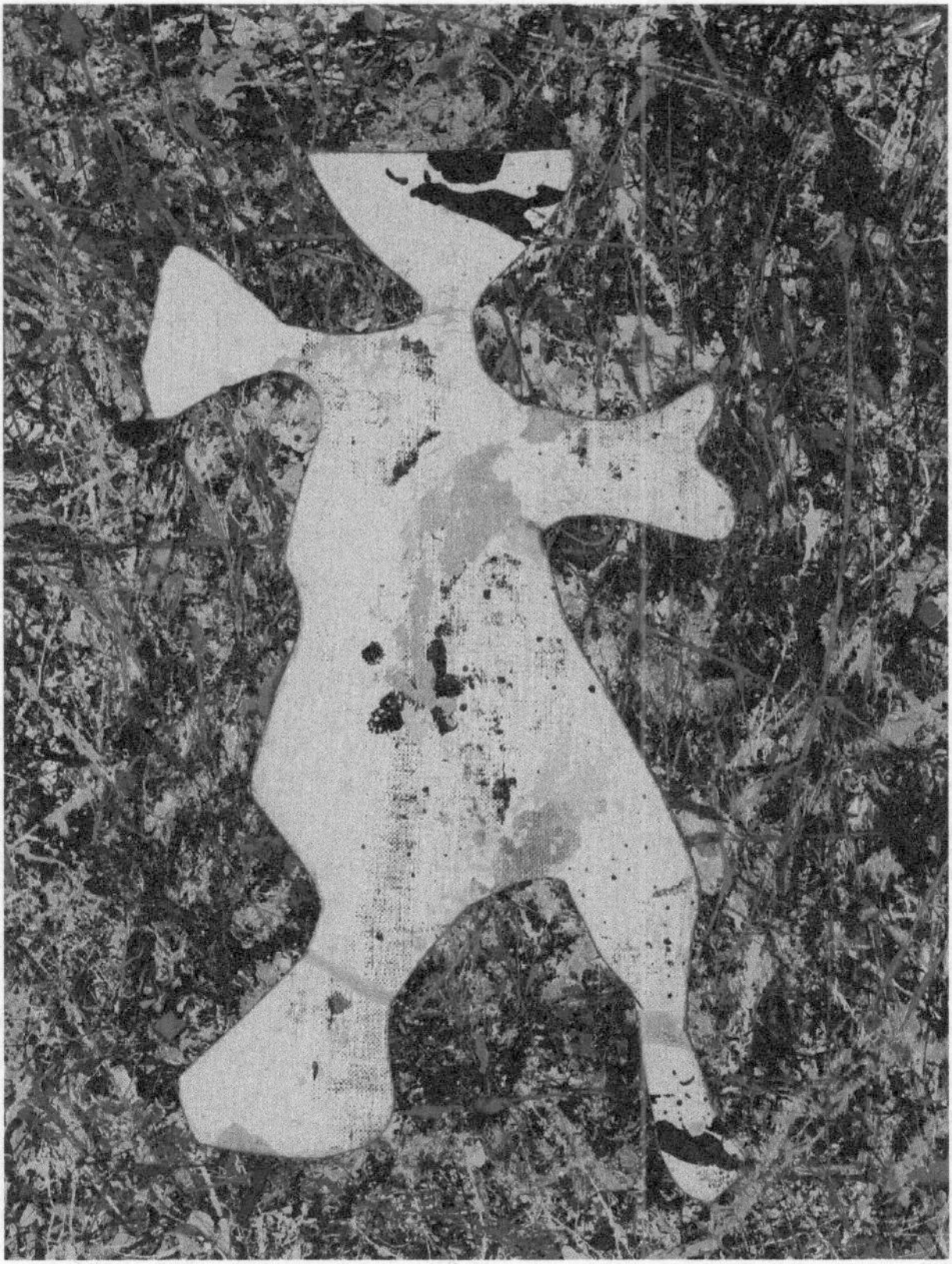

ジャクソン・ポロック〈カット・アウト〉
"Cut Out" Jackson Pollock

1948-58年　油彩、エナメル塗料、アルミニウム塗料など、
厚紙、カンヴァス、ファイバーボード
77.0cm×56.8cm
所蔵：大原美術館、倉敷市、日本

しかし先生は楽しげに頷いている。「たまにはこういう、ストレートにいやらしいのもいいわね。うん」

「いえ」ストレートにいやらしいと言われた。

「ちょっと礼君。今の構図もう一度やってくれる？　もっとふくらはぎを愛でる感じで」

「いえ、そんな」愛でていたわけではない。そのへんは触れてもいない。千坂も顔を赤くして縮こまっている。

「ほら貴女もさっきみたいに脚出して。モデル料は出すわよ。ねえ川本さん。鉛筆とスケッチブックを」

「はあ。しかし先生、未成年ですが」

さすがに川本さんも困惑している。が、どうも興が乗ってしまったらしい菊子先生は楽しげに僕を促す。「礼君。あなたはそうね。さっきよりもっと脚を崇拝して」

「崇拝ですか？」そういえばこの人はエロも大好きなジャンルだったなと思い出す。

「しかし緑川。お前大薗菊子の絵のモデルになれるぞ。有名に」

「この構図で有名になるの嫌だよ」条例に引っかかるのではないか。

「あの」

いつになく大きな千坂の声が響き、僕たちは沈黙した。千坂の声の残響が、わあん、と第七展示室の玄関室に響く。

千坂は膝の間に顔をうずめたままだったが、声ははっきりと出して言った。

「犯人、分かりました。動機も。トリックも」

4

半ばは恥ずかしいことで盛り上がっている周囲の空気を一掃しようと思ったのもあるらしく、裸足の千坂は勢いよく立ち上がり、背筋を伸ばして皆を見回した。

「解決しました」

最も「関係者」の要素が薄い高校生からその言葉が出るとは思っていなかったのだろう。川本さんと碇さんは顔を見合わせ、どんな表情をすればよいか分からない、という具合で困惑している。

千坂はいつもの冷静さを取り戻したようで、声のトーンが落ち着いたものに戻った。

「この第七展示室にはペンキが撒いてありました。誰かが通った跡はありませんでした。奥の絵が壊されていました。他の作品は壊されていませんでした。ネズミが置いてありました。ネズミの袋の中にメモ用紙が入れてありました。貼り紙がしてありました。それが、なぜなのか」

一気に喋《しゃべ》ったこともあって、川本さんたちはついていくのが大変らしい。戸惑ったように、「ああ」「はい」などと、なぜか改まって応じる。

「剥離による再構成です」

千坂はそれだけ言った。

当然その後も言葉が続くだろうと思っていたようで、川本さんたちは動きを止めて沈黙している。だがその沈黙が七秒、八秒と続くうち、川本さんたちの顔に戸惑いの色が生まれた。当然だろう。千坂はこれで説明を済ませたつもりらしいが、あれだけ「なぜ」を並べておいてその解答がこの一言だけというのは、どうみてもバランス的におかしい。僕は助け船を出すことにした。

「ええと、〈エアリアル〉の真作が壊されていたわけです。それも悪戯書き程度ではなく、完全に修復不能になるまで。だとするとたとえば犯人は真作を所有する緑画廊の僕で、目的は美術品保険金ではないか、という推理が成り立ちます。あるいは菊子先生のいわゆるアンチがどこかに紛れていて、目的は嫌がらせ」菊子先生を見る。この人のエキセントリックな性格を見るに、その可能性は充分あった。「……でなければ犯人は碇さん」

「は？」碇さんはヤンキーめいた声色で反応した。「なんで俺なんだよ」

「〈エアリアル〉の贋作の所有者だからです」碇さんを見る。「贋作、というか複製を所有している人には、真作を損壊する動機があります。真作が失われれば、複製画の価格が上がりますから」

「おい」

眉間《みけん》に皺《しわ》を寄せる碇さんに謝る。「いえ、すいません。ただの仮定です。実際はたぶん、違います」

「当然だ。うちはヤクザじゃねえ」

ヤクザっぽい声で言うのもどうかと思うが、疑われて不本意なのは分かる。ひとくちに「画廊」と言っても現実には「まっとうな画廊」と「そうでない画廊」があり、後者の方は街頭で捕まえたカモに巧みにセールストークを仕掛け、二束三文の複製を高額のローンで買わせたりするのだ。[*26]そういう奴らがいるせいでまっとうな画廊も胡散臭《うさんくさ》い目で見られたりする。

「そういった動機を考えたんですけど。……だとすると、おかしな点が」指を折って数える。「八つほどあるんです」

「そんなにあるのかよ」なぜか反応したのは風戸である。

「うん」もう一度指を折って確認する。「うちいくつかは最初からはっきりしていた点です。なぜ犯人はネズミの入った袋を置き、なぜ『只今全館でネズミ放流中』というメモを残したのか」

*26　美術品詐欺。ひどいのになると複製画どころか「印刷」した紙を数百万円で売りつけたりする。一時期、クリスチャン・ラッセンの作品でこれをやる手口が急増した。ラッセン作品のキャッチーさゆえだろうか。

川本さんと碇さんが顔を見合わせる。千坂はさっさと半歩下がってしまっているが、僕もどうやら頭の中が整理されてきたので、あとの説明も自分でできそうである。

「この二つは結果を見れば分かります。ネズミを発見した結果、僕たちは慌てて本館に戻り、手分けして収蔵作品のチェックをしなければならなくなりました。その間に犯人はペンキを越えて絵を破壊する時間を得ました」

「時間、って、ちょっと待て」碇さんが口を挟んでくる。「第七展示室は入ろうと思えば外から入れるだろう。どこかのバカが外から来て、悪戯して逃げたんじゃないのか」

「それだと、なぜ犯人は〈エアリアル〉の真作だけに手を出したのか、という第三の不審点に説明がつかなくなりませんか？　犯人はネズミも貼り紙もメモ用紙も準備して、明らかに狙って犯行に及んでいます。ですが、〈エアリアル〉が第七展示室に設置されたのは昨日からですし、そのことを知っていた人間は、関係者だけですよ」

川本さんが何か言いかけ、遠慮したように口を閉じた。

この人が言いかけたことはたぶんこれだろう。僕は続けて言う。

「ネズミを置くことで僕たちの行動をコントロールする、というのは、ネズミが美術品の大敵である、ということを知っていなければ思いつきません。それに、そもそもそうやって犯行のチャンスを作る必要があるということは、犯人は昨日以降金山記念美術館にいて、僕たちと一緒に行動していた人間のうちの誰かなんです」碇さんを見て言う。

「それに、わざわざネズミや貼り紙などを用意していたほど周到な犯人が、現場にペンキを撒く、なんていう時間も手間もかかるリスクの大きな行為を、その場のノリでやるとは思えません。だとすれば犯人は、第七展示室にペンキが置かれていることも知っていて、それも計算のうちだったんです。たぶん犯人は先生が制作を始めた昨日あたりに計画を思いついて、すぐに必要なものを買い揃えたんだと思います」

さすがに反論を封じられたらしく、碇さんは沈黙し、かわりに皆を窺うように視線を走らせた。他の人から異論が出ないことと、千坂がすっかり僕に任せる様子で引っ込んでしまっていることを確認し、僕は続きを言う。

「これは同時に、なぜ犯人は〈エアリアル〉の真作だけに手を出せたのか、という問題でもあります。見ての通り、〈真贋展〉に出ている作品はどちらが真作か贋作か、見ただけではまず分かりません。犯人のターゲットが真作の方であったとしても贋作の方であったとしても、どちらなのか判別できるのは、やっぱり設営に関わった僕たちのうちの誰かしかいません」

現実には、僕や風戸はどちらが真作でどちらが贋作かは判別できないから除外される。この時点で犯人は相当絞られるわけである。

「ただし、僕たちのうちの誰かが犯人だとしても、今度はその方法が問題になります。見ての通り、僕たちがペンキが撒かれているのを最初に見つけた時は、絵は無事でした。破壊されたのはネズミの騒動の後です。なのに、ペンキには何かが通った跡が全然ない」

背後の展示室を指さす。皆の視線が僕の肩越しに展示室の床に注がれているのが分かる。

「おそらく四つ目の、つまり、なぜペンキを撒いたのか、という不審点の理由はこれでしょう。これ、いわゆるミステリで言う密室で、不可能犯罪ですよね。そうなれば、そこを解かない限り容疑者をそうそう特定できませんから」

大人たち相手に演説をぶつのも慣れてきたな、と思う。そういえば一年前も学校でこういうことをしたのだった。

「そもそも、一番不思議なのがこの点でした。犯人はどうやって、一切跡をつけずに〈エアリアル〉を壊したのでしょうか」

僕は続けて、さっき考えたいくつかの可能性を説明した。途中、とりわけ碇さんなどが「じゃあこれはどうだ」と提案したそうな顔をしたが、どうやら僕の説明に漏れはなかったようで、最後には、ふむ、と頷くだけになった。

「……しかし、それじゃどうやっても駄目じゃないか」

「それを、千坂が教えてくれたんです」後ろの彼女を指さす。「そのヒントが、五番目の不審点です。これだけ好き勝手にペンキを撒いているように見えるのに、なぜ壁には一切ペンキがついていないのか。普通、これだけやれば壁の下の方も少しは汚れますよね？」

最初はそれを、「他の展示品を傷つけないため」だと思っていた。だが、展示されている他の絵は高さ一メートル数十センチの位置にあるのに、壁は下の方にも一切ペンキがついていないのだ。それを考えれば理由はそれだけではない。

「ジャクソン・ポロックが、その答えに気付かせてくれました」

床に置かれている画集を取り、ページを開く。ジャクソン・ポロックの〈カット・アウト〉は、二十世紀抽象絵画の傑作だ。ポロックは「絵画はイーゼルに立てたカンヴァスに絵の具を塗るもの」という当時の常識を覆し、巨大なカンヴァスを床に置き、その周囲を歩き回りながら刷毛《はけ》などを使って「塗料を垂らす」という方法で、ダイナミックな躍動感のある形を描き出した。唯一無二の抽象画であるそれは「カオスだ」という批判を受ける一方で高い評価も得、以後、「描く」という行為そのものを作品と考える「アクション・ペインティング」の流れにつながっていく。[*27]

ポロックの〈カット・アウト〉は、アクション・ペインティングの一つの発展形だった。前述の方法で描いた作品を今度は勢いよくカッターで切り取り、一部を空白にするのである。切り取った一部の方も別のカンヴァスに貼り、ワンセットの作品になる。

「簡単に言うと、この現場は〈カット・アウト〉だったんです」

＊27　つながりすぎたのか、現在ではゲロで絵を描く人もいる（※ミリー・ブラウン。絶食して胃を空にした後色つきの豆乳を飲み、「胃の中で配合して」カンヴァスに嘔吐《おうと》することで絵を描く）。

僕は頭の中で犯人の姿を思い浮かべる。けっこうな重労働だが時間的余裕はあるし、何も一人で全部やる必要はない。外部からアシスタントを呼んだのかもしれなかった。

「手順的に言うと、まず犯人は、現場である第七展示室の床一面に、薄くて見えにくい透明のシートを張ります。こうしたものを張ると床に光沢が出て気付かれる可能性もありますが、現場の床がもともと光沢のある白のタイルだったことは、犯人にとって好都合だったと思われます」あるいは、それゆえにこのトリックを思いついたのかもしれない。「それからその上にペンキを撒きます。僕がまず発見し、みなさんが見たのはこの状態でした」

その時のことを思い出す。僕はだいぶ慌てていた。作品の安否を気遣うのがやっとで、足元のネズミすら見落としていたほどだ。

「第六の不審点……つまり、『毒ガス発生中』の貼り紙の答えもこれです。もともと揮発性の臭いがあるところにあれを貼れば、僕は部屋の中には踏み込まない。少なくとも床に顔を近付けてみようとはしません。近くでよく観察したり床に触れられたりして、シートが張られていることがばれるのを防げます。……その後みなさんが現場を見て、ネズミが発見され、僕たちは現場から離れて館内に散ります」

川本さんも碇さんも、事件時のことを思い出しているのか、それぞれに頷いている。

「その間に犯人は、用意していた新聞紙などで大まかにペンキを吸い取った上で、シートを剥《は》がします。つまり、マスキングテープと同じなんです。ペンキを撒いたシートを剥がせば、床はまた白い状態に戻りますから。……犯人は剥がしたシートと新聞紙を処分すると、綺麗な状態に戻った床の上を歩いて普通に絵を壊し、メモ用紙を入れ、その後、再び床にペンキを撒きます。僕たちが二度目に見た現場は、この状態だったんです」

もちろんこの方法を使えば、最初と次で床の模様が変わっていることになる。だが抽象的なパターンに対しては、人間はぼんやりとしか記憶できない。以前、ニューヨーク近代美術館では、某画家の抽象画が上下逆さまのまま展示されていた、という事件すらあったのだ[*28]。仮に違和感を覚えたとしても、こんな可能性までは誰も考えないだろう。

「つまり、第五の不審点の答えはこれなんです。壁にまでペンキをつけてしまったら、一度剥がした時にそこでペンキの跡が切れて、ペンキを『撒き直した』ことがばれてしまう。だから犯人は、壁には一切ペンキをつけないように気をつけていたんです」

皆、沈黙している。以前の事件のことが頭にあるのか、風戸は誰かが急に動き出したりしないように監視しているふうでもあったが、おそらく犯人が動かないことは分かっていた。

＊28　マティスの〈船〉という作品が四十七日間も逆さまのままだったらしい。これをもって「ほら芸術なんてインチキじゃ！」と鬼の首を取ったように言う人もいるが、別にそういうわけでもない。優れた抽象画は、上下逆にしてもそんなにインパクトが損なわれないのである。

「ですが、ここまでの話からは第七の不審点が出てきます。今回の犯行はそもそも、菊子先生が油性のペンキを使っていなければ成立しないからです。水性のペンキだと一時間もあれば乾いてしまいますから、たとえばドライヤーなどで乾かせば誰でも絵のところまで足跡をつけずに行けることになり、不可能犯罪が成立しなくなってしまいます。……ですが、通常、油性のペンキは扱いが難しく、わざわざ画材に使われる確率は水性よりずっと低いものです。どうして今回、都合よく現場で菊子先生が油性のペンキを使っていたのでしょうか？」

僕が言うと、皆の視線が菊子先生に集まった。

先生は堂々と胸を張っていた。

「もちろん、ただ単に偶然、先生が油性を使っていたから犯人がトリックを思いついたのかもしれません。ですが、そこまでいくとさすがに都合がよすぎる気がしませんか？」僕は犯人をまっすぐに見て、言った。「大薗菊子先生」

先生は背筋をぴんと伸ばして、僕の視線を真っ正面から受け止めている。それで分かった。この人はもう、自分が犯人であることを隠す気はないらしい。

「……私が犯人だ、って言いたいわけね？」

「はい」はっきりと頷く。「この点は、最初に現場を見た時から気付いていました。……犯人があれだけペンキを撒くとすれば、手とか服のどこかにペンキがつく可能性が大きいです。もしそれが見つかってしまえば……いえ、後で警察が来て着衣を鑑定すれば、確実に犯人が分かってしまいます。それなのにわざわざペンキを撒く、なんて手段を使おうと考えるのは、もしペンキがついていても言い訳ができる人間。つまり、元からペンキを使っていたあなたしかいないじゃないですか」

警察だって、犯行の内容を見ればまずそこをチェックしようとするだろう。

「だから、八つ目の不審点についてはあなたに直接訊きたいんです」僕は言った。「なぜ〈エアリアル〉の真作を今、壊したんですか？　現場に入れる人間が限定されている今より、誰でも現場に入れる会期中の方が、容疑者が特定されずに済むじゃないですか」

菊子先生はそれを聞くと、ふふん、と嬉しそうに微笑んだ。「名探偵ね。緑画廊さん」

「いえ……これ、推理したのは千坂です」

「そう」先生は千坂を見る。「……じゃあ、貴女はもう分かっているかしらね。〈真贋展〉が始まってしまってからでは遅かったのよ」

千坂は頷くでも訝《いぶか》るでもなく、無言で先生を見ている。

「先生。では、本当に……」川本さんが呟く。

「あなたには悪いけど、〈エアリアル〉の二枚、あんな形で展示してもらいたくなかったのよ」

先生が言うと、川本さんは視線をちらちらと彷徨《さまよ》わせる。「いえ、しかし。企画の趣旨には御賛同いただけたのかと」

「賛同してたわ。私の真作の横に並ぶのがあの贋作だなんて知らなかったんだもの」

「それは。しかしなぜ……」

「十年だか二十年だか前に見つかった贋作だそうね、あれ。誰が描いたのかしら」先生はつまらなそうな顔で言った。「あなたも学芸員なら、見て分かるでしょう。あの二枚を並べれば、どう見ても贋作の方がいい絵じゃない」

川本さんが沈黙する。

「それを『どちらが真作でしょう？』なんて言って並べられたら、みんなあっちが真作だって答えるに決まってるわ。……私にとってはいい恥さらしよ。冗談じゃない」先生は腰に手を当てて溜め息をついてみせる。言葉とは裏腹に、先生の心理はもっとあっさりしているようだ。「だからナシにしたのよ。もうあっちが真作でいいわ。必要ならサイン入れましょうか」

皆が呆気に取られる中で、千坂だけが先生をじっと見ていた。

結局、事件は「大薗菊子の奇行」ということで決着した。警察に通報されることはなく、川本さんとしては不本意だっただろうが、〈真贋展〉は第七展示室を閉鎖した上で開催された。

あの時、自白した先生に対してその場の全員が言いたかったであろうことがある。先生はああ言っていたが、〈エアリアル〉の真作と贋作の差は非常に微妙なものであり、あの二枚を見て「贋作の方が明らかにいい」と感じる人はまずいない、ということである。もっともそこは作者にしか分からないことなのかもしれない、と皆なんとなく納得してしまった。先生の「奇行」についてはむしろ、大蘭菊子の天才性に花を添えるエピソードとして以後、美術関係者の間で語り継がれることになるだろう。先生の死後にはWikipediaの「大蘭菊子」のページに載るかもしれない。

先生からは「奇行」のお詫《わ》びとして、自宅に所蔵していた他の作品が金山記念美術館に寄贈された。被害者である緑画廊に対しても後日、相当の作品を寄贈する、ということで、数日後、僕は先生に呼ばれてご自宅を訪問することになった。

僕はその際にもこっそりスケッチブックを持参し、なんとか先生に見てもらおうと思ったのだが、結局、先生が「僕の作品」に興味を示すことはなかった。

まあいい。僕は来年、芸大に進学するつもりでいる。こんな無理筋のコネに頼らず、デビューはそこでするのだ。そう決め、僕は夏休み中、実技試験対策のデッサンに励んだ。

七月のある日。いつも通り放課後すぐに部活に向かうと、なぜか美術室の前に女子の二人組がいた。戸のガラス部分から中を覗《のぞ》き、何やら囁《ささや》きあっている。もともと勉強勉強であまり部活動が盛んでないうちの学校のこと、今年の美術部の新入部員は二人だけで、しかもあまり美術室に顔を出してくれないときているから一瞬「入部希望か」と心が沸き立ったのだが、上履きの色を見ると僕と同じ三年生だった。用があるというより興味深いものが見えたからちょっと中を覗いているという感じだが、ネコでもいるのだろうか。それとも全裸でトレーニングするボディビルダーがいるのだろうか。常識的に考えて確率が高いのは後者である。小声で「あの」と声をかけると、二人組はぱっとこちらを向いた。

「……ええと、入部希望とか」

ないだろうなと思いながらも言う。二人組は何かくすぐられたような反応をしてお互いをつつきあい、口元に笑みを浮かべつつ僕をちらちら見たり目をそらしたりとせわしなく動いた。

背の高い方が興味深げにこちらを観察しつつ訊《き》いてくる。「あの、美術部の人ですよね？」

「はい」

「千坂さんって美術部だったんですか？」

「ええと、一応」そういえば正式に入部届はまだ出していなかったかもしれない。そのまま卒業までいってしまっても別にかまわないのだが。

二人はますます興味深げに口角を上げる。「え？　え？　じゃあ部員って二人だけなんですか？」

「いえ、あまり来ませんけど一年生が二人」

二人組はますます興味深げな顔になってなぜか顔を見合わせつつこちらを窺《うかが》う。「え、じゃあ美術室で二人っきりなんですか？」

「会話とかどうやってるんですか？　千坂さんと」

「いえ、別に……」そういえば、どうやっていただろうか。不思議だが思い出せない。

「普通に」

「えっ。会話、成り立たなくないですか？」

「無理じゃないですか？」

「つきあってるんですか？」

背の低い方も質問に乗ってきて、背の高い方と一緒にきゃあきゃあ言う。ああなるほどなと思い、いえ別に、と適当に答える。

「別に、って」

「謎すぎる」

二人組は勝手な感想を言って盛り上がっている。おそらくH組の人たちなのだろう。千坂が普段、クラスでどういうふうに見られているかもよく分かった。ついでにまともに応答するほどの相手でもないと分かったので、僕は入りたいんで通してください、と言って二人をどかし、美術室に入る。千坂に友達がいようがいまいが変人扱いされていようが僕にはどうでもいいことで、それよりも今日は大事な話があるのである。

千坂は先に来ていたが、机に突っ伏して寝ている。長い髪が海藻のように広がり、一見すると死体のように見える。寝ている時の彼女はわりといつもこんな感じである。肩のあたりをつつくと、ゆっくりと頭が持ち上がり、髪の毛の隙間から目がホラーチックに僕を捉《とら》える。

「……緑《みどり》くん」

そう呼ばれることにくすぐったさを感じながら、作業台の向かいに椅子をずらしてきて座る。

「……決めた？」

尋ねると、千坂は視線を落とし、ホラーな髪のまま沈黙した。

「一応昨日あの後、いろいろ計算してみたんだ」僕は鞄《かばん》を探ってノートを出す。アナログで計算結果を見せた方がインパクトがあると思ってノートに書いてきた。

「千坂の成績なら学費免除もいけるし、奨学金も無利子でいけるよ。借りる額がこうだとして、毎月の大まかな支払いがこう。一応、スマホは買うっていう前提で、家賃がちょっと厳しいけど……」ノートの計算結果を指で示す。「いけると思う。行こうよ。芸大」

金山記念美術館の事件の後、大薗菊子先生から厳命されたことだった。千坂は芸大に行き、本格的にプロを目指すべきだ。もちろん、僕の意見も一年前から同じである。なにせ、日々作品を見ているのだ。だが、千坂自身は迷っているようだった。高校美とか県展に出品することを勧めても頑《かたく》なに首を横に振る。

もちろん、本人が自分の持っているものの価値を知らないとか、知っていてもそれに賭《か》ける気にならないということはいくらでもあるだろう。ぼろくて取り壊そうとしていた実家の建物が「文化財的にとても価値のある古民家だから勿体《もったい》ない」と言われても持ち主は困るだろうし、「あなたはセミの抜け殻収集家として一万人に一人の才能を持っている」と言われても、たいていの人はそちらに進む気はないと答えるだろう。というかそもそも「セミの抜け殻収集家」は一万人もいないだろう。そういうことはままある。そして何より、芸大の油画専攻などに行ってしまえば、「普通」の就職は難しくなる。せっかくこんな進学校に入ったのに、である。

だが千坂の才能はひょっとすると億単位の価値を生み出すかもしれない貴重なものだし、千坂自身、描くことに興味がないというわけではないのだ。毎日美術室に来て夢中でスケッチし、アクリルやペンキ、水彩まで画材を試し、描いた後は僕に感想を求める。

それを一年間続けていて、今日のように、僕より早く美術室に来ている日も多い。

千坂は髪を直し、僕が広げた予想家計簿を見ている。彼女は実家の援助が期待できないのだろうとなんとなく分かってはいるが、それでもこれだけの才能に、お金のために諦《あきら》めてほしくはなかった。なんなら家賃を浮かすため僕と一緒に住もうか、などと言ってみる自分を想像して、昨夜は一人でどきどきしていた。むろん言えるわけがなかった。

「もちろん、芸大の油画専攻なんかに行って、将来の生活が心配なのは分かるけど。でも、千坂は絶対プロでいけるよ。そりゃもちろん、すぐお金持ちになれるかどうかは分からないけど……」

生活なら僕と結婚すれば、などという考えが頭に浮かんで顔面が熱くなる。内心だけとはいえなんでこんな言葉が浮かぶのだろうかと思う。そんなことを言える関係ではないし、そもそも僕自身が食べていけるという確証もない。勢いにまかせて下手なことを口走って、「そんな目で見ていたのか」と驚かれでもしたらおしまいだった。

説得資料として用意してきた、芸大のHPから印刷してまとめた手作りのパンフレットを出す。「芸大はプロの登竜門なんだ。売れてる人がたくさんいるし、芸大生の作品は画廊も青田買いに来る」

HPで紹介されていた、有名な卒業生の代表作を印刷したページを見せる。宇宙的配色で描かれた上野《うえの》駅付近の街並みが神秘性を感じさせる洋画家新渡戸《にとべ》慎也《しんや》の〈街の情景〉。いかにも油彩という情熱的なタッチで描かれた女性のヌードの上に無機質な赤い

「SAMPLE」の文字が無粋に張りつく武田《たけだ》タケダの〈現代神話Ⅵ〉。奇妙な造形にぎょっとする彫刻家針本一信《はりもといっしん》の〈腕が三本ある人用の棺桶《かんおけ》〉。いずれも名作で、千坂の目が留まるのが分かった。

千坂がパンフレットを見ている。僕はじっと待った。

椅子に座った尻《しり》が痛くなってくるほどの時間の後、千坂はパンフレットから視線を上げ、僕を上目遣いで見た。

「……緑くんは、どうするの」

もちろんと勢い込んで即答しそうになるのをこらえ、千坂の目を見てゆっくりと答える。

「僕は芸大、受けるよ。プロを目指す。僕は実家から通うことになるけど……」

千坂はまだこちらを見ている。そこでようやく僕は、自分が今、一番言うべきことを理解した。

「君と一緒に行きたい。千坂、一緒に芸大に行こう」

千坂の目が見開かれる。

他人にこんなことを言ったのは生まれて初めてだった。顔が熱い。きっと真っ赤になっているのだと思う。だが俯《うつむ》かずにこらえた。

むしろ千坂の方が目を合わせていられないようだった。視線を落とし、体を縮める。

だが、数秒の後、小さく頷《うなず》いてくれた。

「……で、そこまでやっといて落ち込んでるのか」

翌日の昼。教室の机に突っ伏す僕を、空いた前の席の椅子に座った風戸が呆《あき》れて見ていた。「お前が勧めたんだろ」

「そうなんだけど」鼻が当たる部分から机のにおいが伝わってくる。「……なんか今になって、悪魔の誘いをしてしまったような気が」

「まあ就職がないよな。油画じゃ」椅子をぎしりと鳴らし、風戸は無駄に力瘤《ちからこぶ》を作った。

「俺も肉体では食っていけないから、現実的な道を選んだところだが」

「どんな？」

「体育大に行って肉体作りの際の栄養学や健康管理を学ぶ。ひとまずはトレーナーを目指すが」風戸は腕を組む。「いずれはプロテイン料理の店を開きたい」

「営業成り立つのそれ？」しかし、途中までは現実的である。

そして、少なくとも僕の目指す画家の道よりははるかに食べていけそうなものだった。僕だって分かっている。入試を通れなくて浪人する人も多い芸大ですら、卒業後にアートで食べていけるのはごく一部。残りは大学院に行ったり諦めて教職を目指したり行方不明になったりする。そんな道に千坂を引き込んでしまった。昨日はあれほど熱心に誘っておきながら、夜あたりから怖くなってきたのだ。

「……いや、そう。悪魔の道ではあるんだけど」その一方で、確信していることもある。

「千坂もある意味悪魔だしなあ」

「あれはただの美少女じゃないのか」

「芥川龍之介《あくたがわりゅうのすけ》の『地獄変』って読んだことある？」

「ああ」

「あれの主人公だよ、千坂は。絵の悪魔」溜《た》め息をつくと机の表面が曇った。「だから、正しい選択のはずなんだけどなあ」

「お前も悪魔だろ」

「僕はあんなんじゃない」

そう言うと、なぜか風戸は鼻で笑うような顔をした。「自覚がないのは別にいいけどな」

実際に、僕はすでに、自分と千坂桜の差を感じ始めている。絵画の悪魔。彼女はきっと、日本列島が沈没しても沈みながら絵を描いている。僕には無理だった。そもそも僕の場合、ちゃんと現役で芸大に入れるかどうかすら不確定なのだ。

首《こうべ》を巡らせ、隣の列越しに窓の外を見る。梅雨が明けて、空は能天気に青く晴れ渡っている。

第三章　持たざる密室

1

パレットの上でコバルトバイオレットディープとクリムゾンレーキを混ぜ合わせ、できた色をカンヴァスに載せ、どうも違うなと首を傾げて筆を置く――ということを、そういえば三十分も前からずっと繰り返している。傍らに置いたタブレットに触れて資料用の柘榴《ざくろ》の写真を出す。タブレットを手に取って覗《のぞ》き込もうとしたら親指が変なところに触れたらしく、使ったことのない項目の並ぶメニューバーが出た。パレットを指から外して置き、自由になった左手で画面をタップしてメニューバーを消す。片手でこういう操作ができればいいのにと思いながら柘榴の画像を拡大し、断面の色を確かめる。さっきから、この柘榴の質感がどうもうまく出ないのだ。

カンヴァスに視線を戻す。横向きに椅子に座る女性の上半身であり、上腕が半分くらいで切断され、その断面が柘榴になっている。手前の机には柘榴の実が三つほど置かれ、そのうちの一つも似た形で断面を露出させている、という構図である。ただし女性の方が柘榴色で、机の柘榴と上腕の断面は肌の色にしている。鑑賞者の視線が最初に集まるのは今塗っている「柘榴色の肉体」で、次が「肌の色をした上腕の断面」になる。肉体の物質化というテーマの中核を担うのもここだから、肉体の柘榴色は存在感のある絶妙の色使いにしなければならない。だがそれが決まらないのだ。どの程度まで果実らしく瑞々《みずみず》しくしてどの程度まで肉体らしく生々しくするか。そのあたりの加減が分からず、これならいいのではと思った色も、パレットからカンヴァスに移した途端にイメージとずれてしまう。ショーケースの中に置かれている時はおいしそうに見えたケーキが買って持って帰ると妙に平凡だったり、店内で試着した時はいい感じだった服が家で広げてみるといま一つだったり、おそらくはそういうものと同じ種類の難しさなのだろうが、それにしても、どの色味にしてもイメージと違う気がするのはどういうことなのだろうか。静物も人体もデッサンは自信があるはずだったが、非現実の色使いは自分で思っているより下手だったのだろうか。それとももっと根本的に、テーマそのものが面白くないのだろうか。

これなら絶対いける、衝撃作になる、と見込んで描き始めた絵が、途中まで描いてみると妙につまらなく思えてくる、ということが、近頃の自分にはよく起こっている。エイリアン的な変身ではなくただ淡々とした肉体の果実化。なのに肉体の色はすでに果実化していて柘榴の方が肉なのだ。人体の切断面というキャッチーな素材を用いつつグロに流れないうまい手だと思ったし、肉体のモノ化、とりわけ商品として消費されがちな若い女性の肉体の食用化であり、衝撃の後に考えさせる深みのあるテーマだとも思う。思いついた時は興奮し、誰かに真似《まね》される前に描き上げねばと焦って半徹夜で構図を決めたのだ。それなのに、ここまで描いた今になって、たいしたテーマではないように感じ始めてしまっている。よく考えてみれば平凡ではないか。「女性↓果実」という変換などあまりにありふれていて、これはもう制度的とすら言えるのではないか。見た目のインパクトでよく考えずに選んでしまったが変化する果実が「柘榴」だというのもいささか使い古された感がある。そもそもインパクトを狙って人体の断面を使うあたりに「迷走している人」の感じがもろに出ている。

下手には耐えられるが幼稚はたまらない。そう考え始めると制作中の絵が恥ずかしくなってきてしまい、衝動的にナイフで一刀両断、ルーチョ・フォンターナの〈空間概念〉にしてしまいたくなるが、[*29]そういった行動もまた世間一般に流布する陳腐な「芸術家」のイメージを真似ただけの平凡な所業である。平凡を平凡な方法で抜け出そうとする平凡、平凡を平凡に平凡だと批判する平凡な平凡。平凡のスパイラルはしばしばこうして僕を捕え、僕はまだ一度もその出口を見つけたことがない。今できることは、一旦《いったん》この前のめりから離れて休憩することだった。僕は丸椅子の上で背中を反らし、実感がないままに凝っていた肩と腰に血流を促す。伸びながら真上を見ると立ちくらみのような感覚があり、蛍光灯が直《じか》に吊るされたコンクリート剝《む》き出しの天井が一瞬、二重写しになる。欠伸《あくび》もしたせいで涙が出ている。

向かいに立つカンヴァスの陰でライトブラウンの髪が揺れ、僕と同じく自分の作品を制作していた南場《なんば》さんの顔がのぞく。「お疲れ。どう？」

「なんかまた駄目な気がしてきた。でも最後まで描かないと経験値にならないし」しかし、首の後ろあたりからどんどん集中力が抜けていく。「でも今日はここまでかな」

それまで静かだった第二アトリエに急に言葉が飛び交うようになり、少し離れた位置にイーゼルを立てていた川野辺《かわのべ》君も振り返り、汚れよけに着ているツナギのファスナーをざっと下ろした。「上がり？　じゃ、俺もここまでにしようかな」

美術学部棟四階、油画専攻の第二アトリエで制作していたのは僕と南場さんと川野辺君、三人である。夏休み中は皆の連名で一ヶ月単位の使用許可をまとめて取っているため、事実上アトリエが使い放題で、しかも課題に追われて走りながら別の課題をやるような普段と違い、じっくり自分の作品に取り組むことができる。だが、バイトや帰省で入れ替わりがちょくちょくあり、いるのは大抵三、四人になる。一番いるのは都内の実家から通っているため帰省が必要ない僕だが、南場さんと川野辺君もかなり「いつもい

＊29　彫刻家ルーチョ・フォンターナの代表作。一色で塗りつぶしたカンヴァスに穴を空けたり切れ目を入れたりした「絵画」。千点近く作ったらしいが、そこまでやらなくてもよかったのではないかという気もする。

る人」だった。

ほぼ無言のまま三人、片付けを始める。別に仲が悪いわけではなく、休日に時折飲みにいったりすることもあるのだが、そもそも皆、アトリエには集中して制作するために来ているので、あまり喋《しゃべ》らない。純粋芸術《ファインアート》つまり金にならない芸術であることが多い油画専の学生は就職が極めて難しく、「プロか無職か」という嫌な方向に純粋《ファイン》な競争を強いられているから、大学というより芸能プロダクションとか養成所の同期生のような部分があり、ほとんどの学生が「友達と楽しい思い出を作る」的なことは二の次三の次、興味がない。

それでも休暇中に大学に出てきてこの時間まで同じ場所で制作に打ち込んでいた同志となると、仲間意識は芽生える。筆の絵の具を拭《ふ》きとっていると南場さんが言った。

「ごはん行かない？」

川野辺君はいいね、と答えたが僕はエプロンの下をまさぐり携帯を出す。外が薄暗いと思っていたらもう午後六時五十九分になっていたが、SNSを見ても千坂桜からの返信はなかった。

「ごめん。僕ちょっと急いで寄るとこできた」

僕がSNSを見る動作をしたため事情を察したらしき南場さんが呆《あき》れ顔になる。「あいつもの。千坂さん？」

「うん。ちょっと生存確認だけ」

「大丈夫じゃない？　いつもだし」

「連絡なくなってそろそろ七十二時間だから。最悪のケースも考えないと」

「千坂さん？」川野辺君が眼鏡を直しつつ訊《き》いてくる。「そういや全然顔見ないね。何？　入院とかしてんの？　日本一周に出てるとか？」

「ある意味与那国島《よなぐにじま》より遠いとこ行ってる」僕は溜《た》め息をつく。

川野辺君はぽかんと口を開けたが、事情を知っている南場さんは呆れ顔で言った。

「ほっといてよくない？　どこの専攻にも何人かいるじゃん。生活能力ない人」

川野辺君が顔をしかめる。「俺ら、将来的にはほぼ全員が……」

「違うって。身のまわりのことができない人」

嫌なことを言うな、という威圧を言外に纏《まと》わせつつ、それでも南場さんは川野辺君に、千坂の生活状況を説明してくれる。

芸大の美術学部という場所柄、もともと奇人変人および社会不適合人間の割合は高い。酔っぱらって雨どい伝いに屋上に上がるやつとか、髪が伸びるたびに剃《そ》り込みで文字を書いて英語の詩を「頭部で朗読」しているやつとか、突然テーマを探してくると言ったきり日本一周旅行に出て音信不通になるやつとか、専攻ごとに平均二、三名の有名人がいるのだが、大学近くのアパートで独り暮らしをしている千坂桜も一部ではそういった人種として認知されていた。常にスケッチブックを持ち歩いていて、興味のわいた物があると立ち止まり、そこがお店の中だろうが横断歩道の途中だろうがスケッチを始めてしまう。こうなると予定があろうが人目が集まろうがお構いなしで、押しても引いてもブールデル[30]の〈ペネロープ〉[31]のごとくどっしり動かないので、僕はしばしば周囲の人に頭を下げて事情を説明したり、会う予定の相手に電話で謝罪したりしてきた。

だが大学に入ると、別の奇行が出来《しゅったい》した。突然学校に出てこなくなり、連絡も一切取れなくなる。それで何をやっているかというと、自宅で絵を描いているのである。千坂は一旦いいモティーフを見つけたが最後、もう一秒たりとも待つことができず、社会や学校などどうでもよくなるらしいのだ。学費を払っている以上単位までどうでもいいということにはならないから、試験の時は引っぱって連れてきてなんとか進級させたのだが、一年次からずっとそうなので、今では僕は千坂が「遭難」するたび彼女のアパートに行って様子を確認してくる、という役目にすっかり慣れてしまっている。

「うわ。そんなんだったの？」南場さんの説明を聞いた川野辺君は筆洗器に筆を突っ込みつつ目を丸くした。「変わった人とは聞いてたけど」

「天才様だからね。常識とか通用しないんじゃないの？」

南場さんは自分の言い方に棘《とげ》があると気付いたらしく肩をすくめ、しかしパレットをペインティングナイフでがしがし削りながらぼそりと言う。「……緑川君もいちいち世話焼かなくていいのに。ていうか、あの人と会話とか成立すんの？」

「普通にしてるよ。一応、高校から一緒だから」

芸大生は他大学の学生と比べ、他人にあまり興味がない。他人より自分。他人が何者で何をやっているかより、自分の才能が世間的にはどこまでのもので、自分が何者になれるかで頭がいっぱいだからだ。お互いのこともそれほど話さないから、僕も今のところ、画廊の息子だということはばれずに暮らせている。

一方、千坂が周囲にどう見られているかについては、僕もだいたい把握していた。あまり大学に出てこない、影の薄い人。話しかけても何かがずれていて会話にならない人。美学Iの試験会場で熟睡し、メディア論IIの試験会場にはボサボサの頭とジャージ姿で左右に揺らぎながら現れて、ようやく単位をとった人。だが実技の課題の評価は、出しさえすれば常にトップクラスの人——実際、昨年の大学祭に出品した作品がすごかったため、一部にはしっかり名前を覚えられている期待の星なのだ。それなのに、なぜかコンクールには頑《かたく》なに出品せず先生方をやきもきさせている人。そういった人間が同じ学生たちからどういう目で見られるかは、南場さんの言う「天才様」の一言で分かる。

だが、そうであるからこそ彼女の生活はきちんと守らなくてはならなかった。彼女の

＊30　エミール・アントワーヌ・ブールデル。美術の資料集によく載っている〈弓をひくヘラクレス〉などが有名。力感と重厚感のある人体を作る。昔ロダンのアシスタントをやっていたらしく、アシさんの作風が師匠《ししょう》と似てくるのはどのジャンルでも同じである。
＊31　東京・八重洲《やえす》のブリヂストン美術館にある。「四十秒で支度しな!」とか怒鳴りそうな感じの、腰のどっしりした女性像。

作品はいずれ人気が出ることが明らかだから、緑画廊《うちのみせ》としても手放したくない。僕は油壺《あぶらつぼ》をウエス*32で拭《ぬぐ》って答える。「一応、心配だから。やっぱり行ってみるよ」

「え、何？　緑川、千坂さんのアパート行ってんの？」

「時々」

「何？　つきあってたの？」

僕が首を振ると、南場さんが呆れ顔で「飼育係なんだよね」と言う。

その言い方はどうなんだろうかと思うが、言い得て妙だとも思うので、僕はコメントをしなかった。川野辺君はわけがわからんという顔で僕と南場さんを見比べている。

南場さんが派手に溜め息をついた。

2

千坂のアパートに向かって夜の路地を歩きながら、手に提げたスーパーのレジ袋をもう一度確認し、彼女の部屋の冷蔵庫の記憶と照合してゆく。卵は残り一個だったので買った。人参《にんじん》はたしか二本半残っていたはずだ。大きめのものばかりだったからまだ残っているだろう。マヨネーズは切れかけていた気がしないでもないから買ってしまったが、まあ余分に買って困るものでもない。ハムは三連パックのものが二パック残っていたから、まだ一パックはあるだろう。

他人の家の冷蔵庫の中身を推測しながら路地を歩き、角を曲がると伊藤園《いとうえん》の自動販売機のむこうに彼女のアパートが現れる。都心のこの地域にして家賃共益費合わせて三万八千円。風呂トイレはついているが築四十五年で日当たり皆無、外壁の一部は剝《は》がれ落ちている。

朽ちかけた外階段を上る。蜘蛛《くも》の巣がある上表面の金属が錆《さ》びてめくれあがっているので危険な手すりには触らず、二階に上がってすぐの位置にある、悪魔の陥没穴《デビルズ・シンクホール》と名付けた穴ぼこを避けて奥の部屋に進む。手前の部屋は常に静かで、住人がいるのかいないのか、いるけどすでに死体になっているのか、いずれとも判断がつかない。

下の方の化粧板が剝がれかかってささくれ立っているドアのノブをひねると、案の定何の抵抗もなく回った。玄関の鍵《かぎ》はかけておくように言っているのだが、千坂はいつも忘れる。そのおかげでこうして簡単に入れる。

明かりを点《つ》け、今時LEDですらない電球の黄色い光に照らされる玄関を見回しつつにおいをかぎ、腐っている食材や溜《た》まっている生ゴミ等がないことを確認する。それからドアポケットに詰め込まれていたチラシ類を思いきり引き抜く。チラシの量からして

*32　ガテン系には馴染《なじ》みの深い、機械などを拭く使い捨ての古布。基本的に、古着などの生地を洗浄漂白して作るリサイクル品。「ウエス」は英語のwasteがなまったものらしい。

「死後二日」といったところだろうか。靴二足分の面積しかない靴脱ぎに彼女の靴がちゃんとあることを確認し、靴下になると、みしゃり、と断末魔に近い軋《きし》み音をたてる床を踏みしめて上がる。奥の部屋の戸は閉まっており、曇りガラスのむこうは暗い。台所のシンクには洗っただけのジャガイモが一つと人参が一本、ごろりと転がっていた。まな板の上では真っ二つにされた玉葱《たまねぎ》が茶色く変色した断面をのぞかせたまま置いてあり、包丁も放置されていた。それでだいたい「死亡時」の状況が分かった。以前僕が教えたカレーを作ろうとしたが、玉葱を切った瞬間に描きたいものを見つけてしまい、そのまま料理を放棄して部屋に籠《こ》もったのだろう。玉葱のもう半分がないのは、モティーフとして部屋に持ち込んだからだ。

引き戸の曇りガラスに向かって声をかける。「千坂。生きてる？」

返事はなかったが、シンクが濡《ぬ》れていてマグカップが置かれているから、とりあえず水ぐらいは飲んだようだと判断して、先に買ってきた食材を冷蔵庫に入れてしまうことにする。床に落ちている髪の毛を見て、明日《あした》まだ千坂が動かなかったら掃除しに来た方がいいなと思った。そうしていると曇りガラスのむこうで人影が緩慢に動いた。

卵をドアポケットに移していたら、聞こえるか聞こえないかという程度の音がからりと鳴って、部屋の引き戸が細く開いた。隙間から千坂の目が覗《のぞ》いている。僕は冷蔵庫のドアを閉めてそちらに寄る。僕の姿をみとめ、彼女の表情がぱっと明るくなる。

「連絡なくて三日目なんだけど」しゃがんで彼女と視線の高さを合わせる。「……描けた？」

かすれた声で返答がある。「……途中」

「いま制作中だった？」

首を振る。「……休憩してた」

また床で寝ていたのだろう。寝癖で分かる。「お腹《なか》は減ってる？」

千坂は一旦自分のお腹に視線を落としたが、こちらを見ると、無言で小さく頷《うなず》いた。肩に垂れた長い髪がさらりと揺れる。

「じゃ、ごはん作っちゃうから。その間、お風呂入ってきたら？」

「ごはん」千坂はまだあまり焦点のはっきりしない瞳《ひとみ》をちらちらと動かす。「……カレーを、作る……途中だった気がする」

出てこようとする千坂を押さえる。「いいよあとは僕がやっとくから。疲れてるでしょ。お風呂入ってきたら？」

千坂はじっと僕を見てから、素直に頷く。子供のようだと思うが、南場さんの言う「飼育係」の方が近いのかもしれない。

からからと音がして引き戸が開かれ、千坂の部屋が現れる。予想通り溶き油のにおいが充満した部屋には中央にどかんとイーゼルが据えられ、六十号*33くらいのカンヴァスが鎮座している。フローリング剝き出しのままの床には横倒しになった丸椅子があり、パレットと筆洗器と絵の具類と資料本が散乱している。以前僕が買ってきた低反発のクッションが頭の形に凹《へこ》んでいるから制作中のいつもの行動で描きながらその場にどさりと崩れ落ちてそのまま寝入ったのだろうが、本能なのか絵筆だけは筆洗器に差し込まれている。一応押入れの中に衣装ケースと布団はあるのだが、入りきらない服はハンガーにかけられたままカーテンレールにぶら下がったり床に広げられていたりし、携帯がコンセントから伸びた充電器につながって空しく光っている他はテレビも本棚も何もない部屋である。僕が時々片付けなければ秋保《あきう》のガラクタオブジェ館になるだろう様相で、*34南場さんの言う「生活能力ない人」という言葉が圧倒的な説得力で迫ってくる。一体、彼女はどういう家で育ってきたのだろうか。学費免除と奨学金を駆使して芸大に通い、こんなアパートに住んでいるという時点で、実家を当てにできないことは分かるのだが。

床に散乱するあれこれを踏まないように部屋に足を踏み入れ、制作中の彼女のカンヴァスを覗く。まだ大雑把《おおざっぱ》に塗り分けられただけの青空と地面と、そこに置かれた玉葱の断面らしき白く巨大な物体が判別できる程度である。玉葱の断面からは微細な、あるいはスケールが違うだけで実は人間大に大きいのかもしれない何かが何匹も這《は》い出してきている。まだ大まかな構図しか分からないが、視界に入った瞬間にどっかりと鎮座する玉葱の断面が日常感覚を異化し、スケールの違和感が狂気を感じさせるが、その奥にユーモラスなものがちらりとのぞく。はっきりと目を引く作品だった。千坂が閉じこもって没頭する時はいつもいい出来になるのだ。

……そう。いつもいい出来なのだ。

南場さんの気持ちも、少し分かる。一体どうして、千坂だけがこんなにあっさりと、誰が見ても分かるほどに魅力的な作品を生み出せるのだろうか。同じくらい頑張っているはずの僕は、いくら描いても手がかりすら摑《つか》めないのに。

不公平だ、という気持ちはある。だが、そこを妬《ねた》んで「あいつと自分はたいして違わないのに」なんて不満を言うだけでは、僕自身が成長できない。自分より優れたもの、評価されているものに出合ったら、まずするべきは妬むことではなく、盗むことだ。

「いい感じだね。どっかり座ってる……玉葱？　ちょっと可愛い感じなのもいい」

押入れをごそごそ探って着替えを引きずり出している千坂の背中に言うと、彼女は振り返ってはにかむ。褒められて喜んでいるようでもあり、まだ制作中だからと恥ずかしがっているようでもあるが、学校ではおよそ見せない微笑を含んだ表情である。

それを見ると、途端に胸が温かくなる。才能への嫉妬《しっと》とか、生活能力の欠如への心配とか、そういうものは一瞬で忘れてしまう。

……飼育係。

南場さんの言ったその単語が僕の脳内に蘇《よみがえ》る。確かにそうなのだ。この部屋は彼女の

＊33　規格によって違うが、だいたい長辺百三十センチ×短辺九十センチくらいのサイズ。
＊34　宮城県・秋保温泉にある、カラフルでお洒落《しゃれ》な廃材アートの展示スポット。ネコがいる。

巣であり、僕は唯一《ただ》人そこへの侵入を許されている。自分でもよく分からない。どうしてつきあっているわけでもないのにどうしてここまで彼女の世話を焼くのか、自分でもよく分からない。だが僕は、彼女がこうして僕の訪問を喜んでくれることに、どうしようもない幸福を感じている。僕だけが部屋に上がり、無防備な彼女を見ることを許されている。僕だけが彼女の生活を把握している。当然のように冷蔵庫を開け、掃除機を使うことができる。千坂は制作中の絵を他人に見られることを極端に嫌うが、僕に対してはむしろ見せたがる。彼女は完成作品ですらなかなか他人に見せないため、彼女の作品のほとんどは僕だけが知っている。

そして僕だけが、その制作過程を見ることができる。生暖かい優越感の混じったそういう「僕だけが」を、僕はたまらなく嬉《うれ》しく感じている。この感情は一体何なのだろうか。芸術的感動なのだろうか。独占欲なのだろうか。僕は千坂をどう思っているのだろうか。

ひと通り感想を話した後、台所に戻ってカレーの具を煮て、炊き上がったごはんをかきまぜていると、千坂が風呂から出てきた。もうすぐだからと言って炊飯器に視線を戻すと、なぜか千坂は部屋に入らず、僕のシャツの袖《そで》をくい、と引っぱった。

「……どうしたの？」

「緑くん」バスタオルをかぶったままの千坂は俯《うつむ》いて、小さな声で言った。「ありがとう」

洗いたての長い髪からシャンプーの柔らかいにおいがする。平然と頷いてはみせたものの、心臓がこくこくと鳴っている。

……それとも、単に好きなだけなのだろうか。

3

窓を開けているので、裏の公園の虫の声や表の路地を走る車のエンジン音だけでなく、新鮮な空気もゆっくり部屋に入ってくる。そのたびにスープから立ちのぼる湯気がゆらめく。カレーとテレピン油のにおいに混じって時折千坂の髪からシャンプーの香りがする。

床に広げられた画材と作品のせいで殺風景ではないのだが、千坂の部屋に来るといつもアウトドアな気分になる。今食器を並べている食卓は引っ越し時の段ボール箱に僕が買ってきたテーブルクロスをかけたものだし、食器は数が足りないので和風の汁椀に洋風のポトフが入っている。風呂にしても、千坂の部屋の浴室は一体誰が何を考えてこれで良しとしたのだろうかという、膝《ひざ》を抱えてうずくまらないと体が収まらないサイズの正方形の浴槽しかない。あれでは逆に疲れが溜まるのではないだろうかと心配になるが、風呂から出てきた彼女はほくほくとリラックスし、制作時に酷使した脳が求めるまま、カレーとグラタンとポテトサラダとポトフを一心不乱に食べ続けている。保存する分を考えてかなり多めに作ったのだが、全部食べてしまいそうな勢いである。

「……結局、mico展は今年も出さないの？　妹尾《せのお》先生の推薦はもらえるはずだけど」

スプーンを止めて訊いてみると、千坂は目を伏せた。

「来月締切のビエンナーレは？」

千坂は目を伏せたまま、小さく首を振った。「……まだ自信ないから」

僕は壁際に並べて立てられたカンヴァスを見て、「これで？」と言いそうになるのをこらえ、かわりにスプーンでグラタンを削った。作品は山ほどあるし、即買い手がつきそうなものもいくらでもある。そうでなくとも、だいたいアートなどをやる人間というのは、自分の作品が世界一優れており、発見され正しく評価されさえすれば世界中を席巻《せっけん》すると思っており、だからやたらと「ね？　俺こんな感じのことやってるんだけど」と見せびらかすのが普通なのだ。これだけの作品を描きながら千坂が一向に人に見せない、しかもそもそも推薦を貰《もら》って出品するだけでも極めてハードルが高いmico展に、推薦確実でありながら出さないというのは、僕にとっては……いや、プロを目指すアーティストなら誰から見ても不可解極まることだった。何か理由があるのだろうが、それが分からない。

しかし美術学部の、しかもファインアートのコースに入ってしまった以上、そんなことでぐずぐずしてはいられないのだ。

芸大・美大からプロになるには、大きく分けて二つのルートがある。一つは大学院に進み、ひたすら教授たちの覚えをよくしつつ日展を始めとするアカデミー系の展覧会に出品し、昔ながらのいわゆる「画壇」で地位を築いていく方法。もう一つは企業や自治体などの公募展に出したりしながら知名度を高め、いわば在野で直接人気を獲得する方法だ。どちらをやるにしてもあちこちに作品を出し、実績を積み重ねていかなければならず、うちの学生も皆、実績とコネ作りに奔走している。もともと芸大にしろ美大にしろ、受験生の時点で技術面はほぼ問題なしという人間ばかりで、うちの場合、その中からさらに技術を超えた「凄《すご》み」を出せる人間しか入試を通れない。プロになるにはそこからさらに「独創性」と「商品性」と「運」が必要で、こればかりは努力でどうにかなるものではないのだが、逆に努力次第でなんとかなる部分はすべて解決していて当然、というのが僕たちの認識である。だから、出品やコネ作りを一切しようとしない千坂は、僕たちから見れば「何のためにうちに入ったのか」という話になるのだ。

僕だって、作品が何か権威ある人の目にたまたま留まる、といったような運さえあれば、一気にプロでやっていけるようになる、というつもりでいる。自分の作品にそのレベルの価値はあると思っている。なのに、僕より明らかに凄い千坂にその自信がないというのだろうか。

彼女の生活を見れば、大学院に行く余裕があるとは思えない。だとすれば大学にいられるのは四年間。卒業までに千坂桜の才能を世に知らしめなければならない。だから、いいかげん「修業期間」など終わりにして、どんどん打って出るべきだということを説いて聞かせなければならない。せっかくの才能が知られないまま埋もれてしまうかもしれない。

そう思った僕はスプーンを置いて座り直したのだが、見事なまでに腰を折るタイミングで携帯に着信があった。南場さんだった。

——もしもし。あのさあ、なんかさっき、学校で火事起こったっぽいんだけど。

「……火事？」思わず窓の外を見るが、近くとはいえこの窓から大学は見えない。

——私、やっぱりもうちょっと描こうと思って、コンビニでごはん買ってアトリエ戻ったんだけどね。

「うん」

時計を見ると午後八時半になっている。別れてから一時間、さらに頑張っていたらしい。

——で、描いててなんか焦げ臭いと思ったら煙出てて。

「え、何？　美術学部棟《うちのたてもの》なの？　しかも四階？」

——そう。小火《ぼや》ぐらいだから消防署とかはまだ来てないんだけど。

美術学部棟は四階と五階が油画専のフロアである。僕は一時間前までいたその場所を思い浮かべる。もちろんあの時は無事だった。「もしかして第二アトリエ？」

——ううん。廊下のむこうの「適当部屋」だけど。でも誰かの作品が置きっぱなしになってて、それが燃やされたっぽいの。

適当部屋というのは美術学部棟四階にある文字通り適当な部屋である。倉庫の一つなのだが入口の鍵が紛失したか壊れたかで閉まっておらず、事実上出入り自由なため、他人と顔を合わせずに制作をしたがる人などが適当に出入りし、適当に資材を置いたりしている。

しかしそこが現場となると、対岸の火事では済まない。夏休み中のこんな時間、美術学部棟にいた人間は少ないだろうし、外部の不審者が守衛や警備員の目を盗んで四階まで入り込むことは考えにくい。しかも。

「犯人は適当部屋を狙ったってこと？　あそこに鍵がかかってないこと知ってるの、油画専か三階の彫刻専くらいだと思うんだけど」自分で口にしながら、不吉なもやが胸の中に広がる。「その状況って、もしかして僕ら、容疑者になっちゃわない？」

——超なってる。私も今、妹尾先生から取調べ受けてて、あと、川野辺もだいぶ前に帰ったのに、呼べって言われて。さっき電話して呼んだの。

大問題になっているではないか。「分かった。すぐ行く」

——あ、でもね。なんかもう犯人がね、警備員さんに捕まってるの。

「あ、そうなの？……まさか油画専《うち》の？」

——ううん。学外の怪しいマッチョ。今、裸になってる。

一瞬、携帯の電波が何かおかしくなったのかと思った。

「……何？」

——なんか学外から謎のマッチョが入ってきててね。現場から出てきたとこを研究室にいた妹尾先生に捕まったの。今、妹尾研究室にいるの。容疑は否認してるんだけど、服着てない。

何だそれは、と言おうとしたが、僕は「怪しいマッチョ」「服着てない」の二つの情報で、もしや、と思い当たる人間がいることに気付いた。「まさか……」

——大人しくて、あんまり害はなさそうなマッチョなんだけど。

そのマッチョ、知り合いかもしれない。そう言うのはとりあえずやめておいて、僕は立ち上がった。「……すぐ行く」

「……風戸。お前何やってんの？」

高校時代からの友人であり、当時からボディビルディングを趣味としていた風戸翔馬は、百八十八センチ百十九キロの見事な肉体を晒《さら》しながら研究室の丸椅子にどっかりと座り、大胸筋を強調するポーズをとった。なぜか目の覚めるようなコバルトブルーのビキニパンツ一丁であり、傍らの床には脱ぎ捨てられたワイシャツとズボンと靴・靴下が丁寧に畳まれて重ねられている。

「バイトでな。彫刻専攻の学生にモデルを頼まれていた。俺はそういう依頼は断らないことにしてるんだ。筋肉は公共財だというのが俺の持論だからな」

「いやポーズはいい。あとそれこの間聞いた。そこじゃなくて」

「ああ、そうか。いや、それで三階のアトリエで仕事を終えた後、ひょっとして上の階にお前が来ているかもしれないと思ってアトリエを覗いて、いなかったからロビーでちょっと腕立て伏せをしていたんだが」風戸は上腕二頭筋を強調するポーズをとった。「そうしたら何か焦げ臭いことに気付いてな。火災報知機のベルが鳴っていたし、廊下を見たら煙が出ていたから、急いで現場に行って、ドアを破壊して消火したんだ」

『いなかったから』腕立て伏せ始めた、ってどういうことだよ。……いや、ポーズはいい」立派だが、つまり外部の人間がなぜか第一発見者だったということで疑われているらしい。「……分かったけど、でもやっぱり、まずはそこじゃなくて」

「ん？　何だ？」

僕は友人の股《また》に深く切れ込む青いパンツを指さす。「……なんでそれ一丁なんだよ」

「ああ。……いや、俺も悩んだんだ」風戸はビキニパンツの裾《すそ》を引っぱる。ドア脇に立っていた南場さんが「うわっ」と身じろぎしたが、風戸の方は女子の目線を気にしていない様子である。「お前も知っての通り、昔は黒を愛用してたんだ。なるべく強い収縮色にした方が腰回りや太腿《ふともも》の付け根が締まって見えるからな。しかしふと思ったんだ。ビルパンの色で肉体の印象を強めようというのは、はたしていいことなんだろうか、と*35な。まあビルダーでもスーパーマン志向の奴は赤を好むし……」

「色じゃない」なかなか本題に辿《たど》り着かない。「なんで服脱いでるのか訊いてるんだよ」

「こちらの妹尾教授が俺を怪しいとおっしゃるんでな。潔白を証明するためにはこれが一番だと思ったんだ」

「逆に怪しいって」

「だが緑川」風戸は腹筋を強調するポーズをとった。「この肉体のどこに嘘があると？」

「いいから服を着なさい」先程から同じやりとりをしていたようで、うんざりした様子で妹尾先生が言う。「君の肉体に嘘はありません。しかし君のしていることは猥褻《わいせつ》物陳列罪です」

「馬鹿な。教授、あなたはロダン[36]やミケランジェロ[37]が猥褻だと？」

「彼らの作品もある部分、猥褻なんです。芸術は猥褻だし、猥褻も芸術なんです」

妹尾先生が言うと、風戸は腕を組んで唸《うな》った。「……そういえば昔、緑川も似たようなことを」

「風戸。いいから服着て。女子もいるんだから」

僕は南場さんを気にして見たが、南場さんは特に困った顔もせず風戸の体を観察していた。「すごい体。ちょっと部分的に描いてみたいかも。ステロイド剤とか打ってるんですか？」

「俺はナチュラルなんで[38]。しかしステロイド使用も否定しませんよ。安全については自己責任ですし、『いかに体を壊さずにステロイドの効果を引き出すか』という探求もまた、ビルダーの求道です」風戸は一気に喋り、嬉しそうに僕を見上げる。「いやあ緑川。ここは本当にいいところだな。肉体美というものを理解してくれる人が多い」

確かに高校時代のこいつは変人扱いだった。「……分かったから服、着てくれ」

「しかし……おっ、千坂。来てたのか」床のシャツに手を伸ばしかけた風戸は笑顔で立ち上がり、僕の後ろにいた千坂に手を上げる。「この間より三角筋が落ちてないか？　良質なたんぱく質を摂《と》らないと駄目だぞ」

千坂は制作中のジャージでなく三、四枚を常にローテーションしているワンピースなのだが、風戸はCTスキャンするがごとく他人の筋肉を透視する。言われた千坂の方は「三角筋」がどこなのか分からなかったらしく、二の腕や肩を触って首をかしげている。

妹尾先生は千坂の姿をみとめ、笑顔になった。「ああ、千坂君。ちょうどよかった。君、もう少し学校に来なさい。ところで君、地方紙の取材を受ける気はありませんか？　今『芸術の秋特集』で……」

＊35　ボディビルで穿《は》くビキニパンツ。「ビルダーパンツ」の略だが、正式には「ポージングトランクス」と呼ぶ。ボディビルダー以外に、普通にセクシー下着として愛用している人もいる。

＊36　〈考える人〉の人。作品があまりにリアルなため「こいつ実際の人間から型を取ったんじゃないか」と疑われてブチ切れ、実際の人間よりでかい像を作って疑いを晴らしたことがある。

＊37　〈ダビデ像〉の人。絵画も彫刻も詩歌も全部こなすマルチ天才で、同じマルチ天才のダ・ヴィンチがライバルだった。というより、単に仲が悪かったらしい。

＊38　ナチュラルビルダー。ステロイド剤による筋肉増強を用いないボディビルダーのこと。

南場さんが止める。「先生。今それどころじゃないですか？」

「ああそうでした。それは後ですね。今は、ええと」反射的に勧誘をしていたらしき妹尾先生は咳払《せきばら》いをし、風戸を指さす。「この男、君の知り合いなのですか？」

千坂がこちらを見るので、僕が代わって答える。「高校時代からの友人で、体育大学の二年生です。彫刻専の人に紹介したのも僕で、モデルのバイト、というのも本当です」

「ええと君は誰でしたっけ。うちの学生ですか」

「油画専攻二年の緑川礼です」妹尾先生はのんびり屋だから、と頭の中で唱えてショックをやわらげる。「この風戸が放火をするような人間でないというのは、はっきり証言できます」

「私も、高校時代からの友人です」千坂は僕と妹尾先生を見比べ、僕を真似して全く同じ調子で言った。「この風戸くんが放火をするような人間でないというのは、はっきり証言できます」

「いや、僕もそうは思うんだけどねえ」妹尾先生は部屋の隅で背筋《せすじ》を伸ばしている初老の警備員さんと目配せをしあい、溜め息をついた。「……現場の状況からしてね、彼が犯人としか思えないんですよ」

僕は現場をまだ見ていない。「……どういう状況なんですか？」

「緑川君。君は探偵小説を読みますか？」妹尾先生は豊かな銀髪を揺らして悩ましげに眉根《まゆね》を寄せる。「現場になった部屋なんだけどね。倉庫だから窓はないし、入口のドアには鍵がかかっていた」

「適……廊下の突き当たりの部屋ですよね？　あそこは鍵が紛失していたはずでは」

「してたんですけどね。先週、夜中に侵入して収蔵品を物色していた人間が見つかったため、さすがにこれはまずかろうということになり、ドアの鍵を新しくつけたんです。でも、それはきちんとかかっていました。そこの筋肉の子が破るまではね」先生は風戸を見る。「君も知っているでしょうが、他に出入口は一切ありません。つまり現場は完全な密室だったんですよ」

4

現場の倉庫は惨状と言うには大人しく、異状と言うには派手すぎる微妙な荒れ方のまま静まりかえっている。唯一の出入口であるドアは開け放されているが、これは風戸が力まかせにぶち破ったせいで、錠の留め金を受ける金具がもぎ取られてぶらんぶらんと下がっている。床の一部は消火器からぶちまけられた消火剤で白く染まっているが、コンクリート剝き出しのためか焦げ跡などはなく、掃除をすればすぐに原状復帰ができそうだった。

ドアの留め金を見て、ようやく服を着た隣の風戸に言う。「……これ、よく壊せたな」

「緊急事態だったからな。あまり紳士的でない入り方をせざるを得なかったんだ」風戸は太い腕を組む。「昔お前に言われて考えたんだよ。美しいだけの肉体でいいのかってな」

「言ったっけそんなこと」

壁際には大きな麻袋があり、中には誰かがミクストメディア[39]に使ったらしきカーテンレールだの古タイヤだのが入っている。火をつけられたのがこの麻袋であるようで、袋本体はもとより、中の古タイヤと木材が真っ黒に焦げてなんとも言えないにおいを発している。壁や床が焦げた形跡はなかったが、隣に立てかけてあったらしい八十号サイズ[40]のカンヴァスが一つ巻き添えを食っており、半分が焦げ跡になってしまっている。麻袋の中身は事実上ゴミだろうから一番の被害者はこの絵の持ち主だな、と思ったが、よく考えてみればこんな部屋に放置してあった作品だから、別に燃えてしまってもどうということはないのかもしれない。

妹尾先生が講義中よくやる仕草でズボンのポケットに手を入れ、麻袋を見下ろす。

「こういうものをだね、勝手に置いていい部屋じゃないんですけどね」

油画専の学生ならアトリエ代わりやロッカー代わりに一度は無断利用したことがある部屋だ。南場さんと顔を見合わせ、なんとなく首をすぼめるが、千坂はつかつかと麻袋の前に行ってしゃがみ、黒く燃えた麻袋の中にいきなりずぼ、と手を突っ込んだ。

「ちょっ、千坂危ないって」どう見てもそれが火元なのになぜ素手で触る。「それに手が汚れる」

予想通り煤《すす》で真っ黒になった千坂の手を引き抜き、ポケットから携帯用のウェットティッシュを出して拭く。

南場さんが呆れた声で言う。「……緑川君、それいつも持ち歩いてんの？」

「ああ。便利だよ」アルコールの冷たさにびくっとした千坂の手を押さえて拭う。爪の中まで黒くなっているのは後で落とすとしても、指はひととおり拭いておかないとこの手であちこち触りかねない。「外で汚れた時はたいていこれで落ちる。擦り傷作ったりもするし」

南場さんは言った。「うちの実家の犬がお散歩から帰った時、オカンにそんな感じで手足拭かれてる」

「勝手に触らないでくださいね」警備員さんが制帽をかぶり直しつつ言う。「火元はその袋でしょうが、マッチや何かの道具、それに着火剤らしきものなども一切ありませんでした。失火というより放火か自然発火のどちらかだと思うんですがね」

＊39　「複数の素材や技法をいっしょくたに使った作品」のこと。ここでは、カンヴァスに立体物を貼りつけた作品などをさす。大抵の場合存在感が増すが、ガラクタ感も増す。

＊40　おおむね長辺百四十五センチ×短辺百十センチ程度。何号が何センチなのかは国によって規格が違い、また日本国内でも複数の規格があるという、携帯電話の料金プラン並みのややこしさである。

「残念ながら、犯人の姿は見ていません」風戸は廊下を振り返る。「腕立て伏せ百回でパンプアップした俺は、火災報知機のベルが鳴っていることに気付いて廊下を見渡しました。すると突き当たりのこの部屋からかすかに煙が出ていました。火事だと思ったので、廊下の消火器を携えてこの体でドアを破ったわけですが」

「風戸。ポーズいらない」

「そこの麻袋とカンヴァスが燃えていましてね。とっさに消火器を使ったわけです」

南場さんが手を挙げる。「……火災報知機の音は、私も聞きましたけど」

「僕の研究室にも聞こえてきたけどね」妹尾先生が頷き、周囲をぐるりと見回す。「しかしね。見ての通りこの部屋の出入口はそこのドアだけだよ。鍵は一階で保管されていたし、けっこういい鍵なんだよ。複製なんかはそうそうできない」

乏しい予算で用意したのによくも壊してくれたなという恨み言がわずかに言外にあるようで、溜め息とともに妹尾先生に見上げられた風戸は目をそらした。

「でも風戸。鍵は確かにかかってたんだろ？」

僕が訊くと風戸は頷いた。「間違いないぞ」

「でも先生、これ、火をつけるなんて無理じゃないですか？」

僕は部屋を見回す。「適当部屋」は研究室と同じサイズで、二十畳ほどである。奥の壁際にはラックがあり、本来の用途に従って保管されているカンヴァスが何十枚も立てて並べられている。だがその手前には学生が（教官も？）勝手に持ち込んだらしきイーゼルやカンヴァスが置かれ、それどころかドア横のラックには、図書館や研究室から持ち出してそのままらしき資料本や、ミクストメディアの資材と思われる大判のロール和紙とベニヤ板が無造作に収まっている。産業廃棄物が不法投棄された現場に似ていなくもないが。

「床も壁も天井も全部傷一つないコンクリートで、ドアも隙間はないし、せいぜい空調の隙間……も、あるのかないのか、くらいですし」

ドアの中央部にはガラスがはめ込まれているが、空調のダクトも中は細かい金網で仕切られているはずだった。そちらにも全く異状はないし、そもそもダクトのむこうがどこにつながっているかは業者でないと分からないことで、ダクトを使って何か仕掛けをするのは無理だ。

「そうなんです。この部屋は一つのコンクリートの箱だと言っていい。空調のダクトも閉まっていますから、空気すら出入りできない完全な密室なんです」妹尾先生は金田一《きんだいち》耕助《こうすけ》のような仕草で白髪をがりがりと掻《か》く。「しかしね君。そうなると結論は一つしかないのじゃないですか？」

いきなり話を振られた警備員さんは「はあ、いえ」などと困惑しているが、妹尾先生は言う。

「つまり早業殺人ですよ。密室が破られた後に犯行が起こった。そこの筋肉の子がドアを破り、火をつけ、持っていた消火器を使って自分で消火したんです」

何が殺人なのかと思ったが、そこはまあいい。

風戸は警備員さんに見上げられて困った顔をしている。千坂はというと、奥に並んでいるカンヴァスを一枚一枚起こしては覗き、起こしては覗きしている。僕は床のコンクリートに視線を落とし、少し考えて頭の中を整理した。

「しかし先生。そう考えるとちょっと、おかしな点が……四つほどあるんですけど」

「ほう？」

「そんなに？」

先生と南場さんから同時に見つめられ、僕は咳払いをした。

「まず一つ目は、風戸が早業殺……放火を計画したなら、どうして『無理矢理ドアを破る』なんていう無茶な方法を使ったんでしょうか。この時間はけっこう静かですから、そんなことしたら目立ちすぎると思うんですけど」

「下の彫刻専がいつもバリバリうっさいけどね」南場さんが言う。

「それでも目立つと思う。それと二つ目。なんで風戸はわざわざそこの麻袋に火をつけたんでしょうか。そっちの棚にある和紙ロールの方が簡単だし、臭い煙も出ないから目立ちませんよね」

南場さんと先生が壁の和紙ロールを振り返る。燃えた範囲が狭いので、あちら側の壁際に置いてある資材のあれこれは無事である。

「それから三つ目。そもそも風戸が火をつけたなら、なんで逃げずにわざわざ第一発見者になったんですか？　外部の人間だから絶対怪しまれるはずですよね。それならこっそり火をつけて、さっさと逃げるのが普通だと思うんですけど」現に怪しまれている。大学関係者からすれば当然の反応である。「ついでに四つ目です。消火器を持ってドアを破って入る、っていうの、必要だったんでしょうか。普通はドアを破って火をつけてから、消火器を取りに戻るでしょうから、風戸が自分で火をつけたとしても、そうすればいいじゃないですか。まるでこの部屋の中で何が起こってるのか知っているみたいに最初から消火器を持っていったら怪しまれるわけで、犯人ならわざわざそんなことはしないと思います」

「君は理屈っぽいな」妹尾先生は大学の教授が何を言うかというような反応をし、しかし腕を組んで頷く。「だが話は説得的ですね」

「そもそも、風戸がこの部屋で小火を起こす理由がないです。絵も一枚燃えちゃってますけど、こんなガラクタを燃やしたところで……」

「あ。なんかこの絵、私見たことある。たしか油画専《う》の《ち》……」

南場さんがそう言いかけたところで足音がし、息を切らした川野辺君が現れた。「ああ妹尾先生どうも。呼び出しがあったんで……って、おいおい燃えたのってそれかよ」

川野辺君は顔を押さえてのけぞり、眼鏡を落としかけて慌ててかけ直し、また口を開けた。「あああもったいねえ。だからこんなとこ置きっ放しにすんなつってたのに。あの馬鹿」

「川野辺君」

僕が呼ぶと、妹尾先生も頷いた。「ああ、君もうちの……こっちの君が言ってた学生か」

南場さんが頷く。「ていうか先生。私たち容疑者ってひどくないですか？」

「燃やして完成する絵だの、壁をバーナーで焼くインスタレーションだの、そういうのをやる学生もいますからねえ」妹尾先生は困り顔で言う。「まあ自由な発想を妨げるつもりはないんだが」

つまり露骨に「疑っています」と言っているわけだが、確かにこの部屋のことを知っているのは油画専くらいだろうし、僕たちには全員アリバイがない。「信じています」という顔をしながら疑うよりましかもしれない。

「……で、この絵は誰のものなのかな？」

「二年の楠美修平《くすみしゅうへい》です。あの馬鹿。代表作なのに」川野辺君はずんずんと入ってきて燃えた絵を持ち上げようとし、ぼろりと炭が落ちたため慌てて床に置き直した。「ああもう無理だこれ。どうすんだよこれ」

「楠美君か」妹尾先生はその名前には反応した。「彼は最近どうしたんですか。昨年の大学祭にはいいものを出していたのに、それ以来ぱっとしない」

「油彩に飽きたとかわけわかんないこと言って、最近はCGにはまってます」川野辺君は口の端から溜め息をもらしながら言う。「燃えたこの絵、あいつの中じゃ一番の傑作だったんですよ。出品しろ、せめて先生に見せろって散々言ってたのに、『遊びで描いただけだから』とか言ってこんなとこに置きっ放しにしとくから」

「ほほう傑作」妹尾先生は興味をひかれたらしく、よいしょ、と言いながら絵の前にしゃがみこむ。「ううむ。これではなんとも言えんな」

「画像あります。これです」川野辺君が隣にしゃがみ、携帯の画像を見せる。「見てください。すごいですから。ああ、ここをこうすると拡大、こっちで縮小です」

「んー？　画面が小さくて分からんよこれじゃ。ううむ」

先生は老眼鏡を出して作品鑑賞を始めてしまったが、僕は一つ気付いた。

楠美君の名前は当然僕も知っている。千坂と並ぶ油画専の天才で、いつもピンクと緑とか金色と赤とか派手な色に染めた髪をおっ立てていて、服装はだいたい作務衣《さむえ》、気分によっては羽織袴《はおりはかま》の人だ。変人としての知名度は千坂より高いが、油彩はあまり真面目にやっていないらしく、今年に入ってからは目立った活動の痕跡《こんせき》がなかった。

だがその楠美君の代表作というなら、それを狙って燃やす動機はすぐに思いつく。麻袋の資材を燃やした結果運悪く絵が燃えたのではなく、最初から絵を燃やすつもりで麻袋に火をつけたのだろう。

「……君、やっぱり分からんよ。これでは」

妹尾先生が首を振ると、川野辺君は悔しそうに立ち上がり、火元の麻袋を見下ろして八つ当たり気味に言う。「だいたいなんでこんなとこにミクストメディアのガラクタ置いてあるんだよ」

「ミクストメディアって甘えだよね」

南場さんがどうでもいいコメントを言うと川野辺君が返す。「いやそれ極端」

「最初から立体だって言ってたらインパクトない作品が、油彩の中に交ぜれば目立てるっていう発想でしょ？　だいたいダダとか百年前に役目終わってるし」

「現代のは別にダダじゃないでしょ。そもそもそれなら『油彩』っていう枠がどうなの？」

南場さんと川野辺君は何やら議論を始めてしまう。僕は収拾がつかなくなる前に、議論する二人に興味深げに寄っていく妹尾先生を捕まえた。

「……先生。これ、つまり自然発火じゃないですか？　おっしゃる通り完全な密室ですし」

「僕もそういうことにしたいんだけどねえ」妹尾先生は悩ましげな顔をする。「警察、嫌いだし。あいつらちょっと私有地でスケッチしてるくらいで職務質問してくるんだもん」

「申し訳ありません」なぜか警備員さんが咳払いした。「職質は効果が高いので。ご理解いただけると」

火が出て火災報知機も作動したのに１１９番も１１０番もしていないのは、要するにそういう理由らしい。確かに面倒ではあり、うちの設備が火災報知機と連動して消防署に通報されるシステムに改修されないのも、教官たちのこうしたものぐさによるものなのかもしれなかった。風戸が容疑者にされてしまっている以上、そのものぐさに感謝すべきなのだろうが。

「でもね。自然発火だとすると、おかしな点が二つあるんですよ」妹尾先生は僕への意趣返しのように言った。「一つは温度と湿度。古タイヤなどの自然発火は時折ありますが、あれは直射日光の当たる屋外に大量に放置されて、圧力と乾燥があって初めて起きることなんです。この部屋は見ての通り窓一つないから直射日光は入らないし、タイヤは発火するほど積み上げられていないし、そもそも適度に湿度があります。もう一つは時間帯。自然発火だとしたら、気温が上がる昼間でなくて今、火がつく理由が説明できません」

「ですが」部屋を見回し、それからドアを振り返る。「完全な密室ですよね。糸とか磁石で鍵をかけるのも無理ですし」

「そうなんだよねえ」妹尾先生は妙に甘いにおいのする溜め息を吐いた。「とりあえず、楠美君からも話を聞かなきゃいけませんね」

5

髪を染めたり何かを塗って形を変えたりということをした経験がないので、間近でこういう髪形の人を見るといつも「どういう感じなんだろう。鬱陶《うっとう》しくはないのだろうか」と思ってしまう。ついでに言うなら浴衣《ゆかた》・作務衣・甚平含め和服を着たこともないので、そちらの感覚も分からない。油画専の「変人」の一角である楠美修平君はしかし、マリンブルーとオレンジに染め分けておっ立てた髪と海老茶《えびちゃ》の作務衣、という珍妙な恰好《かっこう》で平然としており、燃やされた自分の絵を見ている。

「いやあ、別にいいっすけどねこれ。遊びで描いただけだし」

八十号の絵を「遊びで」描くあたりがそもそも常人と違うのだが、そのあたりにも無頓着《むとんちゃく》に楠美君は言う。「恨まれる心当たりとかもないし、自然発火じゃないっすか？」

「もう、そういうことにしましょうか。事件にすると面倒だしねえ」

妹尾先生が言うと、南場さんが小さな声で「隠蔽《いんぺい》体質」と呟《つぶや》いた。

「申し訳ありません。同族意識と言いますか、上の方に一部、そういう人間がいるのも事実で」なぜか警備員さんが申し訳なさそうな顔で言う。

「しかしね楠美君。君、遊びで八十号を描くくらいならね。もっと課題の方を熱心にやったらどうなんだね」

「いやあ。油彩じゃ食っていけないって気付いたんで」

川野辺君が言う。「食っていけなくてもやれよ。お前は才能あるんだから」

南場さんも言う。「そもそも私らって、それ承知の上で油画専入《う》っ《ち》てるんじゃないの？」

事件に関係ない話が始まってしまう。僕は風戸を見たが、風戸も興味深げにその話を聞いている。わりとアーティスト気質というか学者気質なのである。千坂はというと楠美君のいでたちが面白いらしく、背伸びして彼の髪の毛を覗いたりしているのだが、楠美君の方は覗かれ慣れてでもいるのか平然と頭を見せている。今のところ二人とも、あまり事件解決の役には立ってくれそうになかった。

楠美君は千坂同様学校の近所に住んでいるとのことで、川野辺君が電話をしたら、二十分ほどで現場にやってきた。川野辺君はドアのところで楠美君を押し留《とど》め「大変だ」「いいか。ショック受けると思うけど」「深呼吸しろよ」と色々気を回していたが、当の作者本人は燃やされた絵を本当にどうでもいいと思っていたらしく、平然としていた。川野辺君はその態度にまたがっかりしたようで、南場さんは「これだから変わり者は」という顔で溜め息をついている。

警察なら最も重要視するであろう「被害者を呼んで動機面の心当たりを訊く」という捜査も、今回は全く意味がないようだった。最初は楠美君への嫌がらせだろうかと思っていたのだが、川野辺君言うところの「代表作」が燃えても、楠美君は痛くも痒《かゆ》くもないようなのである。作品については川野辺君の持っていた画像を皆で回して見たのだが、サイズの小さな携帯の画像ではよく分からず、結局、楠美君の「代表作」は幻と消えてしまった。

「……いや、実物で見た時はほんとすごかったんだよ。ほんと」

川野辺君が弁解口調で悔しそうにする。僕も頷く。「仕方ないよ。画集じゃあんまり伝わらないタイプの画家もいるから。フェルメール[41]とかミレー[42]とか」

「そんなすごいのに喩《たと》えるのもあれだけど。ううむ」

悔しがっているのは作者よりむしろ川野辺君の方だが、むろん川野辺君への嫌がらせなら彼の作品を燃やせばいいのであり、この線での動機はなさそうである。たとえば問題の絵に何か都合の悪いものが描かれていて絵を焼失させたかった、などの事情も想像したが、楠美君によるとこの絵は昨年度あたりからずっとここに放置されていたとのことで、なぜ鍵を付け替えられた今になって犯行にでたのか、という点に説明がつかない。僕は天井を見上げた。五階か三階の部屋と間違えて侵入したのではないかと考えてみるが、五階は油画専のアトリエ、三階は彫刻専のアトリエであり、こんな適当な部屋になっているのは四階のここだけなので間違えようがない。火元の麻袋の中身は完全なガラクタであることから考えても、犯人はやはり、楠美君が何のこだわりも持っていないこの絵を燃やしたかったのである。

だが、その理由が分からない。そしてそれ以前に、犯行方法も分からない。

この部屋は三方がコンクリート剥き出しで隙間が全くなく、唯一の出入口であるドアも鍵がかかっていた。合鍵などはないし、ドアに隙間もないので外から糸などで施錠する方法もない。鍵の形状からして磁石などで施錠するのも困難だろう。だが風戸によれば、鍵は本当にかかっており、かかっているように見せかけられたわけでもないという。

そのことは、壊れてぶら下がっている留め具の金具が物語ってもいる。

では、「空気すら出入りできない」この完全な密室に置いてある物に、どうやって火をつけたのだろう。

「……風戸。ドア破った瞬間にさっと逃げ出した奴とか、いないよね？」

「いないな。いたら俺の筋肉が察知しているはずだ」

どんな多機能筋肉だと思うが、とにかく頷く。「じゃあ、麻袋の中に何か仕掛けてあったのかな。自動発火装置みたいなのを仕掛けた……と思うんだけど」

「いや、なかったぞ」可能性としてはそれしか考えられないと思ったのだが、風戸はあっさりと首を振った。「消火した直後、何が燃えたのか確認するためよく見たんだ。そういう不審物も一切なかった」

＊41　ヨハネス・フェルメール。〈牛乳を注ぐ女〉とか〈真珠の耳飾りの少女〉とかの人。展覧会などではやたらともったいぶった展示の仕方をされるが、三十数点しか作品が現存していない作家なので仕方がないのである。

＊42　ジャン・フランソワ・ミレー。〈晩鐘〉とか〈種まく人〉とか〈落穂拾い〉とかの人。若い頃は裸婦も描いていたが、絵を見た男が「ミレーってどんな奴？」「いつも女の裸ばかり描いている奴さ。能がないんだ」と話しているのを聞き、ショックを受けて二度と裸婦を描かなくなったらしい。もし現代に生まれていたら自分の名前を検索した結果ショックで総武《そうぶ》線快速に飛び込んでいたに違いなく、十九世紀に生まれてよかった人である。

麻袋を見る。この袋にしろカンヴァスにしろ、それほどきちんと燃えたわけではない。発火装置や燃えやすい何かを仕込んでいたなら、何らかの痕跡が残るはずだ。あるいは千坂が麻袋の中を漁《あさ》っていたのも、その可能性を考えてのことだったのかもしれない。

「妹尾先生」警備員さんと話をしている先生に声をかける。「この部屋、最後に鍵をかけたのっていつですか？　ていうか、鍵つけたのっていつですか」

「ん」先生は記憶を確認しあう様子で警備員さんと頷きあう。「鍵をつけたのは一週間ほど前です。それからはたぶん一度も開けてないでしょう。たいしたものもありませんから」

先生は奥に並ぶカンヴァスを見る。以前、整理か何かのため油画専の学生が駆り出されたことがあり、その時にここに立ててある絵を見たことはあるが、高価な作品はなく、置き場のない誰かのコレクションなどが適当に詰め込んであるだけのようだった。

だとすると、ますます不可解になる。部屋に何かを仕掛けたとして、その仕掛けは一週間以上、放置されたことになってしまう。一週間も放置してきちんと作動し、しかも痕跡を残さない仕掛けなど考えられない。それ以前に、犯人がそういった仕掛けをしていたなら、仕掛けてから犯行まで一週間もかけるはずがない。その間に誰かが部屋に入ればおしまいだからだ。

僕はドアを振り返る。部屋に入ったのでも、何かを仕掛けたのでもないとすれば。

「……ドアの外からレーザーなんかを当てて発火させられないかな？」

「おお、なるほど……」ぽんと手を打つ仕草をしかけた風戸は、ドアと燃えた麻袋を見比べ、人差し指で両者の位置関係を示す。「……無理じゃないか？　そこのガラスからレーザーを入れても、位置的に死角だぞ」

ドアと麻袋を見比べる。確かにドアのガラス部分は幅が狭く、反対側の壁際に置いてある麻袋まで直線を引くことはできそうにない。

「……じゃあ、あらかじめそのドアのガラス部分をプリズムに換えておいて、レーザーを屈折させるとか」

言いながらドアに触れるが、やっぱり今のなし、と自分で訂正した。そんなに都合よく急角度で屈折させるのは無理そうである。それにそもそも、事件時は同じ階に南場さんや風戸がいたのだ。他にも学生や教職員がいたかもしれず、四階廊下はいつ誰が通ってもおかしくなかった。短時間で火がつくほど大出力のレーザー照射装置を気付かれずに設置して、使って、火がついたら片付ける、という大がかりな作業をする余裕など到底ない。ちょっと見られてしまえばおしまいなのだ。

「強力な電磁波を発生させる装置で……」言いかけてやめる。鍵がつけられたのは一週間前だ。いくらなんでも、どこかの研究施設にでも出向かなければ用意できないようなそんなものを一週間で調達できたとは思えない。

ダクトが使えれば、揮発したガソリンなどを含む可燃性のガスをそこから送り込めたかもしれない。だがダクトの構造は誰も知らないし、そもそも火は明らかに麻袋から静かに燃え始めている。そういった方法ではこういう火のつき方はしない。

「ううむ……どういうことなんだろ」

不可解さに頭を抱える。空気すら出入りできない空間。だがそこに置いてあった物に火がつけられている。矛盾している。鬼火とかウィルオウィスプの仕業なのだろうか。それなら、動機がよく分からないことにも納得がいくのだが。

唸ってみても頭には何も浮かばない。風戸も腕を組んで唸っているが、何かを思いついた様子はない。

だが、そういえばこういう時に一番頼りになるのが千坂だったと思い出した。話を聞いているのかいないのか、そもそも普段何を考えているのか分からない彼女だが、抜群の記憶力と洞察力で不可解な事件の謎を解き明かしてくれたことが、高校時代に二度ほどあったのだ。

振り返ると、考える態勢に入ったのかそれともそうでもないのか、棚に置いてあった画集を引っぱり出して見入っている。

「千坂」

声をかけても反応はない。画集のページをめくる様子もないので、隣に行って横から覗き込んでみる。彼女が開いているページに載っているのは、ヴュイヤールの〈室内にて〉だった。エドゥアール・ヴュイヤール。二十世紀「ナビ派」の一角で、ボナールと共に平凡な室内の情景を温かみのある筆致で描く「親密派」の画家だ。千坂はこれが気

エドゥアール・ヴュイヤール〈室内にて〉
“In a Room” Edouard Vuillard

1899年　油彩、紙
52cm×79cm
所蔵：Hermitage Museum, Saint Petersburg, Russia

に入ったのだろうか。

邪魔をしないよう黙って見ていると、千坂は突然、ばふん、と埃《ほこり》を巻き上げつつ画集を閉じ、妹尾先生を振り返った。

「トリックが分かりました。犯人は風戸くんじゃないし、自然発火でもありません」

6

千坂桜は普段、あまり他人と目を合わせるということがない。人の輪の中に入ること自体があまりないし、輪の中にいる時も物理的にただ「いる」というだけで、ほとんど喋らず、頭では別のことを考えたりしているようだ。だから変人だと言われる。周囲からは、変人というよりはどちらかというとある種の巫女《みこ》のようなものだとして扱われている。千坂が皆の交わす雑談——何専攻の誰がどうしたとか昨日のテレビでどうしたとかいった「俗世間」に降りてくるのはほんの一時で、あとはよく分からない形而上《けいじじょう》的な芸術世界に遊んでいるのだろうと、そういうわけである。実際にはそこまで飛んだ存在ではなく、ただ興味のある話題が大多数の人と違うというだけなのだが、とにかく彼女が「皆に向かって」はっきり発言をするということは、周囲の人間にとっては驚きであるらしい。「急にこっちの世界に降りてきた」彼女の発言に、南場さんと川野辺君だけでなく、その場の全員が驚いていた。

「……自然発火、でいいのじゃないかね」

面倒だから事件にしたくないという本音を隠しきれていない妹尾先生が言うが、千坂は髪を揺らしてかぶりを振る。「放火です」

「しかし、そこにいる筋肉の子がドアを破るまで、出入口は一切なかったんですよ」

「犯人は風戸くんじゃありません。犯人はこの部屋に入っていないからです」

千坂の言葉に、川野辺君と南場さんが顔を見合わせる。楠美君は「面白いものを見ている」という顔で千坂を観察している。

この部屋に入っていない、という言葉を聞き、僕は思考を巡らせる。空気すら出入りできない部屋のはずである。ドアのガラスから光は出入りできるが、レーザーなどで発火させるのは無理だ。

「〈室内にて〉の主題です」

千坂は言った。しかし当然何か説明が続くのだろうと思っていたところにそれしか言わないので、皆、なんとなく前のめりになっている。

「あの、〈室内にて〉ってこれだと思います。ヴュイヤールの」僕は千坂が見ていた画集を引っぱり出して皆に見せる。「あれ？　でもこれの主題？」

千坂は言う。「ストーブ」

「え？　これストーブがメインなの？」

広げた頁を見る。確かに左側にストーブが描かれてはいるが、これは画面に上下のラインを入れた上、部屋の暖かみを演出するための小道具だと思っていた。やはり目のつけどころが違うのだろうか。

千坂は言った。「コンクリートを薄く削れば、熱拡散を熱伝導が上回ります」

皆が沈黙して静止する。一応それぞれにその言葉の意味を取ろうとしているようで、川野辺君は「え？　何？　もう一回言って」と反応し、南場さんは「ええとつまり……え？　コンクリート？」とぶつぶつ言っている。

僕も考えた。ストーブがヒントになる、という情報が、止まっていた僕の思考を刺激して回転させる。ストーブだって蓋《ふた》の上は１００℃を超える。つまり、直接火をつけなくとも。

「……ああ、そうか」

「何？」南場さんが訝《いぶか》しげに僕を見る。

「いや、分かったんだ。千坂の言う通りだ」僕は部屋を見回した。「確かに犯人がこの部屋に出入りすることはできないんだ。だけど、部屋に出入りしなくても、麻袋の中の古タイヤに火をつけるぐらいのことはできる」

風戸が言う。「レーザー……は、無理なはずだが」

「そんなの必要なかったんだ。下の階の天井を火で炙《あぶ》ればいい」僕は床を指さす。「この下の階は彫刻専のアトリエだよね。人がいなくなるチャンスはいくらでもある」

皆の視線が集まる。千坂はほっとした顔で僕に説明を任せ、体を引く。千坂は別にわざと持って回った言い方をしているわけではないし、説明が下手、と言い切ってしまうのも若干語弊がある。彼女にしてみれば最も正確かつ単純に、結論だけを言っているのである。他人に分かりやすい言葉で言い直す、というひと手間が下手なだけだ。

「この部屋はドアも閉まるし、ダクトは使えないし、空気すら出入りできない完全な密室でした」僕は妹尾先生の言葉を使って言う。「ですが空気が出入りできなくても、『熱』は出入りします。この床はコンクリート剝き出しです。この下……つまり三階の天井にバーナーの炎を当てて炙れば」

おっ、という声を漏らしたのは楠美君だった。「面白そうだなそれ。どうなるんだろう」

「燃えるよ。バーナーの火は最高で1000℃を優に超える。対して、麻袋の中に入ってるような古タイヤの発火点は150℃だ。たしかコンクリートが熱で損傷するのは最低でも300℃くらいからだったから、古タイヤが発火する時点では、床や天井が破損する心配もない」

突飛な行動だが、そもそも突飛な人たちが集まって突飛さを競いあうのが美術学部である。

「この下？」南場さんが足元を見る。「……を削ったの？」

「たぶん」

千坂を見る。彼女は確信した顔で頷くので、そこはもう信じるしかなかった。「真下の部屋に行って、確認してみましょう」

正直なところ、もし間違いだったら、と思うと不安で仕方がなかった。推理をしたのは千坂だが、得意顔で説明しているのは僕だから、この部屋の天井に何の跡もなかった場合、二人揃って大恥をかくことになってしまう。

だが、やはり千坂は間違えなかった。

無人ながら鍵が開いたままの三階、彫刻専のアトリエには一見何の異状もなかったが、入って真ん中あたりで真上を見上げてみると、三メートルほどの高さの天井には、灰色のコンクリートに見事にひびが入り、ごっそりと深い穴が空いていた。そしてわずかに煤けて黒っぽく変色している。間違いなく熱を加えた跡だ。喜ぶべきではないのだが、言った通りになっていたので心の底からほっとした。

「ほんとに空いてる……」南場さんは口を開けて真上を見上げている。「ドリルとかで？」

「たぶん。このままにしていたのは犯人に作業する余裕がなかったからだろうけど、今夜皆が帰って人がいなくなったら、セメントで塞《ふさ》いでおくつもりだったんだろうね」

外ならぬ彫刻専にもセメントを始めとする目地材は置いてある。塞いだ跡は残るが、新聞紙の一枚でも貼っておけば皆「誰かが何かつけちゃったんだろうな」と考えるだけで、わざわざ脚立に上ってまで剝がして確かめる人はいないだろう。教職員もこの部屋にはあまり入らないから、「天井の不審な目隠し」は話題にもならずに放置される。そういう性格の建物だし、部屋なのだ。

僕は天井を指さす。皆、上を見ている。

「床と天井はたぶん、隙間のない一枚のコンクリートでできてる。厚さはあるけど、下の階の天井をドリルか何かで削って、そこを炙ればいいんです。ドリルもバーナーも学内の工房にあります。それに三階《ここ》は彫刻専攻ですから。何かを削る派手な音をさせても、周囲の人は制作だと思うでしょう」

皆がなんとなく床を見る。妹尾先生が呟く。「そういうのはちゃんと許可をとってからにしなさいと言ってるんですがねえ」

それどころではないだろう。僕は皆を見回して言う。

「つまり犯人は、現場に入った風戸ではなくて、事件時にどこにいたか分からない人です。そもそもこの部屋の状況を知っている人が限られていますし、ドリルやバーナーはまだ処分していないはずなので、よく捜せば……」

「いいよ、もう」川野辺君が言った。「やったのは俺だから。他の人を疑わなくていい」

皆が沈黙し、川野辺君は頭をがしがし掻いている。

「すいません。三階の天井は最初からひび入ってたんですけど、穴空けたんで弁償します」

「川野辺君……」

まさか自分から名乗り出るとは思っていなかった。千坂も同様だったらしく、川野辺君をじっと見ている。

「君ですか」妹尾先生がポケットに手を入れて肩を落とす。「一歩間違えば火事ですよ。なんでこんなことをしたんです」

「先生ですよ」川野辺君は先生に視線を返した。「せめて妹尾先生に、あいつの才能に気付いてもらうきっかけになればと思って」

あいつ、というのが誰なのかは明らかだった。絵を燃やされた楠美君だ。南場さんだけでなく、風戸や警備員さんも楠美君を見ている。

「……俺の？」

当の楠美君は、皆の視線が集まってもきょとんとしている。「なんで？」

「お前が全然油彩、発表しないからだよ」川野辺君の声が大きくなった。「あのさあ。なんでお前油彩やらないの？　あんだけいいの描けるのに。なんでやればできるのにやんないの？」

「え。いや」楠美君は詰め寄ってくる川野辺君にうろたえ、両手を広げて降参のジェスチャーをする。「いや待て。それ火つける理由になってないだろ」

「お前があの絵、封印しちゃうからだろ。あのままじゃ卒業まで誰の目にも留まらないだろうが」川野辺君は楠美君に指を突きつける。「なんでもっとアピールしないんだよ。先生に見せりゃ絶対認めてもらえるのに。俺たち普通人が認めてもらうためにどんだけ努力してると思ってるんだよ」

「えっ。ちょっと待った」僕は川野辺君を止める。「じゃあ、あの絵に注目してもらうために？」

「それしかなかったんだよ。部屋は鍵かかっちゃって、絵は手のつけようがなくなっちゃうし。こいつはCGばっかいじってて、新しいの一向に描かないし」

「そんな……無茶な」

確かに「燃やされた絵」になれば、どんな絵だったのかと興味は持ってもらえるだろう。現に川野辺君は、携帯で撮影した絵の画像を熱心に妹尾先生に見せていたが、その行動に違和感を覚えることはなかった。もっとも、先生の反応はいま一つだったようだが。

「はあ？　お前何やってんの」楠美君はようやく事情を察したらしく、目を丸くした。

「なんでお前が、そんなにまでして俺の油彩をアピールすんの」

「これだから天才様は」

川野辺君は楠美君に背を向け、天を仰いで大きく溜め息をついた。楠美君に見せるための溜め息のようだった。

「どう見ても俺よりすごいのを『遊びで』描けるくせに、金にならないからって言ってやる気がなくてCGばっか作ってる。普通人の俺から見てどんだけもどかしいか、どうせ分かんないだろ。天才様には」

そこまで言われて、僕はようやく納得できた。だが楠美君には分からないだろう。そしておそらくトリックを解いた千坂にも分かっていない。一方で。

南場さんを見ると、彼女も溜め息をついていた。南場さんには分かるのだ。

芸大生でも美大生でも、プロでやっていけるものを「持っている」人間はごく一部だった。とりわけ油彩のようなファインアートを選んでしまうと、卒業後に絵で食べていけるのは十人に一人もいない。残りはとりあえず大学院に進学したり、絵で食べていくのを諦《あきら》めて就職したり、何もしないまま行方が分からなくなったりしている。僕のまわりにも、自信がないから教職課程を取る、という人がたくさんいる。

確かに川野辺君も南場さんもいい絵を描く。僕自身にしても、「いい絵」のところまでは描ける自信はある。第三者に見せれば「上手だね」「いいね」と頷いてはもらえるだろう。だが、それだけなのだ。一方、たとえば千坂の作品を同じ人に見せたら、その人は身を乗り出すだろう。そのうちの何割かは「この人の他の作品を見たい」と言うだろうし、何パーセントかは「これ、いくら?」と言うだろう。わずかな差だが、そのわずかな差こそが、プロになれる人間となれない人間の差だった。ただの「いい絵」に金を出す人はいないのだ。

出口の見えない平凡のスパイラルをぐるぐる回りながら苦しむ凡人と、そんなスパイラルなどどこにあるのかそもそも分かりもしない、「持っている」人たちの差。そして二年生になって妹尾先生に名前すら覚えてもらっていない僕たち凡人と、覚えてもらい、描かないのか、と言ってもらえる人たちの差だった。

「……もどかしいんだよ。最初から持ってるくせに。せっかく親からいい才能もらったのにさあ。何ドブに捨ててんの？　こっちはろくに手持ちがねえのに必死でやってんだよ。使わないんならその才能くれよ」川野辺君は楠美君に言う。「でなきゃさっさと見つけられて上の方に行っちゃってくれよ。近くにいられちゃ迷惑なんだよ」

楠美君の方はまだ言われていることが理解できていないのか、口を半開きにして川野辺君を見たままである。僕も思う。最初から「持っている」人間には、この感覚はおそらく一生分かるまい。だが。

「……だからって燃やすことないだろ。楠美君を説得するのが先だろ」

僕が言うと、川野辺君はこちらを睨《にら》んだ。

「したよ。してきたよ。一年の時からずっと。でも駄目だった。それにそもそも、そんなに優しくしてやる義理なんかないだろ。ライバルなんだから」川野辺君は言う。「俺からしたら緑川の方が理解不能だよ。なんでそんなに千坂さんの世話すんの？　放っておけよ。ライバルなんだから」

千坂が俯く。南場さんが僕を見て、聞き取れない声で何かを呟いた。

まさかこちらに矛先が向くとは思っていなかった。だが川野辺君や、あるいは南場さんから見ても、そうなのかもしれなかった。いくら千坂の世話を焼いていい作品を描かせたところで、僕自身の作品が注目されるわけではない。それなら、何のためにそんなことをしているのか、と。

「緑川はいいよな。知ってるよ。お前、画廊の息子なんだって？　じゃあ卒業後の就職は最初から決まってるんじゃないか。いいよな親が力あると。絵が駄目でも実家があるんだから」

川野辺君は恨みがましい上目遣いで僕を見て言う。南場さんが驚いた顔でこちらを見る。

「だから千坂さんの飼育係なんてやってる余裕があるんだろ？　そんな安全なやつに、俺たちの気持ちは一生分からないよ」

僕はとっさに言い返そうとしたが、それより風戸と千坂を押さえるのを優先しなければならなかった。左右の二人を押しとどめ、深呼吸をする。この二人がかわりに怒ってくれたおかげで、僕は冷静になれた。

川野辺君の気持ちは僕にもよく分かる。他人に対して「あいつはいいよな」と言い続ける心理。他人の中に自分より恵まれているところを見つけては、ああ自分はついていない、初期条件が悪すぎる、と嘆いてみせる。僕もよく考える。自分だって運さえよければ、何かいい巡り合わせさえあれば、と。

だが実際のところ、これは一度嵌《は》まると絶対に浮かび上がれなくなる危険な落とし穴だった。自分の負けを状況のせいにしている人は、いつまで経っても成長しない。反省をせず、勝っている人から学ばないからだ。僕はそう思って避けている。

「……黙ってようと思ったけど、そこまで言われたならこっちも言うよ」

僕が口を開くと、風戸はこちらを見て、黙って下がった。千坂の方は不安そうに僕を見ているが、別に殴りあいを始めるつもりはない。さっき、意図的に黙っていた部分を言うだけだ。

「川野辺君の本当の動機って、楠美君の才能をみんなに知らしめるためじゃないだろ？」川野辺君に視線を据える。「むしろ、逆だよね」

川野辺君は僕への敵意を露《あらわ》にしてこちらを見る。「……何だって？」

「川野辺君の目的が『楠美君の才能を皆に知らしめるため』だとしたら、おかしい点が三つある」僕は指を三本立てた。「一つはわざわざ言うまでもない。やり方が迂遠《うえん》すぎるってことだよ。楠美君の才能を先生に知ってもらいたいなら、絵の場所を教えて見てもらうだけでいいし、自分でちょっと借りていってもいいじゃないか。一週間以上前は鍵がかかってなかったんだから。仮に『被害品』にすることで話題にしたかったのだとしても、絵そのものを傷つけずに事件を起こす方法がいくらでもあったはずだ。二つ目は、絵を見てもらうことが目的だったわりに、君が携帯のカメラで撮った絵を先生に見せていた点。サイズが小さすぎるし解像度も低いし、そもそも楠美君の作風は、実物を見ないと伝わらないタイプだろ？　そのくらい君も分かっていたはずなのに、なんでせめてデジカメできちんと撮っておかなかったの？」

「……怪しまれるだろ」

「携帯でしっかり記録してる時点で怪しいよ。美術学部の学生なんて、みんな自分のことに夢中で、他人の作品にはたいして興味がないのが普通なんだから」

南場さんが頷く。日本一周に出てしまった変人氏なんかも、特に誰にも捜されないいま放置されている。うちはそういうところである。

「三つ目は、君から楠美君の『他の作品』の話が一切出てこないこと。楠美君の才能をそんなにアピールするなら、君が見たすごい作品が、燃えたあれ一枚だけとは思えない。燃えた絵ほどじゃなくても、楠美君の才能を先生に教えるだけなら充分なクオリティの作品が他にもあったはずだ」

現に、妹尾先生は昨年の大学祭に出品されたたった一度で、楠美君の名前を憶《おぼ》えている。

「これ、言う気はなかったし、ましてみんなの前でばらすなんてひどいけど、僕だって怒るからね。だから言わせてもらう」川野辺君を見る。彼はすでに目をそらしている。「君は本当は、楠美君の才能を先生に知ってもらいたかったんじゃない。楠美君が『たいしたことない』っていうことを、先生にアピールしたかったんだ。絵の実物は燃やしてしまって、それじゃ絵の魅力が十分に伝わらないって知っていながら携帯で撮影した画像だけを見せて、しかもそれが代表作だと——つまり、彼はこれ以上のものは描けませんよと言う。そう先生にアピールするのが目的だったんだろ?」

川野辺君は俯いている。南場さんが言った。「ああ、それ私もやられたことある。いるよね。ひとが失敗作だと思ってるやつをわざわざみんなに見せてまわって『これがこの子の最高傑作なんだけど、すごくない？』みたいにして言いふらすやつとか」

自分のライバルのことは「たいしたことない」と思わせたい。僕にも、その気持ちは分かる。だから川野辺君は燃やしたのだ。自分ではなく楠美君の絵が先生の目に入って、激賞されることが怖かった。他の誰かが褒められるということは、褒められなかった自分はその人以下であると言われたようなものだからだ。だが。

「僕も凡人だから、気持ちは分かるけどね」妹尾先生が溜め息をついた。「持ってる人をいくら羨《うらや》んだって、自分の才能は一ミリも増えないんだよ」

僕が考えていたことが妹尾先生の口から出てきたので驚いた。だが言われてみれば、妹尾先生だって画家としては特に有名ではないのだ。僕たちに対しては「採点する側」にいるが、それはただの立場に過ぎず、作品で勝負すれば千坂の方が上だろう。

僕だって隣に千坂がいる。だから毎日、自分に言い聞かせて我慢している。隣に勝者がいるのはチャンス。何かの拍子に自分も見つけてもらえるかもしれないし、そうでなくても隣から盗める。そういうふうに考えられる人間が、きっと最後には勝つ。

先生の溜め息が部屋の床にどんよりと滞留する。

皆が黙っていると、風戸が突然腕を組み、仁王立ちになって言った。

「『持っていない』ことに悩んでいるのか。なら川野辺とやら。筋肉をつけてみないか」

川野辺君は顔を上げた。「は？」

「筋肉は裏切らないぞ。鍛えれば鍛えただけついてくれる。『持っている』かどうかなんて関係ない。どれだけ自分を追い込んだかだ」風戸は大胸筋を強調するポーズをとった。「さあ、一緒にスーパーマンを目指そうじゃないか。まずは食え。脂質ではなくたんぱく質だ。そして最初は自重トレーニングがおすすめだ。腕立て・腹筋・スクワットをだな……」

「いやいやいやいや。風戸そういうのいいから」

通常とは別の意味で「脳まで筋肉」な友人を押しとどめつつ、ひそかに感謝する。どこまで本気なのか分からないが、結果として誰も何も言えなかった重苦しい空気がどこかに飛んでいき、南場さんも千坂もほっとした顔をしている。なぜか警備員さんまでしている。

「あーあ。分かってるって。才能があってもなくても、自分が頑張るしかないんだから」南場さんが大きく伸びをする。「アトリエ戻って続きやろうっと」

「川野辺君にはちょっと証言してもらいます。天井も、危険がないか確認しなければ」

再び溜め息をついた妹尾先生と警備員さん、それに先生に頭を下げている川野辺君を残し、僕たちは三階のアトリエを出た。

「川野辺……」楠美君はアトリエに残った川野辺君を振り返り、それから腕を組んだ。「……そんなに言うなら、ちょっと真面目に油彩もやってみるかな。CGと合わせて何かやれるかもしれないし」

千坂がほっとしたように肩を落とす。僕はとりあえず、隣のマッチョな友人に握手を求めた。

結局、川野辺君の放火は警察が介入することもなく、妹尾先生によって見事に隠蔽された。天井の穴については弁償なのだろうが、それほどの損傷ではなく、モルタルで補修できるそうである。

川野辺君はあまりアトリエに来なくなったが、自宅で制作を続けているらしい。南場さんには僕が画廊の息子だということがばれてしまったが、彼女は他の誰にばらすでもなく、できた作品をやたらと「どう？」「こんなのもあるんだけど」と見せてくるようになった以外は普通に接してくれている。風戸とは大学が違うが、筋肉を活《い》かして彫刻・油画・日本画の各専攻でモデルのバイトをやっているため、しばしば会う。そして千坂はようやく「次のｍｉｃｏ展に出品する」と言ってくれた。

なんだかんだ言いつつ、みんな今持っているものを駆使して前に進んでいる。卒業まであと二年。成功は自分の力で掴《つか》み取るしかないのだ。

外が寒かったせいか、居酒屋の店内は湯気と熱気で白濁している。グラスをぶつけあい賑《にぎ》やかな声で談笑する酔客とそれに乗じて大声でオーダーを取り活気を演出する店員たち。それに厨房《ちゅうぼう》の中で揚げ物炒め物をする音が景気よく混ざる。蒸し器の中にいるようだった。

「思ったより賑やかな店なんだな」暖房がよく効いていると見るや風戸はさっさとジャケットを脱いでマフラーを取り、ぴったりした長袖Tシャツ一枚になって僕の向かいに座る。「俺は賑やかでもいいが……」

千坂を気にしたのだろうが、彼女はあまり喋《しゃべ》らないというだけで、むしろ静かな店でしーんとしている方が落ち着かないらしいということは知っている。隣に目配せすると、千坂は無言で頷《うなず》いた。風戸からジャケットを受け取って壁のハンガーにかける。「大丈夫みたい。……あ、風戸この店揚げ物多めだけどいいの？」

テーブルに何冊も置いてある各種メニューの中からグランドメニューを探し当てて開き、ついでになぜか畳の上に直《じか》に座っている千坂をつついて傍らにあった座布団を勧める。そういえば三人で飲みにいくと、当然のように千坂は僕の隣に、風戸は向かいに座るようになった。すでにこいつにも夫婦扱いされているのだろうか。

「今日は一向に構わん」ボディビルダーはささみばかり食べているわけじゃない、と常日頃から言っている風戸は、座布団にどかりと胡坐《あぐら》をかくとメニューをめくった。「なにせ我らが千坂桜のデビュー記念だからな。飲み物は不摂生上等だろう。お豆腐サラダにアボカドまぐろ、しらす大根にきんぴらだな。飲み物はグレープフルーツジュースでいいか」「待った僕はビール……いや最初から日本酒でいいや。ドリンクメニュー貸して」どこが不摂生上等なのかとつっこむのはやめておく。「千坂、脚崩したら？」

だいたい座敷に上がると常に正座をする千坂は、黙って脚を崩した。風戸も千坂も一切飲まないドリンクメニューを開いて彼女の前に置き、グランドメニューの方を見る。僕はドリンクメニューを開いて飲むのは僕だけであるが、卒業後、緑画廊で客商売をするようになる関係上お酒の知識はあった方がいいので、遠慮なく飲んで経験値を上げることにしている。お酒の話というのは、とりわけ男性相手では安定して盛り上がる話題なのだ。横からドリンクメニューを覗《のぞ》き込んで、前から一度飲んでおこうと思っていた「手取川」を発見する。

油画専の適当部屋放火事件が解決した後、千坂は妹尾先生の推薦を得て旧財閥系の某グループが主催する「ｍｉｃｏ展」に出品し、いきなり金賞に輝いた。芸大・美大の教授に推薦枠が割かれるため学生の出品が多めになるｍｉｃｏ展だが、それでもレベルは高く、ここ数年で人気の出ている新人作家は大抵、学生時代にこれに出品し何らかの賞を獲《と》っている。つまり千坂は、画家として成功のコースに乗り始めた、ということである。推薦を得られなかった僕は出品すらできなかったわけだが、それでも審査の間は我がことのように緊張した。千坂の絵は絶対に評価されると思う。「すごいと思う」「うけると思う」という、プロの世界では何の保証にもならない確信ではなく、「売れると思う」などという、一般性を備えた、ハードルの高い確信である。そのことは以前から学内の友人にも言っていたし、千坂にはほとんど会うたびに言ってきた。だから僕にとっても自分の審美眼を賭《か》けたコンテストであり、甚だ図々《ずうずう》しい言い方ながら「受験生の親」とか「自分の育て上げた選手を大会に送り出すコーチの気分」といったようなものを感じていたのだ。今はこうして当然という顔でメニューを開いているが、内心ではその場に頽《くずお》れたいほどほっとしていた。

例によってウーロン茶を選んで指さす千坂の横顔を見る。僕は勝利の喜びより、「これまで豪語してきたことが間違いでなくてよかった」という安堵《あんど》が先に立っているが、彼女自身はどうなのだろうか。いつもの無表情なので分からない。

「風戸もうちょっと高カロリーなのもいい？　串《くし》十本盛りとチーズ明太《めんたい》と……あ、あと若鳥の唐揚げもあった」

千坂が頷く。好物らしく、頼むとずっとこれを食べ続けるのである。

「おっ、そう。それなんだが」風戸が千坂を見る。「千坂、あの名前何なんだ？」

問われた千坂がメニューを開いたまま硬直しているので、僕はかわりに言った。「覆面でいきたいみたいなんだ。推薦が妹尾先生だから芸大《うち》の学生だってことは隠せないけど、年齢性別、あと顔も出さない。だから筆名なんだけど」

「いや、それはいいんだが。……あの名前でいくのか？」

風戸の言葉で空気が一瞬停止する。

千坂は出品時に筆名を条件としていたが、彼女は「若鳥味《わかどりみ》麗《れい》」と名乗った。妹尾先生には「これで本当にいいんですか？」「本当に？」「確認しますが本当に絶対にこれでいいんですね？」と三回確認された。

「……せっかく自由に名前をつけられるんなら、もっと恰好《かっこう》いいのにしなくていいのか？ アイアンマン桜とかメガボディ千坂とか」

「それ恰好いいか？……まあ、ろくでなし子《こ》[43]的なものは多分にあるけど、後で変えることもできるし。ホルモン関根《せきね》[44]とかMr.[45]とかもいるし」神経質さを感じさせる描き込みとユーモラスな題材が混在する千坂の作風なら、このぐらい正体不明な感じであっても一応、浮きはしない。「でも千坂、結局なんで『若鳥味麗』？」

＊43 漫画家・美術家。「自分の性器をデータ化して公開し、3Dプリンタで複製できるようにする」という作品がわいせつ電磁的記録等送信頒布罪に当たるとして罰金刑になった。
＊44 東京都出身。絵画・立体・舞台美術などを手掛ける総合アーティスト。作品はしばしば青い。ちなみに「ホルモン関根」で検索すると精肉店が大量にヒットしてしまう。
＊45 アニメ調で美少女を描く、いわゆる「オタク絵画」のトップアーティストの一人。村上隆《むらかみたかし》の弟子。

「好きなものでいいって聞いたから」

千坂は真顔でそう答えたが、なぜかそのまま視線を宙にやると、さっと頰を赤くし、恥ずかしそうに下を向いてしまった。

彼女の場合、何でもいいと言ったら本当に何でもいいことにする可能性が大きい。今さら後悔しているのだろうか。後で変えることもできるよと言ったが、千坂は耳を真っ赤にしたまま首を振った。

今後、緑画廊でも彼女の作品を取り扱うことになるだろう。だが、本人がいるところでは筆名で呼ばない方がいいな、と僕は思った。

狭いエレベーターの中に酒気が満ちている気がする。酔っぱらっているのは僕だけだし、そもそも僕を乗せて上昇する自宅マンションのエレベーター内には僕しかいない。だからこの酒気は間違いなく僕が発しているものだった。自分が酒臭いと自分で気付くほど飲んだのは初めてだ。のろのろともどかしい速度で一階また一階と上昇してゆくエレベーターの振動が胃と頭にくる。明日《あした》の二日酔いはどうやら確定だなと思いながら、停止したエレベーターから降りる。七〇四、という表示を確かめ、もぞもぞと鍵《かぎ》を出して自宅のドアを開ける。そろそろ日付が変わる時間帯だが、家の中が暗くて静まりかえっているのはいつものことだった。父は寝ているのでなくまだ帰っていないのだろう。それは雰囲気で区別できるし、そもそも玄関の靴脱ぎにはサンダル一足しかない。

一歩進むたびに余分に揺れる不随意な体を叱咤《しった》し、なんとか靴を脱いで洗面所に入る。明かりを点《つ》けるのももどかしいので暗いまま手探りで蛇口の位置を確かめ、手を洗ってうがいをし、ついでに水を飲む。ここでこのまま眠り込みたいが、仮にそうなってしまっても、子供の頃みたいに誰かが抱っこしてベッドに連れていってくれるわけではない。もう一息、と唱えながら廊下を進み、服を脱ぎつつようやく自室のベッドに倒れ込む。

部屋が寒い。暖房をつけるか布団に潜り込むかしなくてはならない。

それは分かっているのだが体が動かない。掛け布団の上に滞留して鼻に戻ってくる酒臭い自分の吐息の中、二、三秒だけ寝ようという思いつきがたいした検討もされないまま採用される。

暗い部屋で僕は呟《つぶや》いている。

「畜生……」

千坂は確実に画家としての一歩を踏み出した。初めて出品したのがmico展で、そこでいきなり。奨励賞も銀賞もすっ飛ばしていきなり金賞だ。

分かっていたことだし、願っていたことでもある。喜ぶべきことでもあるからさっきまで居酒屋でちゃんと祝っていた。千坂はまだ喜んでいいのか分からない、とでもいうような遠慮がちな態度だったが、いつもよりよく喋り、笑顔も見せていたから、嬉《うれ》しく思っているのは間違いないだろう。

ちゃんと祝えた。嫉妬《しっと》や悔しさは態度にも出ていなかったはずだ。自分を褒めたい。

僕がmico展に出品できなかったのは幸いだった。出して落ちていたらとても祝うどころではなかっただろうし、千坂も風戸も複雑な顔をせざるを得ず、むしろ困ってしまっていただろう。

千坂は簡単に、あっさりと羽ばたいた。小学校の頃から描いてきて、高校からずっと公募に出し続けている僕には何もないのに。

僕だって昔は自分に才能があると思っていた。だが実際には、賞の対象者になったのは小学校の頃だけである。高校から芸大に行き、作品に独創性とか「華」が求められるようになると、停滞して一歩も進めなくなった。高校の頃はまだ「技術の不足だろう」で済んでいた。だが今はもう、そんな言い訳は通用しない。僕の絵は「上手だけど平凡」「綺麗《きれい》に描けているけどどこかで見たような気がする」以外の何物でもなく、他人から評価されることは全くなくなった。それでも、自分だっていつかは、と思って、これ以上どこを鍛えていいのか分からない技術面を磨き続け、負け続きの公募に挑戦し続けてきたのだ。

なのに僕は何ももらえない。油画専の先生方の目に留まることすらない。

世界は不公平だ。そんなことは、ずっと昔からよく知っている。

千坂に対する嫉妬と、嫉妬する自分への嫌悪と、誰か褒めてくれてもいいじゃないかという子供っぽい駄々が入り混じり、頭が冴えてくる。僕は体を起こし、部屋の明かりをつけ、目に痛い電灯の光の中、机の上に置いたままの、いつも持ち歩いているスケッチブックを開く。

最初の方のページは僕の習作だか、中ほどあたりから、千坂の作風を勉強するためコピーしたラフが続いている。盗まなければと思い、彼女の描き方を真似してみたのだ。こうして今、スケッチブックのページをめくっていると、前半の自分のスケッチとの差はやはり歴然だった。繰り返したため相当詳細に模倣できるようになったが、そうなるとかえって、鮮烈な千坂の作風と、どこかで見たような印象を常に与えてしまう僕の作風の差がはっきりと分かった。なぜか僕の描くものからは、「悩んでいる学生さん」のにおいがとれないのだ。

「……畜生」

スケッチブックを派手に破り捨ててみようかという思いつきが浮かび、そのあまりの痛々しさに笑みが漏れる。平凡な人間は悔しがり方もまた平凡だ。

玄関のドア越しに、外廊下で足音がした。父が帰ってきたかと思ったが、ドアが開くことはなく、外廊下はまた静かになった。

僕は酒臭い溜《た》め息をつき、クローゼットを開けて着替えを出した。酔いは六割がた覚めていた。

錆《さ》びた階段の金属が冬の寒風に悲鳴をあげている。笛を吹くようなかすれた高音が時折混じるのは、朽ちて空いた穴のどれかが鳴っているのだろうか。暗いせいで見えにくい足元の「悪魔の陥没穴《デビルズ・シンクホール》」をまたぎ、首をすぼめてアパートの外廊下を進む。ノブをひねると予想通り簡単に回り、ドアが開いた。これが一人暮らしをする女子大生の部屋だろうかと思うが、ノックもせずにいきなり開けてみる方も大概だなと反省する。

今回は「死後六十時間」程度である。一昨日《おととい》昨日と音沙汰《おとさた》がなく、さらに月曜日である今日まで学校に出てこなかったので出動と相成った。金曜日である一昨昨日《さきおととい》には普通に会っていたから、千坂が制作に「入り込んで」しまってからまだそれほど時間は経っていないかもしれなかった。

それでも今日は行きたかったのだ。いよいよ彼女が本格的に動き始めたからだ。先週、ｍｉｃｏ展金賞祝いで飲んでから、もやもやしたものがずっと胸の中にあった。もやもやしているくせに切迫していて、しかし僕を内部から追い立てるその正体が分からず、とにかく彼女の顔を見たくなった。もちろん、買い物はしてきた。なんとなく奮発する気になってしまったので、提げたスーパーのレジ袋には、ステーキ用肉が二枚、ずっしりと入っている。

台所は異状なしだった。奥の部屋に声をかけても反応がなかったが、細く開いた引き戸からは明かりが漏れている。彼女の気配もある。僕はいつものように上がり込み、買ってきた食材を冷蔵庫に収め、古くなってしまったリーフレタスといつからあったのか分からないマーマレードを処分した。物音で千坂が顔を出すかと思ったが、奥の部屋の戸は閉められたままである。制作中なのだろう。コートを脱ぎ、マフラーを取って床に置く。

ゆっくりとノックをし、毎回二割ほど動かしたところで引っかかる引き戸をゆっくりと開け、電気ストーブの熱と、丸椅子に座って一心不乱に筆を動かす主《あるじ》の体温で温まった部屋にするりと入る。入った時、千坂の視線が一瞬、こちらに向いたようだったが、彼女の手は動き続けていた。

足音を立てないよう爪先《つまさき》立ちになり、その横をゆっくりと抜けて後ろに回る。集中して暑くなったのか、上に着ていたらしきジャージとフリースが脱ぎ捨てられ、動物の死《し》骸《がい》のように床でくしゃくしゃになっている。僕はとりあえずそれを取り、畳んだ。丸められたTシャツの背中にはなぜか真ん中のあたりに青い絵の具がついている。袖《そで》から伸びる腕にも鼠色と茶色がついている。ゴムで無造作にまとめられた黒い髪が揺れている。

僕はゆっくり背筋を伸ばし、床に落ちている資料らしき本を踏まないように気をつけながら彼女の斜め後ろに移動した。カンヴァスにはライトブルーの背景の上に、鳥獣戯画よろしく二足歩行で駆けっこをする動物たちが描かれている。兎と鼠と亀と鼬《いたち》。鼬の後ろに不気味な笑顔を見せる裸の中年男性。その後ろにやはり直立二足歩行の鰐《わに》と馬。極めてリアルなタッチで描かれていながら、スケールが全員同じな上に、顔の表情だけ妙に人間ぽくにやけているから不気味であり、またその不気味さを自覚しているであろうそれぞれの動物の不敵さがどこかユーモラスである。なぜ、どういう道筋でこれを描こうという結論に辿《たど》り着いたのだろうか。想像すらできなかった。

千坂は鰐の尻尾《しっぽ》を灰緑に塗り、丸筆で鱗《うろこ》の質感を描き足していた。手は自動のように動いている。東洋的な焦茶の虹彩が光り、両目はまばたき一つせず対象を捉《とら》えている。少し口が開いているが、乾いてかすかに荒れた唇からは呼気が出入りしている気配すらなかった。

この顔が好きだった。制作中の彼女の顔は、極限まで集中している人間の美しさを一ミリもぶれることなく体現していた。ああ彼女は今、集中しているのだ。そう思うと全身の血管が心地よく痺《しび》れる。ずっと見ていたいと思うし、事実、彼女は僕がすぐ横でじっと見つめていても全く反応しない。おそらくは筆先以外見えていないのだろう。

それでも、千坂はすっと筆を止め、しばらく高速でカンヴァスの上に視線を走らせると、突然両腕をまっすぐに伸ばして胸を反らせ、ふう、と大きく息を吐いた。その後も少しカンヴァスを見ていたが、今度は思考回路を動かしながらの凝視のようで、おそらくは「これで完成でいいのか」を検討しているのだろう。彼女はしばらくカンヴァスを見つめ、また息を吐き、それまでの集中が嘘のようにありふれた動きになって筆洗器に丸筆を入れ、留めていた髪をほどいた。

「……完成？」

「完成」彼女はこちらを見ずに答える。「だと思うけど、何か足りない気がする」

いつもの彼女の「依頼」だった。僕はカンヴァスの隅から反対の隅までをチェックし、全体に焦点を合わせてもう一度チェックし、言葉を選ぶ。「……背景、ライトブルーの薄塗りじゃなくて、もっとモルタルみたいな色にして分厚く、モコッてなるくらいに塗るとかどうかな？　不気味が行き過ぎてユーモラス、っていうコンセプトが正しければだけど」

「……モルタル？」

知らないのか。「うん。ええと……これ」

携帯を操作して「モルタル」の画像を見せる。千坂は画面とカンヴァスを見比べていたが、なるほど、と呟いて頷いた。「ありがとう。やってみる」

千坂の体が動く。筆を取るのではなく、すっと丸椅子から腰が浮き、どさりと床に仰《あお》向《む》けになった。そのまま床の上で動物のように伸びをする。「……疲れた。また明日」

「お疲れ。いつからやってた？」

「朝……」千坂は言いながら窓を見て、レースカーテンの外が真っ暗になっていることに驚く様子で目を見開いた。「……今、何時」

「六時半。……ごはんは？」

「買ってくる……」

「いや、買い物行ってきたから作るよ」

「……ありがとう」千坂はゆっくりと息を吐いて、そのまま目を閉じた。「……でも眠い」

そのまま、部屋は静かになってしまった。僕は千坂に毛布をかけようかと思ったが、この室温ではかえって暑いだろうか、などと迷っているうちに動く機会を逸したような感じになり、なんとなく、寝ている彼女の横に腰を下ろした。

千坂は目を閉じている。本当に眠っているのか、うとうとしているのか、胸がゆっくり上下している。床が冷たくないのだろうかとか、フローリングに直で寝て痛くないのだろうかとも思うが、あまり気にならないらしい。

僕は目を閉じている彼女をじっと見た。Tシャツの袖から伸びる、細くて、いつもどこかに何色かがついている腕。柔らかそうなその先の、不釣り合いに乾いた手と指先。絵筆のタコというのはあるのかないのか知らないが、ゆるく曲げられた人差し指の第一関節のあたりが白くなり、硬く盛り上がっているのが見える。ジャージの下半身と投げ出された素足。臍《へそ》が見えるほどではないが、Tシャツが少しめくれてお腹のあたりの肌が覗いている。わりとゆったりしたTシャツのはずだが、胸の膨らみがはっきりとした傾斜を見せて生地を押し上げている。その膨らみの頂点にうっすらと突起が浮かんでいるのを見つけて、僕は目をそらし、立てた膝《ひざ》に顔を伏せた。千坂にも胸があるのだと意識してしまうと、鼓動が速まって少し息苦しくなった。

どうしてこんなに無防備なんだろうと思う。確かに制作中の彼女は楽さ優先の恰好をしているし、まあ家にいる間はほとんど制作しているから家では常にこうだと言ってもいい。しかし、男が隣にいるのに、どうしてこんなに簡単に隙だらけになるのだろうか。立てた膝と腕の間から、彼女の体を見る。すぐそこで寝ている。手を伸ばせばあの胸の膨らみに触ることができてしまう。いきなり覆いかぶさってキスをすることもできる。それで彼女が拒まなければ、そのままセックスにいくこともできてしまう。

勃起《ぼっき》が始まっていることを自覚し、始めていた具体的な妄想を慌てて引っ込める。いかん素数を、いやアメリカ五十州を東海岸から順に、と内心だけでひと通りうろたえていたら、なんだかかんだで治まった。立てた膝の間に溜め息が生暖かく充満する。まったく、どうして千坂はここまで無防備なのか。自分が若い女性であることを意識していないのだろうか。それとも安心しきっていて、僕とそういうことになるなどと考えてもいないのだろうか。そうだとしたら随分残酷だなと思う。それとも待っているのだろうか。実は彼女も僕のことが好きで、その気になったらしてもかまわない、と思っているのだろうか。あるいはもっと積極的に、恋人同士になるために誘っているのだろうか。しかし、それにしてはあまりに素の姿を見せすぎではないだろうか。

それは極めて平凡ながら、全く答えようがない問題だった。こういう時に、一人暮しの部屋に男を上げてノーブラで寝っ転がっているんだから誘っているに決まっている、と簡単に決めつけられるほど、僕も千坂も単純な人間ではないのだ。彼女が何を考えているのかは平均的な女性の行動基準から甚だしく逸脱したものだろうし、父と二人の男所帯で育ったせいもあって僕には「平均的な女性の行動」なるものがよく分からないし、そもそもそんな「平均」は存在しないのかもしれない。欲望はある。ただ単に彼女とセックスがしたいだけではなく、ちゃんと恋人同士になれたらいいのにとも思う。わりとしばしば思う。だが、これまで眉《まゆ》一つ動かさずに飼育係を続けてきた僕が突然そんな態度をとったとして、彼女はどう反応するだろうか。そんなつもりはなかった、と言われる可能性は低い気がするが、万が一にもそうなってしまったら、もう彼女とまともに話すことはできないだろう。最初の買い手でありプロデューサーになるはずの僕と気まずくなってしまって、彼女の才能が今後どうなるかも分からない。少なくとも緑画廊が優先的に「若鳥味麗」の作品を入手できる状態にはならない可能性が大きい。せっかく見つけた才能なのだ。彼女は今後、絶対に人気が出て価格が跳ね上がるのだ。緑画廊の息子として、画商としての僕にとっても、第一級の実績がいきなり手に入ることになる。一生に二度とないレベルの驚くべきチャンスなのだ。手を出して気まずくなり逃げられる、などという、俗物的かつ三流以下の下手を打つ危険は、たとえ万に一つでも冒したくなかった。もしそんなことになったら、僕は画家としてだけでなく、画商としても人間としても三流ということになってしまう。残りの人生をそんな評価のまま生きていくなど辛《つら》すぎる。一時の恋愛だの性欲だののために冒していいリスクではない。

そもそも、仮にうまくいったとしても、画商としては、画家に手を出すなどというのはあまり歓迎すべき事態ではないのだ。いつ関係が変わるかもしれないし、画家と画商は売り手と買い手である以上、そこに私情が絡むというのはそれだけで不確定要素になる。簡単に言うとドロドロする。一流の画商なら、笑って否定する行為だろう。

それでも、彼女の無防備さは時折恨めしくなる。作品についてだってそうなのだ。彼女は無垢《むく》そのものの態度で僕にアドバイスを求め、何の疑いも持たずにそれを聞き入れる。盲目的に信じているというわけでもないのだろうが、創作者として危険なことをしているという自覚があるのだろうか。僕が悪意ゆえに、あるいは無能ゆえに、彼女の作風をつまらない方向にねじ曲げてしまうようなアドバイスを吹き込むかもしれないのだ。確かに彼女に絵筆を執らせ、最初の頃、描き方といくつかの技法を教え、芸大を受験するよう勧めてここまで引っぱってきたのは僕だ。だから信じ込んでいるとでもいうのだろうか。それはしかし、同じ画家としての僕が完全に無視されたかのようにも思える。僕のアドバイスや感想を簡単に受け入れるのは、僕が敵だと、同じジャンルで争うライバルだとは露とも思っていないからだろう。眼中にない、と無自覚のままに宣言しているに等しい。それが辛かった。

もちろん、信用されていることを理由に人を恨むなどおかしいし、そもそも僕では、千人束になっても若鳥味麗のライバルにはなり得ない。

そのことは、分かっているのだが。

……どうして君はこうなんだ？

目を閉じたままの千坂は、ゆっくり呼吸をしているだけだ。僕は溜め息をついて立ち上がり、押入れから毛布を出して千坂にかけると、夕食の準備のために台所に出た。暖房のない台所は寒かった。

結局のところ、僕は千坂桜のことが何も分からない。

第四章　嘘の真実と真実の嘘

1

「……そうですね。こちらもサイズ的には五十号ですので、飾る場所は少々選ぶことになるかと思います。ですが例えばご自宅の場合、必ずしも玄関を入って正面、というような位置に飾らなければならないというわけでもなく、廊下を通る時に少しさりげなく登場する、という感じでもちょっとお洒落《しゃれ》かなと思います。例えば……」

幼い頃から父のセールストークを見てきたせいか、ひととおりの接客態度を作ることに関してはそれほど苦労した覚えがない。敬語もさしあたっては問題ないはずだ。壁にかけられた城戸明日香《きどあすか》の〈FLOWERS〉と二階にある神木白雪《かみきしらゆき》の〈流レる〉二点の購入をご検討中の坂下《さかした》様も、年齢を見て侮ることなく僕を「緑画廊さんの息子さんの方」として扱ってくれている。

「……今は店舗内の壁にこうして展示している関係上、額縁も少し派手めのものをつけていますが、もう少し細めのものに替えてもいいですよ。たとえばこちらくらいの素材の……」

二つ隣にかけてある絵の額縁を示す。いいかげん人間である父は何も教えてくれなかったが、従業員の木ノ下さんからは、「とにかく実際に絵を飾ったところのイメージを抱いてもらうのが大事」と教わっている。

坂下様はにこにこしながら〈FLOWERS〉を眺め、まだ迷っている様子である。

「でも二階の〈流レる〉もいいんだよなあ。二枚とも、は無謀かなあ」

「絵画の購入はご縁ですから」僕は記憶にある父の真似をして微笑む。「どんなにいい作品でも、ピンとくるかどうかはお客様との相性次第なところがございます。坂下様が両方に惹《ひ》かれるものを感じられたということは、いずれ両作品とも坂下様のもとに行くことになるでしょう。ですから今回はまず片方、という方法ももちろんございますし」

「うん。ピンときたんだよなあ。いいんだよなあどっちも。差をつけたくないんだよね」

「女性と違って、両方同時に愛しても修羅場になったりはしませんからご安心を」

「ははは」坂下様は鷹揚《おうよう》に笑う。「私はそんな艶福家《えんぷくか》じゃなかったけどね。この歳になってようやくモテ期が来たかな」

坂下様はもうひと通り悩まれたのち、ご友人との約束があるということで、とりあえず〈FLOWERS〉を仮予約、と言い残して入口わきの傘立てから傘を取った。僕は古くて重い入口のガラスドアを開け、お辞儀をして坂下様を送り出す。「両方とりあえずキープ」ではなく「まず片方を仮予約」となると、かえってお客様が現実的に購入を考えていると言える。次回来店時に少なくとも〈FLOWERS〉は契約できそうだ。

二階にある〈流レる〉の同時購入を勧めるかどうかは雰囲気次第だな、と考えつつ、ネクタイをちょっと直して店内に戻る。奥に置かれたテーブルを囲むソファに座っていた風戸と千坂は僕が淹《い》れたお茶を飲みつつ、なぜか二人とも僕をじっと見ていた。

雨のせいもあって店内にはお客様がいない。父の知り合いの人が訪ねてきているが今は二階にいる。僕は営業モードを解いて、くつろいでいる二人のところに行く。「……どうしたの？」

「いや、接客してるとこは初めて見たが……」風戸が腕を組む。「……緑川お前、もう完璧《かんぺき》に商人だな」

「そりゃ僕だって従業員だし」

「そうなんだが。……何かこう、複雑だな。ちゃんと社会人やってるところはいいんだが。ううむ。こう、胸鎖乳突筋のあたりにむずむずするものが詰まった感じというか……」

「何だよそれ」苦笑しつつ、ティーポットの蓋《ふた》を開ける。「お茶、まだ飲む？」

千坂は僕をじっと見たまま黙って首を振る。風戸の方も首を振ったが、何やらまだぶつぶつ言っていた。「……セールストークをする緑川というのは、どうもイメージが……

…いや、昔から度胸はあったが……愛想がそこまでよかったわけでは……」

「仕事だろ。僕は別に、風戸が爽《さわ》やかな笑顔で顧客と話してても驚かないと思うけど」

「まあ、そこは俺も仕事だからな」風戸は空のカップを取って飲もうとし、空であることを思い出した様子でソーサーに戻した。「……お互い、社会人だな」

「千坂もね」彼女の横に行く。「どう？　『アートファンダム』からもインタビューの依頼が来てるよ。そろそろ顔出しＯＫにしてくれるとありがたいんだけど」

何度目になるか分からない依頼をすると、千坂は黙って俯《うつむ》いてしまった。

芸大を卒業してまだ半年だが、僕たちはそれぞれの道に進んでいる。

僕は結局、卒業後に緑画廊の従業員になった。それまでは、店舗の方は父と従業員の木ノ下さんの二人だけで回していたのだが、僕が入るとなったら父は大喜びで責任者の立場を僕に押しつけ、今は仕入れと称してヨーロッパ周遊旅行に出てしまっている。無責任極まる父親だが、僕が高校生の頃から父のもとで働いていた木ノ下さんがいろいろ教えてくれるため、仕事の手順に関してさしあたっての不安はない。本当は、僕はまだ自分の絵の方で芽が出ていないので、休日には日曜画家（もっとも商売上、日曜には休めないが）という形でできる限り自宅で制作を続けたかったのだが、いざ本格的に緑画廊の「責任者」となると覚えなければならないことがたくさんあったし、休日返上で顧客とのやりとりもあったりするしで、制作の時間はほとんどとれていない。風戸は「食事制限中のビルダーでも美味《おい》しい食事が食べられ、しかもビルダー仲間が集まれる店を開きたい」とのことで、将来「プロテイン料理の店」を開く資金を貯めるために現在スポーツクラブのインストラクターをしているのだが、僕よりよほど目標に向かって前進している。

最近、ふと不安がよぎるのだ。緑画廊を継ぐのはかまわないし画商の仕事は面白い。夢中になる部分もある。だが、自分の画業の方はもう「駄目な路線」に乗ってしまったのだろうか。仕事の大変さと面白さにかまけているうちに僕は、徐々に「休日に趣味で絵を描いている人」という自分に疑問を持たなくなっていくのだろうか。千坂に置いていかれたまま。

もっとも、千坂も華々しく活躍しているとは言い難く、徐々に、といったところである。芸大二年の時のｍｉｃｏ展金賞が実質的なデビューになったと言ってよかったが、学生時代からちらほらと購入希望者がいたにもかかわらず、できた作品はすべて緑画廊に卸し、現在でもそれが続いている。若鳥味麗という性別不明の筆名を用い、本人は一切顔出し不可、雑誌などからの取材依頼もすべて断っているという状態なので知名度は低いが、緑画廊の常連さんの中にもファンができ、学生時代と卒業後に一度ずつ開いた個展では、謎の新人にしては珍しく九割以上の売約率を叩《たた》き出した。彼女のお陰で緑画廊自体の来客も増えており、現在では父が遊んでいるのに（とはいえ、時折どこかで仕入れどこかで売却しているらしく、数百万単位の金額が口座から出たり入ったりしている）経営が上向いている。正直、今は彼女の作品の価格をどうするかで悩んでいるのだが、千坂は頑《かたく》なに学生時代とさして変わらぬ金額以上を求めようとしないため、値上げするとその分が丸々緑画廊の懐に入ってしまうことになる。画商としてはありがたいが、何か「公正な取引」という単語が脳内にちらつく。

風戸は僕同様、土日に働いて平日に休む仕事である。千坂に至っては完全に自由業だ。そのせいもあり、二人はちょくちょく緑画廊にやってきて、たまにこうして一緒になる。やってきて何をするわけでもないのだが、展示作品を見たりしながらお茶を飲んでいる。お茶くらいは出すが風戸は遠慮して茶菓子を持ってきてくれたりするし、お客様が増えてくると帰っていく（千坂は店舗内に他のお客様の姿をみとめると、風戸がいない限り回れ右をする）。商売上は邪魔になるどころかサクラとして役立ってくれていることもあって木ノ下さんも歓迎しており、すでに顔見知りである。緑画廊も画廊のセオリーに則《のっと》り路地に面した一階はガラス張りになっているが、中に誰もおらず従業員だけがぽつんと立っている状態が見えると、かえって入りにくいものなのである。

「木ノ下さんは？　まだ二階？」

風戸に訊《き》くと、風戸は天井を見た。「ああ。そういえばさっきまた竜《りゅう》さんが来てすぐ二階に上がっていったから、木ノ下さんと話してるんじゃないのか」

「あ、気付かなかった」僕も天井を見る。緑画廊の展示室は一階と二階があるが、二階への階段は入口から入ってすぐ横にあるため、一階の奥の方にいると気付かなかったりするのである。「竜さん最近よく来るな。『うちは絵を置くスペースなんてない』って言ってたけど……」

「木ノ下さんを口説きにきてるんじゃないのか？」

「それで親父がいないのに来るのか。空飛ぶウナギを箸《はし》で捕まえるようなもんだと思うけど」

竜洋次《ようじ》さんという五十くらいの人が最近、よく緑画廊にやってくる。父親の竜武六《たけろく》氏が画商であり、うちの父の知り合いであるらしいのだが、詳しい事情は知らない。彼自身は行政書士であり、アートにも特に関心はないらしいのだが、不意にひょっこりと父を訪ねてきては空振りする（父がいる時にこちらから連絡する、と言っているのだが……）、ということを繰り返しているうちに本来の目的を忘れ、風戸らと同様「特に買う気配はないけどしばしば来る常連さん」になりつつあるようなのである。仮に風戸の言う通りだとしても、木ノ下さんは一見おっとりしているようで僕よりはるかに人あしらいが上手《うま》いので、二階で二人にしてもそう心配にはならない。

が、その日はなぜか、二階から木ノ下さんの声が聞こえた。

——あれー？

悲鳴ではなく、疑問にしては大きな声だった。普段は大声を出すような人ではないので、つまりは彼女なりの驚愕《きょうがく》なのだろう。随分と間延びした驚き方ではあるが、彼女にしては速いペースで階段を下りるどたどたという音が近付いてくる。僕は階段の方に行った。千坂と風戸も立ち上がっている。

「木ノ下さん、どうしました？」

「えっ」下りてきた木ノ下さんは、なぜか僕の言葉に驚いた様子でたたらを踏む。「礼くん、なんで何かあったって分かるの？」

「眼鏡ずれてますよ」名前で呼ばれると何か照れくさいのだが、どうも僕はまだ子供だと思われているふしがある。「……大きな声で叫んだじゃないですか」

「あっ。わたし、そんな大きな声出してた？　心の中だけで驚いたつもりだったんだけど」

「……いえ、それはいいんですけど」

両手で丁寧に眼鏡を直す木ノ下さんを見上げながら不安が膨らんでくる。階段の上には竜さんもいて、特に焦った様子はないから、この人が何かしたというわけではないのだろう。だとすると、一番考えられるのは展示作品の破損か何かである。「損失金額」「美術品保険」といった殺伐とした単語が頭の中を行進する。

「何があったんですか？」

よくやくその一言を問うと、木ノ下さんは二階の展示室を振り返った。

「絵がなくなってる。神木白雪の〈流レる〉が」

僕にとってもいくつか想定していた可能性のうちの一つであり、木ノ下さんの言葉はすぐに理解できた。盗難。だが〈流レる〉は「風景」の五十号。額縁を除いても長辺百十六・七センチ×短辺八十・三センチの大きさがある。いつの間にどうやって持ち出したのだろうか。

2

「あのね、さっき気付いたの。〈流レる〉だけすり替えられてたの。あの、あれ……なんて言うんだっけ。ペラペラの紙に、インクで画像を出力するやつで」

「印刷ですか？」

「そう。それ」木ノ下さんなりに混乱しているらしい。

「とにかく見せてください。他の絵は大丈夫なんですよね？」

「うん。確かめたから」

後ろで風戸の「おいおい」という声が聞こえる。僕はとにかく階段を下りてきた竜さんにどいてもらい、木ノ下さんに続いて二階の展示室に上がる。神木白雪の〈流レる〉は階段を上って右奥、木製のシンプルな額に入れてある。額はそのままで、確かに遠目には異状は見られなかった。だが。

残された額の前に立ってみると一目で分かった。確かに、カンヴァスに油絵の具で描かれているはずの〈流レる〉が、ペラペラの紙に印刷されたものになっている。紙質からして、おそらくは普通のプリンタでプリンタ用紙に印刷したものだろう。

どうしようもなく、ああ、と嘆きの声が漏れる。肩が落ちる。「……随分安上がりにされちゃったな」

「いや、どうも、すみません。木ノ下さんに言われるまで私も気付きませんで」竜さんが後頭部を掻《か》きつつ、なぜか謝った。「私は気付かなかったんですが、いつからこうなってましたか？」

「少なくとも今日の開店前は……」記憶を再生する。開店前、木ノ下さんと一緒に掃除と展示品のチェックはしている。今日はその後どうしたか。「……いや、午後一時、昼の休憩前に僕が二階に上がりました。その時もまだ異状はなかったように」

「とするとまだ、盗まれてから二時間半といったところですが」竜さんがどこのブランドなのか分からない金色の腕時計を見る。「犯人はまだ、遠くには行っていないかもしれませんね」

関係者でないせいなのか、どうも竜さんが一番落ち着いている。僕はとにかく、責任者としてやらなければならないことを思い出した。「木ノ下さん、110番をお願いします。絵が一枚、盗難に遭ったと」

「盗難だよねえ」木ノ下さんは溜《た》め息をつき、トトロ形のカバーを付けた携帯を出した。

「礼くん、現場保存をお願いね。シャッター閉めて、今日はもう閉店にしちゃおうよ」

「了解です」

それと保険会社に連絡し、スペインあたりに行っている父に連絡し……と、ざわつく気持ちを抑えてやるべきことをリストアップする。

「現場保存か」風戸が階段を振り返る。「シャッター閉めてくるか？　閉め方、分かると思うが」

「頼む」従業員ではないが、ありがたく手伝ってもらうことにする。「あと千坂ごめん。裏口の鍵《かぎ》をかけて、それから『臨時休業』って書いた貼り紙、シャッターに貼っといてくれる？」

頭の中のもう一人の僕が「コラ若鳥味麗先生に何をさせとるか」と二十三歳にしては老けた声で叱ってくるが、まあ友人でもあるし非常事態でもある。千坂も頷《うなず》いて、風戸に続いて階段を下りていった。

「私も何か、お手伝いを」竜さんが木ノ下さんと僕を見比べながら言う。

「いえ、それより後で発見時の状況を伺わなければならないので、すみませんが警察が来るまでこちらにいていただけますか？」

「それはもう」

僕としては、まず被害状況をきちんと確認しなければならない。午後一時から三時半《事件発生》までの二時間半。一階には僕がずっといたし、トイレや何かで席を外す時も木ノ下さんや風戸と千坂のどちらかがいた。展示室は奥のソファのところにいても、入口の方以外は常に視界に入る。バックヤードも僕と木ノ下さんがお茶を出したり電話を取ったり、その他事務仕事をしたりでちょくちょく覗《のぞ》いていた。それでも異状は見つかっていないから、一階の何かが被害に遭ったというのは考えにくい。被害があるとすればこの二階だった。壁にかかった十数点の作品を順に額ごと外し、裏表を子細に確認していく。印刷物ではなくとも偽物にすり替えられているものはないか。どこかに傷をつけられているものはないか。

幸いなことに、二階の展示室を一周しても、被害に遭ったのは〈流レる〉の一枚だけで、他は額に手を付けた痕跡《こんせき》もなかった。犯人は最初からあの一枚だけを狙ったのだ。確かに五十号のサイズがあるし、三、四センチの厚みのあるカンヴァスである。持ち去る際に傷をつけないよう気をつけなければならないことも考えると、一枚持ち出すだけでも大仕事だろう。

そこで気付いた。展示室内には設置していないが、一階の玄関のところは防犯カメラがある。緑画廊の出口は一階のガラスドアとバックヤードのドアのみ。バックヤードにもカメラはあるが、犯人はおそらくそちらには出入りしていないだろう。それなら、入ってきて、絵を持ってまた出ていく犯人の姿が、出入口のカメラにしっかり映っているはずである。

僕は電話を終えた後、念のため一つ一つの額縁を外して作品を確認している木ノ下さんを二階に残し、急いで階段を下りた。一階は夜のように電灯の明かりだけになっている。風戸がきちんとシャッターを閉めてくれたらしい。

「風戸。ありがと」

どこか所在なげに突っ立っていた風戸が、バックヤードのドアを親指で指す。「千坂はあっちだ」

「ん」

まさかまだ「臨時休業」の貼り紙を書いているなどということはないだろう。バックヤードに被害がないか確認してくれているのかと思ってドアを開けると、千坂は椅子に座り、デスクトップパソコンの画面をじっと見ていた。

「千坂」

制作中と違い、千坂は僕に気付いてこちらを向き、画面を指さす。「防犯カメラ」

映像を確認してくれていたらしい。何度も来ているから、僕より早くその重要性に気付いたのだろう。「うん。何か映ってた？」

「映っていなかった」

千坂のシンプルな回答は、シンプルゆえに逆に僕を混乱させた。

「え……入口の方のだよね？　変装してるとか、絵は何かをかけて隠しているとか、そういうのはあると思うけど」画面を見る。右下の時刻表示を見ると二倍速で見ているらしいが、映像はしっかり追える。「映像が一部消されてたとかはなかった？　それともカメラの電源が切られてるとか……」

「映像は正常だった」千坂は画面を見たまま言った。「犯人が映っていなかった。入ってきた人は十三時三十二分と十三時四十九分と十四時二十分と十五時一分と十五時十四分にそれぞれ一人ずつ。十三時三十二分の人は五分後、十三時四十九分の人は十五分後、十四時二十分の人は八分後に出ていった。十五時一分の人は二階に上がって、十五時三十一分に出ていった。緑くんが話してた」

千坂はずらずらと言う。僕は頭の中に時計を思い浮かべながら必死で聞き取った。五人のうち四人はお客様だろう。最初の一人は木ノ下さんが接客したらしく覚えていないが、あとの二人は人相も恰好《かっこう》も覚えている。さらに十五時一分に来た四人目が坂下様で、二階に行って五分程後には僕も上がって、すぐ一緒に一階に下りた。その後はずっと僕と話していた。「……うん。最後の、十五時十四分、っていうのが……」

千坂は斜め上を指さした。「二階にいる人」

つまり最後の一人は竜さんである。事件発生に気付いたのは十五時三十三分くらいだ。竜さんはまだいるわけだから、僕が絵の所在を確認した十三時頃から、二階に出入りして出ていった人は四人しかいない。

「あれ、待てよ……？」

四人のうち、最初の一人を除く三人は僕が見送っている。雨が降っているので、外に出て傘をさすまでの間、うちの重いガラスドアを開けていたのだ。あの三人は何も持っていなかった。

「だとすると、十三時……三十二分？　その最初の人が……」

「持っていない。何も」千坂は画面を指さした。

パソコンの画面は、木ノ下さんにドアを開けてもらいつつ傘をさし、出ていく人の背中と頭頂部を映した状態で停止していた。十月初旬だが気温は高く、出ていく人もポロシャツ一枚の軽装である。画面は白黒だが、それでもはっきり分かった。何も持っていない。少なくとも、百十六・七センチ×八十・三センチある絵画を、服の中などに隠してはいない。

「そんな。それじゃ……」

絵は緑画廊から出ていっていない、ということになってしまう。だが、確かになくなっていたのだ。二時間半前にはあったのに。

……これは、どういうことだ？

外で車のエンジン音がした。警察が来たらしい。

3

「……書き置き」

「そう」テーブルの一点をじっと見たまま腕を組んでいる風戸に向かい、僕は記憶している文面を言う。『神木白雪作〈流レる〉を頂戴《ちょうだい》いたします。二、三日で飽きるでしょうから、そうなったらお返しします』」

新たな事実が判明した。警察の現場検証で、犯人が額縁の中に書き置きを残していたのが見つかったのである。現物はすでに警察が回収しているが、書き置きの内容は覚えている。「隅に署名があった。『怪盗ショパン』。それから、紙の裏面が楽譜になってた」

「ズァーンプロロロロロロッ。デァーンテァーンデァーン清麻呂清麻呂清麻呂……」木ノ下さんが指でエアピアノをしながら口ずさんだ。「英ポロ*46だったよね。ショパンの」

「清麻呂って誰ですか？」

「あそこ『清麻呂』って聞こえてしょうがないんだよね」木ノ下さんは驚いている僕たちを気にせず、マイペースに両手を動かしている。「面白いよね。ブーニンもアシュケナージも中村紘子《なかむらひろこ》もみんなで清麻呂清麻呂って弾いてると思うと」

「それたぶん違うっていうか、すっごいどうでもいいです」だいたい木ノ下さんを話に参加させると話題がずれる。「ただ〈英雄〉って言えばショパンの中でも一番有名な曲の一つだし、楽譜はその冒頭だったわけで。たとえばその楽譜が暗号になってるとか、そういうものはないと思う。ただ、ノリでそうしたとしか……」

*46　ショパン作曲のポロネーズ第6番変イ長調Op.53。通称は〈英雄〉。有名曲だがわりと弾くのが難しく、左手をオリャー！　と動かさないと駄目な部分がある。

「でも値札では二百八十万つけてたよ。〈流レる〉って一応、神木白雪の代表作のシリーズの一つだし」大事に倉庫にしまってあるものを除けば、うちで五本の指に入る大物だった。「まいったなあ。保険金は出るだろうけど、坂下様にお買い上げいただくはずだったのに」

木ノ下さんは片手でまだ〈英雄〉のエアピアノの続きをしているらしく、両手をだだだだっと左から右に動かして隣の風戸にぶつけた。「三日で返してくれるのかな？　本当に」

「愉快犯か？」

「いや、信用するわけには……」しかし、そこが分からない。「……でも、嘘ならなんでわざわざあんなこと書いたのかな。警察の人も首かしげてたけど」

隣の千坂を見ると、驚くべきことに彼女はソファに座って膝《ひざ》の上にティーカップを置いたまま、下を向いて寝ていた。落とされては困るので、僕はその手からカップを取り、テーブルに戻す。千坂の睡眠は常に不規則だが、連続稼働時間はおおむね八時間程度と決まっている。現在、午後八時三十分過ぎ。今日、緑画廊に来たのは十二時過ぎだったから、電池が切れたのだろう。

警察の現場検証と事情聴取は、三十分ほど前にようやく終わった。現場である二階の展示室からは足跡や指紋が採取され、証拠品として楽譜とすり替えられていた印刷物、さらに額縁は警察に回収され、僕と風戸と千坂、さらに木ノ下さんと竜さんが事情聴取をされた。お客様を容疑者として扱うのは心苦しかったが、僕は午後に来店されたお客様全員の外見を警察に話した。今頃は「十三時から十五時半までの間に二階に上がった五人のうちの一人」ということで、坂下様のところにも警察が行っているだろう。

　竜さんは僕たちと一緒に緑画廊に留め置かれてしまい、さっき頭を掻きながら帰っていった。僕たちは警察が帰った後、画廊の中を点検したりし、今は木ノ下さんの提案により一階展示室でお茶を飲んでいる。確かに、混乱と疲労で喉《のど》は渇いていた。

　窃盗事件であり、被害品が美術品となればそれなりに大事件である。警察も力は入れてくれるだろうが、緑画廊にマスコミが来ないかどうかが心配である。泥棒に入られた画廊、などという形でニュースに載るのは決していいことではない。そして、〈流レる〉の購入を検討されていた坂下様にも謝罪しなければならない。犯人である「怪盗ショパン」が、本当にあの絵を返してきでもしない限り。

「しかし……不可解だな」風戸は閉じた口をへの字に曲げてみせ、シンプルに感想を言った。「それにそもそも、どうやってあの絵を持ち出したんだ？　監視カメラには何も映っていなかったわけだろ」

「うん」

　バックヤードのドアを見る。監視カメラの画像ファイルは警察も回収したが、コピーが残っているため確認してみた。二倍速で見ただけなのでいずれ普通に再生するつもりだが、どう見ても十三時から十五時半の間、五十号の絵を持って外に出た人間はいなかった。

「俺くらいデカけりゃ、服のどこかに隠し持っても見えにくかったかもしれないが、映ってたやつらはみんな貧相だったしな」

「服のどこかに隠し持つのも無理だよ。絶対違和感がでる」

そもそも、二階からまっすぐ出ていこうとしても、うちの階段は板目の上に撓《たわ》むのでけっこう足音がするのである。一階にいた僕たちのうち誰かに見られる可能性が大きく、入口からこっそり持ち出すのは危険すぎる。

「木ノ下さん、十三時三十二分に来て……最初に帰ったお客様も、何も隠し持ってなかったんですよね？」

「なかったと思うよ。わたしが声かけて、ドア開けたし」

続く三名は僕が確認しているし、竜さんは通報からさっきまでずっと僕たちと一緒にいた。五十号の絵を隠し持っていることなどありえない。

「丸ごとじゃなく、木枠からカンヴァスだけ剝《は》がせば丸めて隠し持てるんじゃないのか？ 木枠の方はトイレかどこかに捨てて」

「そんなことしたら絵の具がバキバキに落ちまくって周囲が四季彩《しきさい》の丘《おか》になるよ。[*47] その痕跡がないかは、鑑識の人が調べてたし。……そもそも、そんなことした絵はもう価値がなくなっちゃうし」

二階にはあまり人が入らないし、一階から誰かが上がっていけば足音で分かるため、警戒しながらやこしい解体作業をする余裕もまあ、あると言ってよい。カンヴァスを外して木枠を分解すれば、体のどこかに絵を隠し持つことも可能だろう。だが、そもそもそんなことをすれば肝心の絵の価値がなくなってしまう。怪盗がそれを知らないはずはないだろう。

「盗むんじゃなくて、ただ壊すのが目的だったかもしれないぞ」

高校時代に二件、大学時代に一件。これまで僕たちが遭遇した事件はいずれも絵の「損壊事件」だった。風戸がそう言うのはそれらを踏まえてのことだろう。だが。

「……それなら普通に切るなり穴を空けるなりすればよかったと思う」

「絵そのものに何かまずいものが描かれていたとしたらどうだ？　それを消すのが目的だった」

「在庫のデータ、さっき確認したんだ。ネット販売の関係で、所蔵している作品はすべて、裏面も何も全部画像データに入れてる。そういう動機だったらむしろそっちを先に消さないといけないけど、消されてなかったし」

風戸が沈黙する。僕の隣で千坂が突然体を強張《こわば》らせたので、どうしたのかと思ったが、

＊47　北海道上川《かみかわ》郡美瑛《びえい》町にある展望花畑。シーズンには様々な色の「花のじゅうたん」が広がる。アルパカもいる。

ただ単に寝ながらビクッとしただけのようだ[*48]。

「でも、カメラに何も映ってないんだよねえ」木ノ下さんはまだエアピアノを続けている。リズムからして明らかに別の曲に移行している。「持って出たんじゃなくて、どこかに隠したのかなあ」

「警察が隅々まで捜しましたから」

　実際に僕たちも立ち会い、壁、床、天井から二階のトイレ、天井の照明器具の中、空調設備の中、さらには絵を隠すなら絵の中、とばかりに他の絵の裏まで捜した。どこにもなかった。二階のトイレには小さな窓があるが、五センチ程度しか開かないためできる隙間はせいぜい五×三十センチ。折り畳んだ時点で絵は全壊に近くなるし、しかも事件時すでにそれなりの雨が降っていた。窓から外に出しては濡《ぬ》れてしまう。

　考えれば考えるほど不可解だった。カメラの映像は、入口から絵を持ち出した人間などいないと言っている。バックヤードのカメラも確認したが、こちらからはそもそも何も出入りがなかった。あと出入口と言えばトイレの窓くらいだが、ここからも不可能となると、百十六・七センチ×八十・三センチの〈流レる〉は緑画廊から出ていっていない、ということになる。だが、画廊内をくまなく捜してもどこにもなかったのだ。大型の絵が一枚、煙のように消えてしまったわけである。

　沈黙すると、壁の時計のこつこつという音と、まだわりと大粒のまま降り続いている雨音がじわりと湧いて不協和音を作る。風戸と揃って唸《うな》っていると腹が鳴った。そういえば夕飯をまだ食べていない。

だが、僕がそろそろ夕飯を、と言いかけると、隣の千坂がいきなり口を開いた。

「二段階の窃盗」

寝言かと思ったが、起きたらしい。「……どういうこと？」

「第一の窃盗は十三時より前。第二の窃盗が十三時から十五時半までの間。真作から贋《がん》作《さく》へ、贋作から印刷物へ二段階」

相変わらず独特の喋《しゃべ》り方ではあるが、さすがに彼女の言わんとしていることは分かった。風戸と、三十度ほど首をかしげつつまだ両手で和音を叩いている木ノ下さんに言う。

「なるほど。……つまり、十三時より前の段階でもう、絵は盗まれてたっていうわけです。僕が十三時頃に見たのはすでに『壊しても支障がない』偽物で、十三時から十五時半の間に犯人は、その偽物を壊してトイレの窓から捨て、かわりに印刷物を額に入れた」

それなら十三時以降、監視カメラに何も映っていないのが頷ける。だが。

「いや、でも実は……これでもないと思う」千坂に無駄な推理をさせてしまったなと思

＊48　「ジャーキング」と言う。入眠時に脳の状態が不安定になることで起こるらしい。入眠時の筋肉の弛《し》緩《かん》を脳が「落下している」と勘違いして起こるとか、レム睡眠時に落ちる夢を見るためだとか言われる。あんまり頻繁に出るようだと病気かもしれないので、お医者さんに行きましょう。

う。「僕、十三時頃にあの絵を見た時、ちょっと傾いてる気がして額縁に触ったんだ。そしたら、ほんの小さな何かだけど、額縁の裏からゴミが落ちた。……犯人が十三時より前に細工をしていたら、そんなもの残ってなかったと思う」

風戸が言う。「犯人が偽装のために置いたんじゃないのか？　あるいは偽装した時、たまたまゴミがついたか」

「偽装のために置いたなら、あんな小さなゴミじゃなくてもっと目立つものにすると思う。僕が落ちたのに気付いたのすら偶然みたいなゴミだったし。それにゴミは額縁の裏から落ちた。額縁を外して、偽物とすり替えて、また壁にかける時についたのなら、さすがに犯人にも見えるだろうから、そのまま残さずに落とすと思う」

つまり、犯人は十三時より前に絵に触れてはいないのだ。風戸はむむと唸ったが、千坂は特に残念そうにもしないまま、とっくに冷めた自分のカップのお茶を飲み干した。

「でも、トイレの窓か……」

僕も考える。そういえば、警察は入口前の路地は見たが、トイレの窓の下、隣のビルとの間の五十センチほどしかない隙間までは入り込んでいないかもしれない。「そこから何かしたのかな。……木ノ下さん、二階のトイレって十三時から十五時半の間に入りました？」

「何時だったか忘れたけど、わたしも入ったと思う。朝の掃除は礼くんがやってくれたよね。昼のチェックはわたしだったたし」

そういえばそうだ。「竜さんはどうでした？」

「二階にいる時はずっと展示室にいたね。トイレには入ってない」

一階のトイレを使っていたな、と僕も思い出す。「風戸と千坂は？」

「私は十三時四分頃に一度入った。異状はなかったと思う」

よく覚えているなと思うが、千坂は記憶力もある。

「俺もその後、入ったが……何もなかったな。しかし、トイレの窓から出すのは駄目なんだろ？」風戸も首を振った。「それとも、何か思いついたのか？」

「いや、そうでもないんだけど」

僕は頭の中を整理する。「絵がどこからも出ていってないっていうなら、やっぱり犯人は何かの理由で絵を壊したのかも、って。カンヴァスを折り曲げたら油彩は価値がなくなっちゃうけど、そんなことすら知らない犯人だったっていうことも考えられる」

というより、それしかないと思う。

僕の言葉が会議終了の合図になった形で、僕と木ノ下さんは店舗を後にし、その晩は風戸や千坂と一緒に夕飯を食べて帰った。千坂は何か考え込んでいる様子で、食事中、ほとんど何も喋らず、じっと目の前の空間を見ていた。

残された楽譜のせいでどうにも悪戯《いたずら》という感じが拭《ぬぐ》えないためか、僕が知る限り、事件は報道されずに済んでいた。父は電話で捉《つか》まえることができたが、「まあ、そっちで頼んだ。保険は出るんだろう？」といういい加減な反応だったし、翌日から緑画廊はそのまま営業を続けた。働きながら僕は、やっぱり犯人は思慮の足りない泥棒で、絵を折り曲げて盗み、それでは意味がないと知って今頃落ち込んでいるのかもしれないと思った。とにかく、どちらにしろ緑画廊は時価二百八十万円の絵画を盗まれたことになる。被害届を出すと同時に保険会社へも連絡し、手続きをとることにした。

警察は事件翌日にもう一度事情聴取に来たものの、その後は続報がなかった。つまり竜さんからも有力な証言は得られず、即犯人逮捕という状態にはなっていないということだった。まあ、もとが不可能犯罪なのだから当然といえば当然である。僕はその時、犯人がすでに絵を破壊してしまっている可能性を伝えた。警察は犯人が「現場付近で大きな絵を持っていた人間」だと思っていて、そのために聞き込みなどで空振りしているのではないか、と心配になったからだが、警察は先入観にとらわれず、荷物の有無を問わずに怪しい人間をすべて捜し出そうとして、それでもまだ見つけていないとのことだった。

だがその翌日。木ノ下さんと一緒に開店作業をしていた僕は、自分の推理が間違っていたことを知った。同時にそれは、この事件の不可解さが突然、非現実的なレベルに跳ね上がった瞬間だった。

4

あまり知られていないことだが、「日本画」と「洋画」の区別は「蝶《ちょう》と蛾」「野菜と果物」「一般文芸とライトノベル」くらいに難しい。岩絵の具で絹に描かれた洋画もあれば蛍光塗料でカンヴァスに描かれた日本画もある。千住博《せんじゅひろし》は日本画であるし田村宗立《たむらそうりゅう》は油絵の具で西洋的なタッチの風景画を「屛風《びょうぶ》に」描いている。

神木白雪もそういう境界の画家だった。モティーフは半具象に近いシンプルなパターンだが画材はカンヴァスに油絵の具やアクリル絵の具。だが描かれる風や波のタッチは明らかに平面的な日本画のそれで、実のところ美術界でも彼女を日本画家とすべきか洋画家とすべきか分かっていないところがある。それどころか本当に「彼女」なのかも分からない。現在の千坂同様、覆面作家であり、遺族の意向もあって性別や本名は不詳のまま物故作家の枠に入った。分かっているのはまだ五十代前半という比較的若いうちに亡くなったらしいということだけである。

今回事件に遭った〈流レる〉は彼女の代表作と言っていいシリーズであり、〈燃エる〉〈揺レる〉などが人気を博していた彼女の、突然の訃報《ふほう》の後に発見された。下衆《げす》な話だが大抵の芸術作品は作者が死ぬと価格が上がるのであり、また神木白雪については亡くなったのがまだ五十代前半だったということも囁《ささや》かれているため、緑画廊でも〈流レる〉は目玉の一つになっていた。

それが今、目の前にある。僕と木ノ下さんが見つめる机の上に。桜色の地に描かれた流麗なモノトーンの「流れ」は、冷たさと清澄さを感じさせそのまま鑑賞者の胸の中に流れ込んでくるようだ。

「これは……」

僕が呟くと、木ノ下さんもカンヴァスを見ながら言った。「……傷一つないね」

返ってきた。なくなった〈流レる〉が本当に。

午前九時半。開店作業をしていたら、時間指定の宅配便が届いたのだった。覚えのない荷物であり、美術品輸送サービスによるものだというから、また父がどこかで手に入れた掘り出し物を連絡なしで送ってきたのだろうと思っていた。

だが、出てきたのは、盗まれたはずの〈流レる〉そのものだった。

荷物の差出人は「神木白雪」と書かれており、送り状の差出人連絡先も、住所も電話番号も架空のものだった。つまり差出人は素性を隠している。ということは。

僕の推理が外れていたのだった。「怪盗ショパン」は〈流レる〉を破壊したわけではなかったのだ。そして楽譜の裏のメッセージにあるように、本当に二日ほどで返してきた。

ルーペを出し、木ノ下さんと一緒に表面を子細に観察する。やはりうちに展示されていた時同様、傷一つついてはいなかった。カンヴァスを持ち上げて裏側なども見る。こちらにも傷はない。額に入れればそのまま展示に復帰できる状態だった。

そして荷物の中にはまた、一枚の楽譜が入っていた。その裏面には「飽きたのでお返しします。怪盗ショパン」のメッセージがあった。

「怪盗ショパン……」木ノ下さんの手がエアピアノを始める。やたら激しく動いているから〈革命〉か何かだろう。今回送られてきた楽譜もおそらくその冒頭部だ。

「どういうことでしょうか。なんでわざわざ、送り返すなんて……」

「飽きっぽいよね。ひどくない？」

「いやいやいや」

そんなわけがないと思う。漫画じゃないのだ。現代の日本で、伊達《だて》や酔狂で泥棒をする人間などいるはずがない。つまり「怪盗ショパン」は、絵を盗んで財産的利益を得るのが目的ではなかったということだろうか。一時的に借りればそれで済むという何かの事情があって、あとは緑画廊と保険会社に迷惑をかけないよう返してきた。確かに怪盗紳士ルパンを真似るだけのことはあるようだが。

「でも、傷もついていないみたいだし、とりあえずよかったよね」木ノ下さんがのんびりと言う。経営者一家の僕と従業員の彼女の差だろうか。「とにかく警察の人に言うね。返ってきたなら事件にならないかもしれないし」

「あ……はい」

法律のことは少し知っている。犯人に「自分のものにする意思」がない場合、窃盗罪が成立しないことがあるのだ。

携帯を出して所轄署にかけ、「どうもー。いつもお世話になっておりますー」と、およそ警察に通報をしているとは思えないのんびり加減で話し始めた木ノ下さんから〈流レる〉に視線を戻す。僕も保険会社と父に連絡しなくてはならない。

被害品が返ってきた以上、事件はこれで終結してしまう。だが僕の中の疑問は終結どころかますます膨らんで、そのままだ。犯人の目的は何だったのか。それに、絵が無傷で返ってきてしまった。だとしたら犯人はどうやって絵を持ち出したのだろうか。監視カメラには何も映っていなかったのだ。


「……なるほど。ますます不可解だな」たまたまなのかわざとなのか、風戸はソファに座って〈考える人〉のポーズになる。「しかし、返ってきたその絵が偽物ってこともあるだろう。鑑定には出したのか？」

「神木白雪の遺族の方にね。ついさっき電話で回答があった。本物の〈流レる〉だろうって話だった」なんとなく風戸と同じポーズになりそうなのが気になり、僕は背筋を伸ばして腕を組んだ。「明日《あした》には絵が戻ってくると思うから、科学鑑定にも出してみようと思う。費用かかるから嫌なんだけど、さすがに今回はね」

事件発生から五日が経っている。僕は状況を説明するため風戸と千坂に電話をしたら、二人は閉店とほぼ同時にやってきた。竜さんも「六時半には仕事が終わります」と言っていたから、そろそろ来るだろう。

事件は「怪事件」の域を超え、「怪奇現象」のレベルに達していた。

こんなはずはないのだ。〈流レる〉がなくなったのは十三時から十五時半までのどこか。しかしその間、入口の監視カメラには絵を持ち出した人間は映っていなかった。バックヤードの裏口もカメラはついているが、そちらにはそもそも、ドアから出ていった人間すら映っていなかった。トイレの窓からは出せない。出入口はそれだけだから、つまり〈流レる〉は緑画廊の外には出ていない。なのに、警察と一緒にくまなく捜しても、画廊内のどこにも隠されてはいなかった。もちろん捜索時は大勢の人間が動き回る衆人環視の状況だったから、怪盗ショパンが元ネタよろしく警察官の誰かに化けていて、捜索するふりをして隠していた絵を回収した、などということはありえない。

だとすれば、〈流レる〉は盗まれたのではなく、画廊内でそのまま消滅したと考えるしかないはずだった。なのにその絵が返ってきてしまった。傷一つついていないしもちろん修復した痕跡もない。鑑定しても本物だという。

そんな馬鹿なことがあるだろうか。絵が画廊外に瞬間移動したとしか考えられない。

風戸は黙って〈考える人〉のポーズをしている。僕も腕を組んでいる。その間でテーブルに置かれたティーカップが細い湯気をかすかにのぼらせている。千坂はバックヤードに入っていったまま出てこない。一階展示室は静かだった。ソファのある奥側は明るいが、入口の方はシャッターが閉められた上、すでに明かりが落とされて暗くなっている。片側からの光で陰影のついた壁の絵画たちは少し不気味で、それが展示室内の静けさをますます強調している。

風戸の隣に座る木ノ下さんがゆっくり動いてカップを取った。

「……おいしい。わたしより礼くんの方がお茶淹れるの上手だよね」

「どうも」

木ノ下さんとしては、絵が無傷で返ってきた以上、事件に関してはもう悩むのをやめたらしいのだが、それでも僕と風戸の沈黙をなんとかしようとしてくれてのことなのか、ひょい、と眼鏡を直して言った。

「映画でなかったっけ？　見えなくなる人[49]」木ノ下さんは人差し指を立てる。「アニメでもあったよね？　着ると見えなくなる服[50]」

「小説でもあったっすね。あれは怖かった[51]」風戸は頷いたが、続けて言った。「でもあれは、まだ実用化されてないんじゃないすか」

僕も言った。「そもそも十三時以降に出ていった四人は、僕か木ノ下さんが近距離で直接見てるわけですから」

「じゃあ京極夏彦《きょうごくなつひこ》的に、わたしたちが意識できないような何かで絵を覆っていた、とかは[52]？」

「そしたら意識できないんですから、絵本体が見えるはずですよね？」

「あれ？……そうだね」

「そうです」実に無意味なやりとりである。「ていうか、さすがにそれはないです」

「だよね。……あ、じゃあ、こういうのはどうかな？　絵は消えたんじゃなくて、別の絵になったの。つまりね、犯人は絵の表面をナイフで削って別の絵にしちゃったの」

「木ノ下さん。僕たち一応、従業員ですから。……今までなかった絵が出現していたらさすがに分かると思います」

「それもそうか」

木ノ下さんはどちらかというと悩んで停滞している空気を動かすために言ってくれたようなのだが、それもあまり効果がなく、結局僕たちは沈黙してしまう。

出入りできないはずの場所から消えた絵。密室からの絵画消失。密室といえば、芸大時代にもそういうことがあった。いや、高校時代にも、極彩色の密室を越えて絵を破壊した犯人の謎に取り組んだ。それらはすべて解決してきた。だが解いたのは僕ではなく……。

バックヤードのドアが開き、千坂が出てきた。中ほどのページを開いた画集を胸に抱いていた。

＊49　『プレデター』ジョン・マクティアナン監督。光学迷彩《クローキングデバイス》を装備していて見えなくなる異星人が登場する。

＊50　『攻殻機動隊』原作・士郎正宗《しろうまさむね》／アニメ版監督・神山健治《かみやまけんじ》。こちらに出てくるのは「熱光学迷彩」なので、赤外線カメラでも見えない。

＊51　アンブローズ・ビアス『The Damned Thing』のことか。邦題は『怪物』（大西尹明《おおにしただあき》・橋本福夫《はしもとふくお》訳／創元推理文庫版）または『妖物』（岡本綺堂《おかもときどう》訳／『世界怪談名作集』河出文庫版）。「目に見えない色」をした怪物が出てくる。

＊52　ネタバレではないか。

「……千坂」

そう。謎を解いてきたのは常に彼女だった。天才画家千坂桜。またの名を若鳥味麗。彼女は名探偵なのだ。相手が怪盗だとしても、こちらにも名探偵がいた。

千坂は黙ってこちらに来ると、置かれていたティーポットとカップを脇に押しやり、持っていた画集をどかりと置いた。バックヤードに置いてある資料の一つだ。

開かれていたページには大判で一枚の名作絵画が載っていた。二人の裸婦がバスタブの中に座っている謎めいた一枚。作者不詳だがフォンテーヌブロー派の作とされる〈ガブリエル・デストレとその妹〉である。

5

木ノ下さんはきょとんとしていたが、僕と風戸はこれまで千坂が不可能犯罪の謎を解いてきたのを知っているから、おっ、と身を乗り出す空気になった。もともとかなり人見知りが強い千坂の方も、僕たち三人に対してならばわりと積極的に口を開く。彼女は開かれたページの〈ガブリエル・デストレとその妹〉を指さした。「これ」

「なんだおいエロいな」わりと古風なところがある風戸は、千坂があからさまな裸婦画を示している、という構図が落ち着かないらしい。「この乳首がどうかしたか」

「そこはどうでもいい」

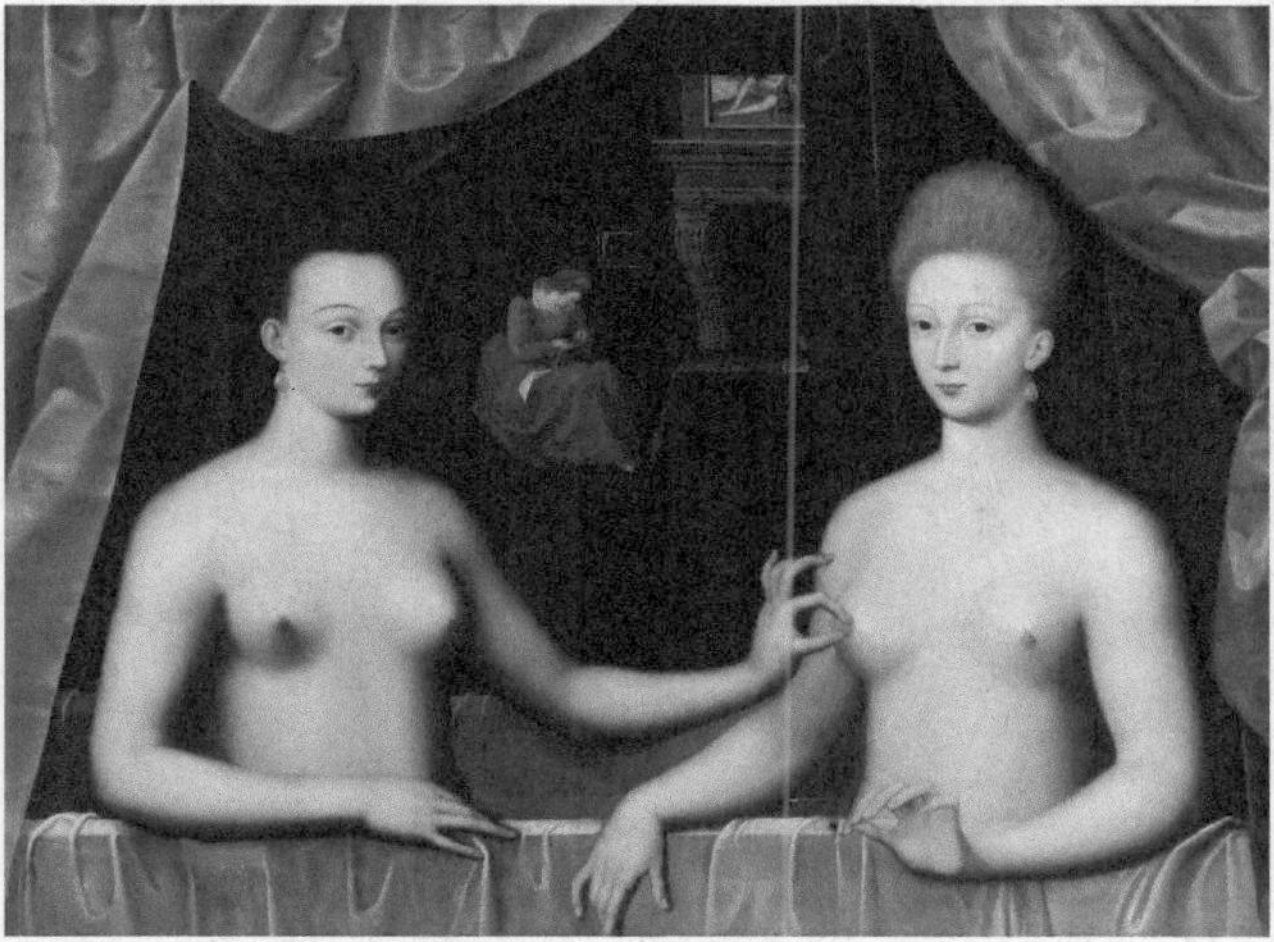

〈ガブリエル・デストレとその妹〉
“Presumed portrait of Gabrielle d'Estrées
and one of her sisters, the Duchess de Villars”

1594年頃　油彩、板
96cm×125cm
所蔵：Musée du Louvre, Paris, France

「価値の反転による行動動機の反転」

千坂はそう言って僕を見る。僕ならこれで分かるだろう、といった感じである。僕は照れている風戸を置いてテーブルの上の画集を見る。この絵の特徴は同一人物のようなそっくりな裸婦が二人並んで描かれていることで、わざわざこの絵を持ってきたからにはそこがポイントなのだろう。よく似た二人。価値の反転による行動動機の反転。

「……おい。まさか」

思わずソファから腰を浮かせていた。

だが、急回転する僕の思考は、それ以外の可能性が見当たらないことを高速で証明し始めている。確かに、真作が返ってきた以上、こういう真相でなければならない。

風戸が腕を組んで、立ち上がった僕を見上げる。そこで僕はもう一つ、驚くべきことに気付いた。

「まさか……」

同じ言葉を繰り返す。風戸は僕を見上げている。

僕はその風戸を見下ろし、訊いた。

「……お前か？」

最低限の訊き方をした僕に対し、風戸はふう、と一つ息を吐き、頷いた。

「……すまん。事情は今説明する、が」

「うっ……すまん」*53

風戸は千坂と僕を見比べた。その表情には困惑も狼狽《ろうばい》もなく、それを見た僕は、千坂が解かずとも、いずれこいつが自分から真相を話していただろうと分かった。

風戸はすでに、すべてを話す気でいるようだった。自分が犯人である、という真相を。

「……千坂と緑川が、どうして真相が分かったのかを、ちょっと聞いてみたいな」

ってことは、本当にお前がやったのか」しかし風戸は現に、これから出てくる話はすべて予想済みだという顔で落ち着いている。「僕にはそこが一番信じられない。キャラ違うだろ」

「まったくだ。性に合わない」風戸はなぜかシャツのボタンを外し始めた。「人間なら肉体で語るべきだ。こそこそ偽装をしたりするのは嫌でな。じきにばらすつもりだった。悪かった」

とにかく、トリックについてこちらが話すのが先らしい。僕は千坂を見て、それからなぜ前をはだけているのか分からない友人に言った。

「千坂が教えてくれた。〈ガブリエル・デストレとその妹〉。この絵の特徴は……」

「なんで乳首つまんでんだ？」

「懐妊したことの象徴らしいけどそこじゃない。そっくりの二人の女性が並んでいるこ

＊53　とはいえ、明らかにそこに目がいくように描かれている。

と）ひと呼吸置いて続ける。「つまり絵が二枚あった、っていうことだ」

話していいかと問うために千坂を見たが、彼女はなぜか考え込んでいるような様子でこちらを見なかった。

「今回のことがただの窃盗事件だったっていうなら、明らかにおかしい点が二つあるんだ」僕は指を二本立てた。「一つは、どうしてわざわざ手がかりになる遺留品を増やしてまで『怪盗ショパン』なんてメッセージを残したか。もう一つは、どうして他の絵には一切手をつけず、持ち出すのが大変な五十号の〈流レる〉を狙ったか」

僕の言葉を聞いて考え始めたのは木ノ下さんだけである。風戸は黙って腕を組んでいるし、千坂は僕に喋るのを任せた様子である。

「一つ目の答えは、これが『窃盗事件』――つまり絵は無事なまま外に持ち出された、と印象づけるため。二つ目の答えは〈流レる〉でないと犯行が不可能だったから」とにかく自分で喋ってしまうことにする。「もともと可能性は一つしかなかったんだ。絵を持ち出すことはできない。最初は木ノ下さんが犯人で、監視カメラの映像を加工したのかとも思ったけど、それも無理だ。映像データは一番重要な証拠だから、警察が詳しくチェックするしね」

「えっ、わたしじゃないよね？　犯人」

「当然です」自分のことなんだから分かっているだろうに。「絵を外に持ち出す方法はない。建物内のどこかに隠したのでもないとなると、あとはもう、展示室にあった絵は壊してトイレから捨て、別の絵を送ってきた、としか考えられない」

木ノ下さんは天井を見て、テーブルを見て、首をかしげた。「……でも、送ってきたのって真作だよ？」

「そうです。……だったら可能性は一つしかないですよね。もともと緑画廊で展示していた〈流レる〉の方が贋作で、犯人は贋作を壊して捨てて、かわりに自分が持っていた真作を送ってきたんです。これは窃盗事件じゃなくて器物損壊事件だった」

「げっ」木ノ下さんは展示室を見回し、そこに現物がないことを思い出した様子で僕に視線を戻した。「展示してたの贋作だったの？　やばいよ。どうしよう」

やはり画廊の従業員であり、一番反応するのはそこである。

「まだ売約前ですから大丈夫ですよ」掌《てのひら》を見せて木ノ下さんを抑える。「ただ、もう少しで坂下様に売却するところでした。……たぶん犯人はそれを知って、やばいと思って犯行にでたんだと思います」

風戸を見る。風戸はばつが悪そうに頷いた。

「……つまり、犯人は展示されていた〈流レる〉を額縁から出して解体し、トイレの窓から捨てただけなんです。あとは後日、普通に宅配便で真作を送ってきただけ」僕はなんとなく天井を見る。「十三時から十五時半までの間に二階のトイレに入ったのは僕と木ノ下さんと風戸と千坂だけです。でも、今トリックを指摘したのは千坂だし、僕が犯人ならこんなことやらずに夜中こっそり持ち出せばいいわけですし、木ノ下さんが犯人なら〈流レる〉が印刷にすり替えられていることをわざわざ発見してみせなくても、他の誰かが見つけるまで待ってればいいわけですから……」

風戸を見る。風戸が頷いた。「消去法で俺、だな」

「いや、でもさあ」僕は体を風戸の方に向けて座り直した。勢い込みすぎてソファが少しずれた。「なんでお前が？……ていうか、竜さんに頼まれたんだよね？」

「お見通しだな。その通りだ」風戸は頭を掻《か》く。「こんなことをせずに素直に事情を話せばいいじゃないかと言ったんだが、頑なに拒否するから仕方なく、な。その方が緑画廊《ここ》のためにもなる、と言われると、確かにそうかもしれないと思う部分もあったしな」

風戸の言っていることには部分的に想像がつく。だが、詳しく聞かなければ納得ができそうになかった。

「……どういうこと？」

何か嫌な話が出てきそうな予感を覚えながら促す。風戸は口を開きかけたが、何かの物音に気付いたらしく入口の方を向き、立ち上がった。

「来たっぽいな」風戸ははだけたシャツから無駄に大胸筋をさらしつつ、僕を振り返って見下ろす。「本人から……竜さんから直接聞いてくれ」

外から、ばさん、ばさん、というシャッターを叩く音がかすかに聞こえてくる。表の路地からシャッターをノックしている人がいるのだろう。僕と木ノ下さんは同時に立ち上がり、内側から入口のドアを開け、シャッターを上げた。

現れたのは車椅子に座る老人と、その車椅子を押す竜さんだった。それを見た千坂が口を開いて何か言いかけ、そのまま沈黙する。

僕はやや右に体を傾けつつ車椅子に座る老人を見た。

「竜さん、その人は……」

着ているのはジャージだが、どうも相当痩《や》せているようで全身がだぶついている。運動のためというより普段着のまま出てきたかのようだ。どこかで会ったことがある人のような気がするが、それを説明する具体的な単語は出てこない。千坂は老人をじっと見ている。知っている人なのだろうか。

だが千坂より先に、木ノ下さんが言った。「竜武六さん、お久しぶりです」

その名前で思い出した。長く父とつきあいがあったという画商で、竜さんの父親の竜武六氏である。子供の頃に一度くらい顔を合わせたことがあったはずだった。僕は「緑川幸雄《ゆきお》の息子の礼です」と名乗り、頭を下げた。

武六氏はなぜかこちらを見ず、顔をそむけていた。そむけながら視線だけ動かし、横目で木ノ下さんを上から下まで確認するように視線を走らせたが、頭を下げる木ノ下さんに対しても特に挨拶《あいさつ》を返す様子はない。

もしかして発声機能に障害があるのかもしれないと思ったが、息子の方――竜洋次さんがぺこりと頭を下げて困った顔を見せる。

「すみません、親父がこんな態度で。ここまで連れてくる間も『行く必要などない』『帰る』ばかりで……」

「はあ。いえ……」

「やっぱり親父本人も連れてくるのが筋かと思いまして、無理矢理車椅子に乗せて参りました」

洋次さんは父親の後ろから離れて車椅子の横に立つと、両手を体の脇にぴたりと当てて四十五度の礼をした。「この度は本当に、ご迷惑をおかけいたしました。申し訳ありません」

「あ、いえ……」

夜とはいえ洋次さんが立っているのは外の路地である。「この度」と言うが、無駄に出動させられた警察はともかく、緑画廊は特に損害がないどころか贋作の情報を教えてもらい、しかも真作に交換してもらっている。頭を下げさせるのも気づまりで、かといって木ノ下さんもいるのに勝手に「いいですいいです」と言ってしまうこともできず、僕はとにかく入口のドアを大きく開けて竜さん親子を迎え入れる。

「おっ、手を貸しましょうか」風戸がやってきてシャツを脱ぎ捨て、夜はもう冷えるというのに上半身裸になり、腹筋を強調するポーズをとった。「介助は筋肉から」

「いや別に段差とかないから」力まかせの介助は介助者の体を壊すのでよくない。

武六氏が自分で車椅子を動かす様子はなかったが、うちの入口は車椅子のお客様の来店も考えてとっくにバリアフリー化しているので、洋次さんが普通に押すだけで店内には入れる。木ノ下さんが展示室の手前側の明かりをつけ、慣れた様子で車椅子を押して店内に入る竜親子の顔に光が当たる。武六氏は展示品をぐるりと一瞥《いちべつ》し、「相変わらずしけた商売だな」と吐き捨てるように言って「親父」とたしなめられた。ソファがあるせいで車椅子がテーブルに近付けないこともあり、なんとなく全員、立って竜親子を迎える。洋次さんは父親を促すのを諦《あきら》めたようで、車椅子の車輪をロックすると、その横に出てきて踵《かかと》を揃え、再び四十五度の礼をした。ネクタイの先がたらりと垂れて揺れる。

「この度は本当に申し訳ありませんでした。風戸さんにもご迷惑をおかけしました。この通りです」

そっぽを向いている父親が車椅子から怒鳴った。「謝るな」

息子の方は父親を無視する。「申し訳ありません。親父がこんな態度で」

「竜さん。申し訳ありませんが」無駄に上半身裸の風戸が言う。「電話で話した通りです。緑川にもすべてばれてる。今になってこんなことを言いだして申し訳ないんですが、やはり正直に事情を話すべきでした」

「はい。……申し訳ありません」

「謝るなと言ってるだろう」父親の方が忌々しげに言葉を挟む。

「風戸さんから、事情はお聞きかと思いますが」洋次さんは、よく見ると薄くなり始めている頭頂部を見せたまま言った。「今回のことは、私が風戸さんにお願いしたんです。こちらにある〈流レる〉の贋作をこっそり破棄し、真作の方をお送りできないか、と」

「数日前の話なんだが」自分も説明する責任を感じたのか、風戸が口を開く。「この竜洋次さんが〈流レる〉の額縁を外そうとしているところに、たまたま出くわしたんだ。一応筋肉で威圧した上で、どういうことか訊いたんだが」

三角筋を強調するポーズをとる風戸に代わり、今度は洋次さんが言う。

「もう十六、七年前になりますが、この父がこちらの先代にお売りした〈流レる〉が、贋作だということになりまして」

父が引退させられてしまったが、そこは訂正せずに聞く。父本人も早く「先代」になりたがっているふしがあるが、それはまだ困る。

「最近になりまして、先代の緑川幸雄さんからうちに電話があったんです。どうも、有名なオークションに〈流レる〉の真作が出ているようでして、緑画廊がうちの親父から買ったものは贋作なんじゃないか、と。それで親父を問い質《ただ》したら、贋作を売った、と認めまして」

見る限り、武六氏は洋次さんと一緒に暮らしているようだ。父親の商売がきれいかどうかぐらいは察しがついていたかもしれない。

「それで私、真作の方を買いまして、なんとかこちらに展示されている贋……商品と入れ替えられないかと」

贋作と呼ぶのを避けたな、と思う。

風戸が言う。「堂々と事情を説明すべきだ、とは言ったんだが……」竜さんは視線を床に向けたままである。「親父曰《いわ》く、先代の性格からして、どうせ正規価格で買い取る、という話になってしまうのは間違いないから無理だ、とのことで。しかしそれでは申し訳なく……」

そうだろうか、と思う。うちの父ならむしろ「くれるなら喜んで」と言いそうなものだ。息子を止めるための武六氏の嘘だろう。

だが、息子の洋次さんが、父親のその嘘にあっさり従って今回の事件を起こした心理は、僕にも想像がついた。本音を言えば、洋次さんとしても、ことを公にしたくはなかったのだ。洋次さんは行政書士であり、信用が大事な仕事である。うちが詐欺として告訴すれば「詐欺犯の息子」になってしまうし、そうでなくても、噂がどこからか広がるだけで、仕事には重大な支障がでる。

風戸が協力したのは、そのあたりの事情を察したからだろう。日本ではどこかに犯罪者がでると、何もしていないその家族まで信用を失うという理不尽な文化がある。「まずいことがあった家の人間」だからリンチされてもやむなし、という魔女狩り並みに醜悪な考えが、二十一世紀になってもまだ残っているのだ。父親が贋作を売ったせいで、何の責任もない息子が、それまで積み重ねてきた信用を一気に失うかもしれない。洋次氏の気持ちは僕にも分かった。

そして同時に、事情を明らかにすれば、緑画廊が贋作を摑《つか》まされた、という事実も明らかになってしまう。こちらは被害者でありながら信用を失うという羽目になる。それでようやく納得がいった。これだけの事情がなければ、風戸は決してこういうことに手を貸したりはしないだろう。

「なあおい。親父も一言ぐらい謝ったらどうなんだよ」

それまでひたすら恐縮して頭を下げていた洋次さんが、初めて苛《いら》ついた声を出した。当然だと思う。実のところ、一番の被害者は息子のこの人だからだ。数百万したはずの〈流レる〉の真作はこの人が自腹で買い求めたのだろうし、自分の仕事の信用が無に帰すかもしれない、という恐怖を抱きつつ緑画廊に通う日々を送っていた。親のしたことのせいで子供が莫大《ばくだい》な罪悪感を背負う。随分と理不尽なことだった。

だが、すべての元凶である武六氏は、ずっと顔をそむけている。上半身を大きく動かせないようで、だから首だけを無理矢理捻《ひね》って横を向いているのだが、必死でそうしている姿は傲岸《ごうがん》とか不遜《ふそん》というより、意地になって自分の非を認めようとしない子供を思わせた。歳をとると子供っぽくなる奴が多い、ということは、そういえば父から聞いている。

それでも僕がじっと見ていると、武六氏は不機嫌の棘《とげ》を目一杯伸ばしながら吐き捨てた。

「この業界じゃ、贋作なんぞに引っかかる方が悪いんだ」

洋次氏は慌てて父親を叱りつけるが、それは美術業界では昔から言われていることだった。この世界にいる以上贋作はつきものだし、プロの画商なら、引っかかるのは自己責任。上の世代にいくほど、そういう考え方の人は多い。

僕は個人的に、その考え方には頷ける部分と頷けない部分を持っている。プロ同士なら確かにそれでもいい。だが最終的に贋作を掴まされるのはお客様なのだ。そして贋作を容認する態度をとっている限り、いつまで経っても贋作がなくならないのではないか。

それに、そもそも。

「……そういうのは騙《だま》された方が言うことであって、自分から騙した人間が言っていいことじゃないと思いますが？」

世の中には「お前が言うな」という言葉がたくさんある。有名人のプライバシーを勝手に撮影しておいて「有名税」と言う。飲食店で横柄に振る舞った客が「お客様は神様」と言う。デザイナーが着にくい服を作っておいて「おしゃれは我慢」と言う。それらはすべて「お前が言うな」である。

しかし武六氏は意地でも反省などしてやるものか、という態度である。「あれは贋作の方が出来がいいくらいなんだ。客だってどうせ見抜けやしねえで、喜んで金を出してるだろうが」

その言葉を聞いて、僕は顔をしかめるのをこらえられなかった。父の知り合いのベテラン画商だというから少しは尊敬する気持ちがあったのに、がっかりする発言である。

「見抜けないからって騙していいということにはなりませんよ。それじゃ食品の産地偽装と一緒じゃないですか」つい声が大きくなる。「そもそもやり方がフェアじゃないでしょう。こちらはお客様に対して『信用してください』と全力でアピールして商品を売る。お客様はそれを信用してくださった上で買う。それなのに『見抜けない方が悪い』なんて滅茶苦茶《めちゃくちゃ》です」

大きな声で言い返されてかっとなったのか、武六氏は唾《つば》を飛ばしながら言い返してきた。

「美術品の値段なんてなあ。もともといいかげんなものなんだ。ピカソを見ろ。マティスを見ろ。なんであんなものに何十億の値段がつく？　村上隆のおもちゃみたいな人形が千五百万ドルだぞ。馬鹿じゃないのか。それでも日本人はありがたがる。それまで無視していたくせに、欧米で評価されたとなったら途端に群がるんだ。いいも悪いも分かっちゃいねえって、自分で白状してるようなもんじゃねえか。俺たちが相手にしているのはその程度の奴らなんだ。奴らだって恰好つけで金を出すんだ。望み通りふんだくってやって何が悪い」

「商品の値段は需要と供給で決まるんです。美術品のオリジナルは原則的に供給が『1』しかない。対して人気が出れば需要は増えていく。美術品の顧客には富裕層が多いから、一億出しても、十億出してもいいという人が出てくる。出てくればその価格で取引される。当然のことじゃないですか」

「そいつらはオリジナルとコピーの区別もつかねえじゃねえか。誰も区別がつけられねえのに『オリジナルです』と言われりゃ、その途端に十倍の値段になる。奴らは作品じゃなく鑑定書に金を出してるんだ。あんな紙切れにだ。滑稽《こっけい》だと思わねえのか？」

「オリジナルには『他でもないこれが美術史の転換点になった』という歴史的価値があります。デュシャンの〈泉〉が——何の変哲もない量産品の便器が『史上最高の芸術』と言われるのは、それが『歴史』そのものだからです。オリジナルを希望されるお客様は、作品と同時に『歴史』の一部を買い、自分の手にすることができる。その喜びに対価を払っているんです」

「じゃあ何だ。客は便器を撫《な》でまわして『ああこれが歴史だなあ』と喜んでるわけか。馬鹿じゃねえのか」

「あなたはイチローが三千本安打を記録した時のバットが欲しいと願うファンの気持ちを笑うんですか？　平泉《ひらいずみ》や関ヶ原《せきがはら》に行っても『ただの草原じゃないか』と笑うんですか。目で見て分かるものしか楽しめないというなら、数万年の時を経て自然が作り上げた鍾《しょう》乳洞《にゅうどう》を見ても、樹脂でできた展示品と同じ感動しかないんですか？」顔をそむけ続ける武六氏を見る。『日本銀行券』と印刷されたただの紙切れをあんなにありがたがるくせに？」

　僕は腹を立てていた。昔、父から聞いたところでは、この竜武六氏は五十年近く画商を続けてきたベテランのはずだった。それなのに、こんなものなのか。

「正直、がっかりしましたよ。五十年も画商をやってきたあなたが、そんなど素人みたいなことを言うなんて。あなたは五十年間、一体何をやってきたんですか？　五十年やってきて何も学んでいない。ただ老けただけじゃないですか」

武六氏を見下ろす。「あなたの人生って、一体何だったんでしょうね」

「何だと」

往年の荒っぽさが覗いた様子で武六氏が身を乗り出す。だが車椅子に座ったままでは、僕に手が届くはずもなかった。

正直なところ、ここまで言う必要はなかったのだ。だが腹が立っていた。五十年画商をやって何一つ学んでいないことにも腹が立ったし、顔を赤くして散々怒鳴り返しておきながら、自分が一番迷惑をかけたのは、今車椅子を押させている息子である、ということが全く意識に上らないらしい。そのことにも腹が立った。

「あなたの行為は詐欺罪になります。覚悟はいいでしょうね？」

僕が言うと、武六氏はこちらを睨《にら》み上げ、唾を飛ばして言った。

「はん。俺があの〈流レる〉を贋作だと知っておたくに売ったっていう証拠がどこにある？　『贋作だとは知りませんでした』で通しゃ、有罪になんて絶対にならんぞ」

「なりますよ。今の発言で」

僕はスーツの内ポケットに手を入れ、録音状態にしていたICレコーダーを出した。

「……高校時代から何度かごたごたに巻き込まれていましてね。何かありそうな時はこうして録音しておく、という習慣がついているんです」

こういう輩《やから》に対し「物証」がいかに効果的かということは、これまでの経験で知っている。予想通り、武六氏は目を見開いた。

「……やれるものなら、やってみろ」それでも怒りで恐怖をごまかしているのだろう。武六氏は震える声で無理矢理怒鳴る。「その時はあんたんとこも信用をなくすぞ。それでもいいのか」

「それを決めるのはこちらです」

よく聞こえるように、僕は床に膝をつき、車椅子の武六氏と頭の高さを合わせて正面から見た。

「あなたが犯罪者として残りの一生を刑務所の中で送るか、それともこのままひっそりと隠れて暮らすか。決めるのは僕です。口のきき方に気をつけてはどうですか？」

武六氏はさっと顔をそむけたが、それでもまだ僕を無視しきれないようで、視線がちらちらと震えてこちらに向いたり逃げたりしている。

充分に恐怖させたのを確認して立ち上がる。後ろで風戸が「やっぱ緑川怖《こえ》え」と呟くのが聞こえた。

終章　いつか彼女を描くまで

「……うん。まあ、そういう事情だし、たぶん公表はしないと思う」

「――ご苦労さん。しかし洋次君も随分と余計な気を回したもんだな。ただでくれるって言うんなら、こっちはありがたく真作、もらったっていうのに」

「……そう言うだろうと思ったよ」

電話のむこうの父・緑川幸雄は、予想した通りのへらへらした受け答えだった。

壁の時計を見る。午後十時二分。時差があるからフランスは午後三時二分である。風戸と千坂、それに竜親子と木ノ下さんもすでに帰った。皆で夕食、という雰囲気でもなくなった僕は店舗のバックヤードにコンビニ弁当を持ち込んで食べ、時間を見て父に電話したところだった。

――贋作《がんさく》の方は風戸君が壊しちゃったか。惜しいが、まあいい。坂下さんにはちゃんと真作買ってもらえよ。

「了解」

ヨーロッパ方面、という極めて大雑把《おおざっぱ》な行き先しか告げずに周遊中の父にようやく電話がつながった。外で話しているらしく後ろから周囲の人のざわめきが聞こえるのでフランスだと分かったが、フランスのどこで何をしているのか、さっぱり分からない。

「でも父さん、〈流レる〉が贋作だったってどこで知ったの？」

――こっちにもいくつか流れてきてるんだよ。だいたい二十年前くらいから約十年間、出来のいい贋作が市場に出回った時期があったらしい。竜武六がそこに絡んでるんじゃないかって噂を聞いた。

「うちの収蔵品で他に竜武六から買ったの、ないよね？」

――たぶんな。まあこの件については後でまた電話する。……うん？　Ah, attendez juste un moment.

「何、そこ誰かいるの？」

――いないぞ。いるとしても仕事だ。……Ah, oui. Je t'aime.

「どこがだよ。仕事してよ」何がジュテームだ。「真っ昼間から何やってるんだよ。母さんの墓に言いつけるよ」

――無駄だ。お墓に母さんはいないぞ。千の風になってあの大きな空を吹きわたっているからな。

それならおそらく言いつけるまでもなくバレているだろう。「頼むからうちに国際電話かかってくるような事態にしないでね」

――心配するな。属地主義で処理する。そんなことよりだな。お前もちゃんと仕事しろよ？　分からないことは木ノ下君に訊《き》いて、決して俺の手を煩わせないように頑張るんだぞ。……おっ。俺、今すごくお父さんっぽいこと言ったな。

「どこが」

——あと桜ちゃんは顔出しする気になったのか？

「いや、それはまだ……」

——なんだ。まだいてこましてないのか。それならだな。とりあえず〈流レる〉の画像データをよく確認してみろ。じゃあな。もうこんな夜中にかけてくるなよ。邪魔だから。

息子に邪魔だと言い放った。「そっちは昼だろ。ていうかデータってどういうこと？」

——Non, non, non, je ne peux pas vivre sans toi.

「こらっ」

こっちの質問に答えろ、と言う間にさっさと電話は切られてしまう。かけ直してみると、ひどいことに「電源が切られています」とアナウンスが流れた。

「……画像データだって？」

デスクのパソコンに収蔵品のデータはすべて入っている。だがこれはうちにこれまで置いてあった贋作のもののはずだ。何かの役に立つのだろうか。

だが、一体何が、と思いながら表示させた贋作の〈流レる〉の画像を見た僕は、あることに気付いた。

収蔵作品については、ＨＰに出す額装済みの正面写真だけでなく、状態を記録するために額なしで裏面や側面の写真も撮っている。その中の一枚、カンヴァスの下部の拡大写真を見た時、僕はマウスを操作する手を止めた。洋楽の歌詞の中に突然日本語を見つけたような、はっきりと引っかかる感覚があった。

贋作だと判明した、竜武六から購入した神木白雪作〈流レる〉。そのカンヴァスの下面、右端のあたりに小さく、薄いピンクの汚れがついている。二、三センチ程度のものだった。だがただの汚れ、で見過ごしてもおかしくない。〈流レる〉に使用されているのはアクリルだ。画像の倍率には限界があったが、汚れの部分を拡大すると、その不自然さが分かった。付着しているこれはどうも、石膏《せっこう》か何かをつけて盛り上げた部分に水彩絵の具で塗ったような感じがある。そもそも、〈流レる〉にこんな色は使われていない。

これは偶然ついた汚れではない。それに。

……この汚れを、僕はどこかで見たことがある。この位置で、しかもこの色の。

キーボードの上に身を乗り出して画面に顔を近付ける。邪魔になったネクタイを外して横に置く。ぱさりと音がして床に滑り落ちてしまったが無視した。どこかで見た。確かに。うちの収蔵品の中にも他に何かあるのではないか。

収蔵品の画像を一つ一つ表示させ、カンヴァスの下部を見ていく。同じ汚れがついている絵は見当たらなかったが、そのかわり、僕は思い出した。

高校三年の頃の事件だ。金山記念美術館で、大薗菊子先生の〈エアリアル〉が破壊された——というか、菊子先生自らが破壊したあの事件。

そういえば、あれを解いたのも千坂だったな、と思い出す。

僕は床に落ちたネクタイを拾い上げた。明日《あした》の休廊日に確かめなくてはならないことがある。


車椅子を押して半屋外になっている渡り廊下を進む。金山記念美術館の中庭にはかなり大きな木が相当数あり、そのため野鳥が驚くほど多い。姿は見えないが、雀やムクドリの聞き慣れた声の他に、知らない鳥の複雑なさえずりも交じっている。

「……いい天気ね」車椅子の大薗菊子先生は気持ちよさそうに目を閉じる。「こんな日はイケメンを眺めながらお散歩が一番。礼君はスーツも似合うし、目の保養だわ。そうね。あと二十年くらいはそのまま老けないでいるのよ？」

「ご無体な」九十近くになられているはずだが、百十歳までイケメンを愛《め》でるおつもりらしい。

大薗菊子先生は相変わらずだった。さすがに全体的に小さくなった印象があり、声の力も失われてきているが、車椅子に座っているだけで放たれるオーラはそのままである。この美術館で事件が起こった頃は油性ペンキでカンヴァスに描いていたが、車椅子になり体力の衰えた現在は、机に手を置いたまま描けるCGが主になっている。日々進化を続けるCGソフトは先生に新鮮な驚きと興味をもたらしているようで、先生曰《いわ》く「ハマッちゃっていつもいじっている」とのことである。おそらくこの方は亡くなる二分前まで何か描いているのだろう。

一事件の時に見た絵について、訊きたいことができた。そのことを電話で菊子先生に言うと、先生はすぐに察してくださった様子で、「じゃあ金山記念美術館でデートしましょうか」と言った。展示替え中で休館日だったが、先生が頼み込めば入れてくれるらしく、それどころか行ってみると川本さんまでいた。もともと出勤日ではあったのだそうで、休日出勤させたのでなくてほっとした。

だが用件からすると、川本さんに聞いてもらった方がいいのかどうかは分からない。僕が迷っていると、菊子先生は川本さんにお茶の用意を頼み、僕と一緒に第七展示室に行っている、と言った。先生も僕の用件は知っていて、気を利かせてくれたようだ。

車椅子の車輪をロックし、閉じられていた第七展示室の扉を開ける。あの時は菊子先生にペンキをぶちまけられた極彩色の床が出現したが、もちろん今日は綺麗《きれい》に光っている。

正面の壁にある絵が僕の目を引いた。ここの収蔵品だとは聞いていたが、第七展示室にあったのだ。〈真贋展〉に出品された「真作」の方の一枚。上岡喜三郎の〈富子　六月〉である。

「……額縁を外す許可は川本さんにいただいてるわ。やってごらんなさい」

菊子先生の声が人のいない第七展示室にかすかに反響する。僕はポケットから白手袋を出して着け、〈富子　六月〉の額装を慎重に外した。見るべきは絵そのものではない。カンヴァスの下側、右端の部分だ。

予想した通り、それはそこにあった。

昨夜バックヤードのパソコンで確認した〈流レる〉の画像にあったものと全く同じだった。一見するとただ絵の具がついただけのように見える汚れ。形は楕円形《だえんけい》で、大きさは二、三センチほど。色は薄いピンク。注意していなければ見落としてしまうであろうものだ。だが指で撫《な》でてみると、予想通りかすかに盛り上がりが感じられる。

菊子先生が車椅子から訊いてくる。「……どうかしら？」

僕は携帯を出し、〈流レる〉の画像を表示させて先生に見せた。

「全く同じものです。カンヴァスのサイズ自体は違いますが、下側の右端五センチほどの場所に、同じ色と素材でほぼ同じ大きさの汚れが」

先生は僕から携帯を受け取り、老眼が進んだのか腕を一杯に伸ばして画面を遠ざけつつ見ていたが、一つ頷《うなず》くと、僕に携帯を返した。

「……じゃあ、決定ね」

「はい。ようやく分かりました」僕は頷く。「この絵は贋作ですね。それも、うちにあった〈流レる〉と同じ贋作師の手によるものです。これを描いた贋作師は、おそらく自分が描いたというサインの代わりにでもするつもりで、全く同じ位置に絵の具をつけておいた」

その心理については分からなくもない。贋作師はたいていが元画家だからだ。贋作は常に他人の名前で流通する。いくら描いても決して自分の名前は出ない。そのもどかしさに耐えられない贋作師の自己顕示欲が、取り扱う画商にも秘密でこういう悪戯《いたずら》をさせるのである。

強張《こわば》っていた肩から力が抜ける。五年越しの真相、だった。

高校三年生だった僕が遭遇した、極彩色の床のむこうで〈エアリアル〉が切り裂かれていた事件。千坂の推理であの事件は解決したと思っていた。犯人である菊子先生は、展示予定の〈エアリアル〉を見て、真作とされているものよりも贋作とされているものの方が優れていたため、恥をかきたくないから壊した、と言っていた。

だが実際には違う。この事件には、真相の先にもう一つ真相があったのだ。

僕は床に置いた〈富子　六月〉を見る。

「……先生の本当の動機は、この絵の方だったんですね。〈真贋展〉で展示予定の〈富子　六月〉は、実は真作とされているこちらの方も贋作だった。先生はそれにお気付きになった」

菊子先生は頷いた。「あのまま〈真贋展〉が始まっていたら、川本さん大恥よ」

僕の考えていた通りだった。あの事件の本当の動機は、床にペンキをぶちまけて使用不能にし、〈富子　六月〉のある第七展示室を公開させないことだった。床にペンキが撒《ま》かれているという不可能状況。それを作ることそのものが目的だったのだ。

「しかし、川本さんに直接説明して展示をとりやめてもらうわけにはいかなかったんですか？」

「残念ながら、そうはいかなかったのよ。私の絵じゃないし、それに、この絵が真作のはずがないって言ったところで、証拠なんかもう残っていないもの」

額の外された〈富子　六月〉を見る。確かに、例の汚れがなければどこからどう見ても真作で、鑑定書を発行する画廊や遺族ですら騙《だま》されるだろう。

「……なぜ、こちらも贋作だとお分かりになったんですか？」

「たまたまよ。たまたま個人的に私が、この絵が真作のはずがない、って知ってるだけ」

上岡喜三郎は物故作家だが、バックの庭は制作された昭和三十年代に撮影された写真とも一致しているし、愛情に満ちた妻の描き方もいかにもそれらしい。なのになぜだろう。

「なぜ、っていう顔をしてるわね」菊子先生は悪戯っぽく笑う。

「上岡喜三郎って言ったら、奥さんしか描かなかったことで有名ですよね。例の台詞《せりふ》も」

それこそWikipediaにも載っているほど有名な台詞なのだ。だからこそ上岡喜三郎の〈富子〉シリーズは人気が高い。

「あの台詞、大嘘よ。実は」菊子先生はふん、と得意げに笑った。「あの年の六月なんて、その頃上岡さん、家の庭どころか日本にすらいなかったのよ。パリにいたの」

「パリに？」

「私を追いかけてね」

ポケットにしまいかけていた携帯を取り落としそうになった。「……それって、つまり……上岡喜三郎はそもそも〈富子　六月〉なんていう作品は描いてない、ってことですか？」

「そうよ。あの時期は奥さんとの仲、冷えきってたもの。〈富子〉シリーズのせいですっかり愛妻家の鑑《かがみ》、みたいに言われてるけどねえ」菊子先生は言う。「そんなものよ。現実なんて。……でも、今更それを話したって皆、信じたがらないでしょう。みんな『愛妻家』とか『良妻賢母』の物語が大好きだもの。事実をねじ曲げても気付かないくらいにね」

確かに、それを聞くと少々ショックである。

先生はそこに配慮したのだろう。〈富子　六月〉が贋作だと説明すれば、世間一般に知られている上岡喜三郎のキャラクターそのものが虚構だったとばらすことになる。それも、完全に嘘だったと証明できるならまだいいかもしれず、先生の証言だけでは「真偽不明」という中途半端な状態のままになる。上岡喜三郎のファンも、取り扱う画廊も、もやもやした状態に置かれるだけで誰も得をしない。少なくともそんな話を、展覧会前日の川本さんに託すのは負担が大きすぎる。そこに配慮した先生の気遣いだったのである。

あらためて、床に置かれた〈富子　六月〉を見る。縁側に紫陽花《あじさい》に生け垣。縁側に腰掛ける浴衣《ゆかた》の女性の優美な姿。女性の表情こそ曖昧《あいまい》にしか描かれていないが、きっと微笑んでいるだろうと誰もが思う。妻への愛情に満ち溢《あふ》れた作品……の、はずが、これは後の世に誰かがでっち上げた贋作だった。しかも、真作の存在しない贋作。

「……この絵はただの贋作じゃなく、上岡喜三郎『らしい』絵を誰かが勝手に描いた『贋《にせ》の新作』といったところになるわけですね」

「そうね。なかなかの腕じゃなくて？」先生は僕を見る。「でも偉いわ。よく気付いたわね。私に騙されもせず」

「それは……」

どう答えればいいのだろうか、と思った。

理由の一つは、もちろん〈富子　六月〉につけられた贋作師の「サイン」だ。たったあれだけのものを五年経ってもまだ覚えていたということは、五年前の僕もこの「汚れ」について、少し不審に思っていたのだろう。偶然ついた「汚れ」にしては不自然なのだ。〈富子　六月〉には、この色を使う機会があったとは思えない。

だが最大の理由は、納得できなかったことだった。僕は五年前からずっと、金山記念美術館の事件の真相に、完全には納得してはいなかった。菊子先生は自分が犯人であることを認めたが、犯行の動機は本当にあんな「あちら側の」ものなのだろうか。そもそも先生の言う通りだとしたら、川本さんに「あの二点の展示をとりやめてほしい」と頼めばよく、わざわざ展示室を極彩色にし、絵を破壊する必要などない。先生の立場ならそれができるはずだった。それなら、先生があの事件を起こした裏にはもっと現実的で、理解可能な「こちら側」の理由があるのではないか。

というより、そうであってほしい、と思っていたのである。天才・大薗菊子。理解不能な「あちら側」の人間。「持っている」人間。だから普通と違う、常識外れのことをする。逆に言えば、普通の常識的な人間は「持っていない」。その区別に抗《あらが》いたいという気持ちがどこかにあった。そうではない、という根拠が欲しかった。

大人になった今の僕にとっては、それはさして切実な願いではなくなっている。この世には確かに「持っている人間」と「持っていない人間」がいる。だがそれは99パーセントの汗の後にようやく現れる1パーセントの差に過ぎず、「持っている人間」といえどもそれ以外の部分では普通なのだ。むしろ、あちら側、こちら側、などと考えている限り、絶対に彼らに敵《かな》わない。そのことを、芸大の四年間で学んでいる。

そしてこの事件の真相がそれを裏付けてくれた。描かなければならないな、と思う。僕の挑戦はまだ終わっていない。

だがその前に、僕には今日、まだ行かなくてはならないところがあった。

五年ぶりに訪ねた高校の校舎は予想よりずっと古びて埃《ほこり》っぽく、全体に少し縮んだような印象があった。もともと新築に近いぴかぴかの建物だったから時の流れの必然なのだろうが、あるいは高校生だった当時の僕には、校舎の壁も床も今よりずっと鮮やかな色に見えていたのかもしれない。仕事で徹夜をし、つきあいで酒を飲み、社会に揉《も》まれ始めて、きっと僕の方がくすんだのだ。

理事長室の方は高校二年生の時の事件以来、六年ぶりだったが、こちらにも同様のものを感じた。「くすんだ」。「輝きを失った」。あるいは「馴染《なじ》んだ」と言う方がいいのだろうか。壁に掛けられた絵も、記憶にあるモスグリーンの絨毯《じゅうたん》も、それほど鮮明な印象を与えることなく、普通の「学校経営者の仕事場」を形成している。それはデスクに座る生田目理事長も同様だった。六年前と比べて白髪が増えただろうか。

ご無沙汰《ぶさた》しています、その後はどうですか、と、卒業生と教員の無難なやりとりをしつつ理事長を観察する僕は、六年前よりずっと落ち着いた気分だった。六年前は「あの男は今後敵《エネミー》と見做《みな》す」という気分だったのだが、歳月というものはなかなかにすごい。一方の理事長も、用件が用件なので歓迎はできない一方、撥《は》ねつけることもできないという微妙な立場であり、加えてその相手が卒業生ということで、なんとも言えない困惑が皺《しわ》となって眉毛《まゆげ》の上に張りついている。

「……画像は印刷してあります」

理事長はデスクの上に、絵の画像が印刷されたプリンタ用紙を置いた。「君の指摘の通りでした。解像度が低いので確かなことは言えませんが、カンヴァスの下側、右の方にかすかに何かを塗った跡がある。作品からすると不自然な色です」

僕はプリンタ用紙を手に取った。六年前、画商の大里氏によってロプロプの悪戯書きがされた田杜玄の〈漁村　働く十人の漁師〉である。額装なしでカンヴァスの下部が見える角度で撮られているため、確かに僕にも贋作師の「サイン」が見えた。

大薗先生同様、僕は高校にも電話をし、贋作の可能性を話して生田目理事長に問い合わせていた。画商の大里氏から買った〈漁村　働く十人の漁師〉の下部に、薄いピンクの「サイン」がついていないか。絵本体は大里氏の犯行のため処分されてしまっていたが、それなりに熱心なコレクターでもある理事長は緑画廊同様、購入時に額装を外した状態の絵を何枚か撮影していた。その画像を確認した理事長から僕の携帯に電話があった。

「こちらが上岡喜三郎の〈富子　六月〉と、神木白雪の〈流レる〉です」僕は金山記念美術館で撮影した画像を表示させ、携帯をデスクに置いた。「全く同じ位置に同じ汚れが確認できるかと思います。つまり理事長の〈漁村　働く十人の漁師〉と金山記念美術館の〈富子　六月〉、さらに当画廊で危うく売約するところだった神木白雪の〈流レる〉はすべて贋作であり、しかも、同じ贋作者の手によるものだったということになります」

「六年前、大里君はあの絵を誤って破損し、生徒に罪を着せようとした」その生徒が目の前にいることがやりにくいらしく、理事長はこちらを見なかった。「……という話だったが」

「本当の動機は違ったようですね。それよりずっと深刻だった」

僕は理事長を見て言った。同情するつもりはないが、あえてショッキングな言い方をしてざまあみろと嗤《わら》うつもりもない。「〈漁村 働く十人の漁師〉は贋作だったんです。大里さんはそれを知らずにあなたに売却し、後になってそのことを知った。今更『贋作でした』とは言えません。言えば自分の画商としての信用は終わりですからね」

金山記念美術館での事件だけではなかった。この事件にも真の動機があったのだ。

そもそも、六年前に大里氏が口にしたように、ぶつけて絵の具が剝離《はくり》してしまった、というだけなら、わざわざ手のかかるトリックを弄《ろう》してまで生徒の悪戯を偽装する必要はない。そのまま放っておいて、いつか理事長が剝離に気付いた時に、とぼけて「生徒でしょうかねえ」と溜《た》め息をつけば済む話である。それに、「壊してしまった」絵とはいえ、さらに取り返しのつかない落書きをするというのは、心理的にかなりハードルが高い。大里氏がそうまでしなければならなかったのは、「絵そのものを」「穏便に」破棄することが必要だったからだ。

六年前の事件の真相にようやく行きついた。六年越しだった。

「贋作だと分かったから、いっそ絵を破棄してしまおうと思った……か」理事長の額の皺が深くなる。「しかし、あれはだいぶ前に買った絵だよ。なぜ大里は、あの時になって急に焦りだしたのでしょうね」

その点についてもすでに確認している。「当時、柔道部に森慎太という生徒が在籍していたことはご記憶ではありませんか？」

「覚えていますよ。田杜玄の本名は森源太。その孫でしょう。彼の入学直後、話したことがあります」

やはり予想した通りだった。森慎太君の方も、祖父の絵がでかでかと飾られている高校だということは、入学前から知っていたかもしれない。

理事長はようやく気付いた、という様子で目を見開いた。「……そうか。確かに、その話を大里にもしたことがある」

「友人の風戸が柔道部と仲が良かったんで、森慎太君の連絡先も分かりました。電話で確認してみたんですが」デスクに置かれた自分の携帯を取る。「彼の祖母……つまり田杜玄の奥様に訊いてみたところ、田杜玄の作品で〈漁村　働く十人の漁師〉などというものには覚えがないそうです。つまりあの絵はただの贋作ではなく、存在しない『新作』をこの贋作師がでっち上げた『贋の新作』ということになります」

理事長はショックを受けるだけの段階から脱したのか、何割か感嘆の混じった溜め息をついた。「君のとこの〈流レる〉といい……随分腕の立つ贋作師ですね」

「僕もそう思います」

「……大里の店には長いこと行っていないが、文句の一つも言うべきだなこれは」

「ご自由に」

僕が言うと、理事長は上目遣いでこちらを見て、何やらもごもごと口を動かした。

「……あー、その、緑川君」

「はい」

「六年前の……そのことなんだが」

「はい」

理事長は立派な背もたれのついた椅子の上で体を縮める。この人も徐々に「お年寄り」の域に近付きつつあるな、と気付いた。

「まあ、その……生徒の君を疑って大変悪かった。と……思っています」

そこまで言ってしまうと迷いが晴れたのか、理事長はデスクに両手をつき、深々と頭を下げた。「申し訳ない」

蛙の姿勢で頭を下げる理事長を見た僕は、少し驚いた。もちろん今更謝られてもどうしようもないし、当時の僕だって、別にこの人を謝らせなければ気が済まない、などと思ってはいなかった。なので、とっさにはコメントが出ない。

「……六年前に聞きたかった言葉ですけど」

とはいえ、六年間それなりに気にし続けてはいたのだろうし、わざわざ自分で蒸し返す方を選択した、ということは、この人も根はわりと真面目な教育者だったのかもしれない。

「まあ……もういいです。むしろ今の生徒さんに優しくしてください」

忸怩《じくじ》たる様子で首を垂《こうべ》れる理事長に会釈をし、僕は部屋を出た。高校時代から六年間続いていた事件が、今ようやく終わったのかもしれなかった。

「……そうか。まあ楠美君は卒制も買い手がついたっていうし、フリーのデザイナーっていう方が向いてるよね」

「あれが俺みたいにサラリーマンできるとは思えないからな」

「じゃ、南場さんは？」

「あの人はまだいるよ。院生」川野辺君はぽつぽつとしか明かりのついていない美術学部棟を仰ぎ見る。「本当は俺もそうすべきだったんだけど。……南場さんの方がよっぽどマジだよ。俺や緑川より」

「それを言われるときつい。……描く気は満々でも、仕事覚えなきゃ、でなかなか時間がないし、休日は疲れてぐったりしてるし」

「分かる」

川野辺君と二人、同じようにして肩をすくめる。

そういえば大学二年の時の事件以来、川野辺君とまともに話したのは初めてだな、と気付く。お互いに卒業したのがよかったのかもしれない。たとえばこれが半年前だったら、まだこう落ち着いては話せないだろうと思う。二人とも卒業し、同じように社会人をやり、共通する苦労をしている。だからお互いの立場を慮《おもんぱか》り、同情する余地がある。

川野辺君は大学院には行かず、先輩の紹介もあって画材の販売会社に就職した。絵はまだ描いており、「日曜画家」という状態なのは僕と一緒である。電話をして用件を話したら、午後七時以降なら大丈夫だから「現場」に来てくれ、と言われた。

短めに言葉を交わしながら、夜のキャンパスを歩く。現場である芸大のキャンパスは僕たちが在籍していたころと何も変わっていない。もちろん卒業してまだ半年だから当然なのだが、大学というところにはどこか、時の流れが止まっているような部分がある。夜の闇の中、鬱蒼《うっそう》と樹々が茂るキャンパスを見ているとそれを実感する。

「妹尾先生にも連絡はしてある」川野辺君は言った。「もう卒業しちまった身としては、それほどこだわることでもないしな。現場で説明する」

三年前、大学二年生だった僕が遭遇した、「適当部屋」の放火事件について、川野辺君に電話で訊いてみたのだ。具体的な根拠があったわけではない。だが、高校二年の時の落書き事件、三年の時の絵画損壊事件と、以前僕が関わった事件の裏の真相が続けて明らかになっている。そして僕は、三年前のこの事件についても、腑《ふ》に落ちないものを覚えたままだった。

すでに懐かしくなりつつある美術学部棟の玄関をくぐり、エレベーターで四階に上がる。妹尾先生はまだ四階の同じ研究室におり、三年前に適当ではなくなった適当部屋の鍵《かぎ》も開けておいてくれるらしい。四階でエレベーターのドアが開くと、慣れ親しんだ薄暗い廊下に絵の具のにおいが広がっている。自分はもうここの学生ではないのだ、ということを意識し、それが少し寂しかった。僕の「学生時代」はすでに終わっているのだ。

「妹尾先生は……いないか」川野辺君は廊下の先の妹尾研究室に明かりがないことを見ると、反対側に歩き出した。「現場、もう開いてるだろう。先に行こう」

僕は黙って川野辺君の後に続く。スーツの僕たちが目立つのか、洗い場にいた学生がこちらを振り返る。学期中、毎日夜中までそれなりの人数がだらだら残っているのはいつものことだ。顔見知りの後輩がいるかもしれないと思ったが、明かりのついているアトリエでは知らない女子がイーゼルを立て、こちらに背を向けて携帯で話をしていた。

川野辺君は「元適当部屋」のドアを躊躇《ためら》わずに開け、明かりをつけた。

中はほぼ僕たちが卒業した時のままである。本格的に倉庫になったため左右の壁に立てかけてある物品というか資材というかガラクタが増えはしたが、奥の棚に並べてあるカンヴァスは三年前のあの時と変わっていない。

川野辺君は黙ってそちらに歩いていくと、並ぶカンヴァスの中ほどあたりに見当をつけ、一枚ずつ確認し始めた。

「……なんで今になって『分かった』って言い始めたんだ？」

川野辺君がカンヴァスを確認しながら言う。僕は手伝わずに答えた。

「三年前の時点で少し、おかしいなとは思ってたよ。楠美君の絵を壊すだけなら、どうしてあんな派手なことをしたのか、とか。妹尾先生が言ってたことだけど、それまで出入り自由だったこの部屋が、『先週、夜中に侵入して収蔵品を物色していた人間が見つかった』っていって急に鍵がかかったのも、何か出来すぎてるような気がした」

川野辺君はカンヴァスを探りながら、学生時代より地味なフレームになった眼鏡を直す。「鍵がかかって入れなくなったから俺が火をつけた。……それじゃ駄目か？」

「だとすると、どうして君はそれまでずっと何もしなかったんだろう、って思う」

僕はカンヴァスを探る川野辺君の腰のあたりを見る。ジャケットの裾《すそ》から覗《のぞ》くワイシャツが少し膨らんでいる。営業だとは聞いていたが、接待の暴飲暴食でさっそく肉がつき始めたのではないか。

「むしろ、こう考えるのが自然な気がするんだ。そもそも『先週、夜中に侵入して収蔵品を物色していた人間』っていうのが君のことなんじゃないか、って。最初、君は普通に夜中、この部屋に侵入して目的を遂げようとした。だけどそこを妹尾先生に見つかって、結果、この部屋に鍵がつけられることになってしまった。仕方なく君は、部屋に入らなくても楠美君の作品を壊す方法を試して、さらに……」

川野辺君の腰のあたりにむけて言う。「……この部屋のドアが壊れて、立入禁止になって、ひと気がなくなるようにした。つまり君が三年前、この部屋に火をつけた本当の動機は、消火の過程でドアを壊すことだった。そうなれば君は以後、この部屋に自由に出入りすることができる」

実際には風戸が壊しているわけだが、おそらく計画では、川野辺君が自分で壊すつもりだったのだろう。

川野辺君は手を止め、しかしこちらを振り返らずに言う。

「……俺がこの部屋に侵入して、何をやるつもりだったと思う？」

「泥棒とか、楠美君の絵を壊すとか、そういうことより時間のかかる何か。たとえば今、君がやっているように、収蔵品の中からある特定の絵を探すこと」

「何の絵だ？」

「それを聞きたくてここにいるんだ」

川野辺君は数秒だけ沈黙したが、やおら一枚の絵を掴《つか》むと、引っぱり出した。「あったぞ。……これだよ。俺が確かめたかったのは」

川野辺君に手を貸して一緒に引っぱりだしたのは、百号はある大作の風景画である。いかにも方向性が見えていない学生の手によるもので、色遣いやタッチは「それなり」に過ぎない。だが、描かれている上野の街並みはなかなか風情のあるものだった。こういうテーマなら、やりようによっては安めの値で売る先はある。

川野辺君は絵をラックに立てかけると、自嘲《じちょう》的な笑みを浮かべて僕を振り返った。

「どうよ、この絵？」

僕は正直に答えた。「普通。二束三文でいいなら売れないことはないけど」

「だろうな」川野辺君は言った。「うちの親父が昔、描いた絵だよ。二十四、五年前に、親父も美術学部《こ こ》の学生だったんだ」

そういう例はわりとある。「……で、その親父さんが何か？」

「三年前の夏休みに死んだんだけどな。死ぬ前に、変なうわごとを言い始めたんだ。

『俺には本当は才能があったんだ。その証拠に、俺が学生の時に描いた絵を新渡戸慎也が盗んだ』」

「新渡戸慎也……」

名前から作品を思い出そうと脳内を検索する。物故作家だがわりと人気がある存在で、たしか芸大の卒業生だ。代表作の〈街の情景〉が芸大のHPに載っていて、千坂の進学時、彼女を説得するためにそれを印刷して手作りのパンフレットを用意したことがある。

そこまで思い出したところで、僕は目の前に置かれている絵が急に存在感を増したのを感じた。膝《ひざ》をついて見る。タッチも色使いもまるで違うが、この構図は。

「……これ、〈街の情景〉と全く同じ構図じゃないか？　新渡戸慎也の」

「ああ。もっとも構図以外は全然普通だけどな。こっちの絵は」川野辺君はその言葉を予想していた様子で頷く。「親父が言ってたのがこれのことなんだよ。人気画家の新渡戸慎也が自分の描いた上野の構図をパクった」

ざわり、と全身の血液が沸く。もしそうだとしたら。

だが、そこまで考えて、僕はふと気付いた。新渡戸慎也は物故作家であり、芸大のOBとは言ってもだいぶ上である。〈街の情景〉シリーズだって昭和五十年代に制作したのではなかったか。あの上野の絵はたしか死後に発見されたとのことだったが、制作年は昭和五十年代だとされていた。対して、川野辺君の父親が在籍していてこれを描いたというのはたかだか二十四、五年前だという。つまり平成に入ってからだ。

「……計算が合わなくないか？　どう見てもこっちの方が後だろ」

「そうなんだよ。俺も絵を見た時は驚いたけど、そこに気付いてがっかりした」川野辺君は頭をがしがしと掻《か》いた。「どこで勘違いしたのか、それとも死に際でわけわかんなくなってたのか知らんけど、親父の妄言だった。親父の方が後に描いたんだからな」

「……それを確かめるために、ドアを壊そうとしたのか。普通に妹尾先生に頼んで見せてもらおうとは思わなかったの？」

「そうなると事情を説明しなきゃいけなくなる。俺が塙一郎《はなわいちろう》の子供だってことも言わなきゃいけなくなるだろうからな」

「……『塙一郎』？」

「俺の親父。『川野辺』は母方の苗字《みょうじ》だよ」川野辺君は僕を見ると、くくく、と笑った。

「さすがに画商でも、塙一郎なんてマニアックな画家は知らないか」

「……ごめん」

川野辺君は画家の息子だったのだ。僕の「画廊の息子」同様、美術学部ではあまり口にしたくない出自である。

「いや、実は知られたくなかったんだ。なんせ塙一郎《うちのおやじ》、画業より他人のモティーフをパクって画壇を追い出されたことで有名な人間だから」川野辺君はおかしそうに言う。

「その息子だってばれたら、俺までいろいろ不利になるところだったからな。……ろくでもない親がいると子供は大変だよ」

川野辺君は笑っているが、その笑いにはどこか諦《あきら》めのような、自嘲的な何かが含まれているように見えた。親は選べない。僕だって画商の息子ということで色々と面倒なことはあったし、いいかげんな父親のせいで普通の学生より「家のこと」を色々していたが、そんなものとは次元が違うだろう。

だが僕は、それでようやく理解した。川野辺君が父親の「妄言」を確かめるためだけに、どうしてここまでしたのか。川野辺君は知りたかったのだろう。自分にどんな血が流れているか。自分は「人気画家にモティーフを盗まれた非業の俊才」の息子なのか、それとも「他人のモティーフを盗んでおきながら『自分こそ盗まれた』という妄言を吐くチンケな凡才」の息子なのか。

本来なら、川野辺君に対して僕が言えることは何もないはずだった。だが、今は少し事情が違う。

「川野辺君。期待させるようなこと言って間違いだったら悪いんだけど」

言いながらも、おそらく間違いではないだろうという気がしている。川野辺君の話は、僕の直感に合致しているのだ。三年前のこの事件も、高校と金山記念美術館での二つの事件とつながっている。

僕は怪訝《けげん》な顔をしている川野辺君に言う。

「もしかしたら親父さんの言葉、半分くらい本当かもしれない」

川野辺君は僕の言葉の意味を取ろうとしてしばらく沈黙していたようだが、結局分からなかったという様子で首をかしげた。「ないだろ？　だって制作年が」

「新渡戸慎也の〈街の情景〉は制作年が昭和五十年代とされている。でもそれは新渡戸慎也の死後に推測されただけのことだ。〈街の情景〉シリーズは皆、そのくらいの頃にまとめて制作されたからね。でも、あの絵が世に出たのはたしか、もっと最近だよね？　たぶん二十年前くらい」

「……そうだけど」

「ついでに言えば、〈街の情景〉が新渡戸慎也の作だということも、そう言われているにすぎない。もちろん信用ある画廊とか遺族が真作だと鑑定しているわけだけど」

川野辺君は沈黙した。考えをまとめる様子で視線を床に落とし、口元に手をやる。

「……緑川お前、何言ってんの？　何か知ってるの？」

「つまり〈街の情景〉は新渡戸慎也の作ではなくて、どこかの腕のいい贋作師が新渡戸慎也の作風をコピーして描いた『贋《にせ》の新作』かもしれないっていうことだよ」

「……まさか」

「共通点があるんだ。物故作家の作品で、死後に出てきた。シリーズものの一つで、その作家らしさが存分に出て、代表作みたいに言われる作品だった。画商として言わせてもらうと、そういうのこそ危ないんだ」

「でも、それだけじゃ」

「そして世に出たのが二十年前」僕は川野辺君を遮って言う。「最近僕のまわりで、相次いで贋作の話が出てるんだ。どうも、十年前から二十年前くらいに、ある腕のいい贋作師の作品がまとめて世に出たらしい」

川野辺君の目に当惑の光が見える。僕は言った。

「〈街の情景〉、mico美術館にあるだろ？　訊いてみるよ。贋作かどうか見分けるポイントを知ってるんだ。それと今日は妹尾先生に会って……」

言いかけてから、ふと気になることを思い出した。妹尾先生。妹尾研究室。本棚には美術史の学術書や技術書の他に画集もあった。壁には先生の好きなパウル・クレーの絵が貼ってあった。三年前、事件時にも見ていたあの情景の、どこかが気になるのだ。壁に貼ってあった絵はクレーの作品の中では特にメジャーな方ではなく、たしか、タイトルは。

背後を振り返る。三年前と同じく、入口近くの壁際に棚があり画集も置かれている。三年前、千坂が推理のきっかけを摑んだ〈室内にて〉もこの棚で見たが、たしか、クレーの画集もあったのではなかっただろうか。

小走りで駆け寄って棚を探す。「どしたー？」という川野辺君の声が聞こえてくる。『KLEE』の文字が躍る大判の画集があった。ざらつく表紙と舞い上がる綿埃《わたぼこり》がジャケットの袖《そで》を汚すのを構わずページを繰る。

僕は見つけた。この絵だ。

――パウル・クレー作、〈グラス・ファサード〉。

パウル・クレー〈グラス・ファサード〉
"Glass Façade" Paul Klee

1940年　蠟画、黄麻布、カンヴァス
71.3cm×95.7cm
所蔵：Zentrum Paul Klee, Bern, Switzerland

どうやら、もう一度金山記念美術館に戻って確認しなければならないことがあるようだ。

大学時代から、何度この道を通っただろうかと思う。キャンパスの裏手から塀沿いに歩き、コンビニの角を右に曲がり、信号のところで左に曲がる。路地に入ってしばらく進むと、伊藤園の自動販売機が出てくる。その先に千坂桜の住むアパートが見えてくる。二階の部屋はカーテンが閉まっていたが、明かりはついていた。千坂は制作中か、それとも休憩して横になっているか、画集でも眺めているか。本当に、彼女の生活は制作するか鑑賞するかのどちらかなのだ。

腕時計を見ると午後九時半を回っていた。制作にのめりこんで寝食を忘れていなければ、夕食は済ませている時間だろう。

学生時代から、おそらく二百回以上訪ねている千坂の部屋。だが、食料も生活物資も携えずに手ぶらで訪ねるのは、両手で数えられるくらいしかない。

金山記念美術館の川本さんからは連絡があり、画像データもメールでもらっている。micо美術館の知り合いの学芸員にも連絡がついた。こちらは明日、確認するとのことだった。正直なところ、今の僕は夕食どころの気分ではない。

入り込んだ虫の死骸《しがい》が溜まって黒ずんでいる街路灯の下を通り、朽ちた階段を上る。悪魔の陥没穴《デビルズ・シンクホール》をまたぎ越え、千坂の部屋をノックする。反応はない。息を大きく吸ってドアを開ける。

「……千坂」

　大きすぎもせず小さすぎもしない音量で呼びかけ、靴を脱いで慣れ親しんだ台所に上がると、明かりのついた奥の部屋でもそりと動く人影があった。勢いよく引き戸が動き、大学時代から着ているワンピースの上にパーカーを羽織った千坂の姿が現れた。彼女にすればこれでもよそ行きの恰好《かっこう》だから、外出中に何か思いついて急いで家に帰り、デッサンをしたあたりで力尽きて寝ていた、といったところだろうか。黒い髪のひと房が寝癖で膨らんでいる。

「緑くん」

　千坂は笑顔になったが、その表情がすぐに変わった。ということは僕は今、そんなに深刻そうな表情をしているのだろうか。

「……話があるんだ」僕は台所に踏み出す。「いろいろ、分かったことがあるから」

　千坂は目を伏せ、黙って奥の部屋に引っ込んだ。僕も戸を開けて、画材と資料と毛布が床に広がる彼女の城に踏み込んだ。引き戸を後ろ手で閉めると、絵の具や溶き油に混じって彼女のにおいを感じた気がした。そう思ったのは、そういえば初めてだ。

　千坂は僕の二歩ほど先で背中を向けている。そのままなのかと思ったら、ふわりと髪を揺らしてこちらを向いた。

　高校の頃に惹《ひ》きつけられた、そのままの神秘的な黒い瞳が僕を見ている。

ずっと分からなかったのだ。高校一年の時、昇降口で眠っていた。その一年後に突然現れて僕を助けてくれた。高校三年生の時には金山記念美術館で密室の謎を解き、大学でも空気すら出入りできない完全な密室を攻略して風戸を助けた。そしてついこの間、緑画廊で起こった絵画消失事件を解いてみせた。

……何のヒントもなく。

この間の事件の時、僕はもう一つ、おかしな点を見つけていた。千坂はどうして、何のヒントもなく真相を見破れたのだろうか？

もちろん彼女は名探偵だ。それまでに三件、トリックを暴いて事件を解決している。だが緑画廊での四件目に関しては、あまりに唐突だった気がするのだ。確かによくよく考えてみれば、結論はあれしかないかもしれない。だがそれまでの三件と違い、四件目のあのトリックは、それを示唆するような積極的なヒントが何一つなかった。その状況で「消えた絵の方が贋作だった」と、ああもはっきりと断言できるものだろうか。

そしてもう一つ、偶然では片付けられないことがある。

僕は今日、これまでの三つの事件を再訪した。三つの事件にはすべて、事件当時見落としていた本当の真相があった。

――「贋作」。

三つとも真の動機があり、そしてそれが贋作絡みだった。緑画廊での四件目も同様だ。僕が引っかかっていたのはそこだった。僕がこれまで関わってきた四つの事件には、偶然と言うには共通点がありすぎる。それだけではない。四つの事件を通してすっかりワトソン気分になっていた僕は気付いていなかったのだが、最大の共通点は「千坂が事件を解決した」ということなのである。どうして千坂は四つの事件を四つとも、ああも鮮やかに解決できたのだろうか。そして。

僕は思い出す。金山記念美術館の事件の時、千坂は被害に遭った〈エアリアル〉ではなく、〈富子　六月〉を見ていた。それなのに、あの時の彼女の推理に〈富子　六月〉は全く登場しなかった。これはどういうことなのか。それに緑画廊の事件の時、千坂は竜武六を知っているかのような反応を見せた。そのことについてはその後、何も聞いていなかった。

やはり、千坂桜には何かがあるのだ。

「……田杜玄の〈漁村　働く十人の漁師〉。上岡喜三郎の〈富子　六月〉。ｍｉｃｏ美術館にある新渡戸慎也の〈街の情景〉は、今、確認してる。それから神木白雪の〈流レる〉」

何から言っていいか分からないこともあってまずそう言ったのだが、千坂は驚きも戸惑いもしなかった。まるで僕がこう言いだすことをずっと前から知っていたかのように。

「いずれも贋作が存在し、事件に関わっている。それもすべて一人の、腕のいい贋作師によるものだ。十年前から二十年前の約十年間に、これらの贋作がまとめて世に出た。口は割らなかったけど、描かせて売り出したのは竜武六だろう。共通点は、その作家の死後に出てきた作品であること。いかにもその作家らしい作品で、人気が出ていること。そしてカンヴァスの下部、右端に薄いピンクの……」僕は言った。判決文を読み上げる気分はこんなものだろうかと思う。「……桜色の印がつけてあること」

僕は内ポケットから携帯を出し、画像を表示させて千坂に見せた。川本さんが送ってくれたもので、贋作の〈富子　六月〉についていた桜色の印をはがしたところだった。

パウル・クレーの〈グラス・ファサード〉。

日本でも人気の高いこの画家は、カンヴァスをひっくり返したり、裏面や側面に何かを描き込んだりというギミックを好んで用いた。その中でも最も壮大なものが、1940年に制作された〈グラス・ファサード〉である。表面はクレーらしい、シンプルでプリミティヴなパターンの抽象画。だが画家クレーはこの絵に関し、「ひとりの少女が死んで再び現れる」という謎めいたメッセージを残していた。

クレーの死後半世紀が経過した1990年になって、その謎が解かれることになる。この絵の裏面は単色の絵の具で塗りつぶされていたが、経年劣化によりその一部が剝落したところ、その下に少女が描かれた別の絵が隠されていたことが判明したのである。パウル・クレーは自分の死後、裏面の絵の具が剝《は》がれて落ちることまでも計算に入れ、ギミックを仕込んでいたのだ。

僕が見た贋作につけられていた桜色の印は、これと同じことだった。盛り上がっていたのは石膏が薄く塗ってあるからで、そこをこそげ落としてみると、何気なくボールペンで書かれた贋作師のサインが現れたのだ。

――「R CHISAKA」。

出てきたのはその文字だった。

「ちょっと画素、粗いけど」僕は画面を見せながら言う。「読めるよね？……『千坂桜』」

千坂は動かない。僕が携帯をしまい直しても、ずっと僕を見ていた。

「『R CHISAKA』については、大学の妹尾先生が確認してくれた。芸大《うち》の二十五年前の卒業生に『千坂練平《れんぺい》』という人がいる。卒業後の進路は分からなかったけど……」ここからはまだ確認がとれていない。だが、間違いないだろう。「贋作師だったんだ。最初の作品はおそらく学生時代、同級生だった塙一郎の構図と新渡戸慎也のタッチを借用して上野の情景を描いた〈街の情景〉。最初はおそらくただの遊びで、発表する気はなかったんだろう。でもそれが何かの拍子に、画商である竜武六の目に留まった」

ひと呼吸置く。緊張しているせいか、息が続かない。

「……竜武六は千坂練平の贋作師としての才能に目をつけ、多数の画家の贋作を描かせ、ある時は全くのゼロから『贋の新作』を描かせた。田杜玄、上岡喜三郎、神木白雪は、いずれも千坂練平による贋作だ」

千坂を見る。彼女もこちらを見ている。その瞳《ひとみ》が細かく揺れているのが分かった。

彼女はそこで、初めて俯《うつむ》いた。

「……緑くん」

それから、それまで聞いたこともないような弱々しい声で呟《つぶや》く。「いつか、気付かれると思ってた……」

「……千坂練平は、君のお父さん？」

千坂は黙って頷いた。

やはり、そうだった。千坂桜は天才的な贋作師の娘なのだ。

これまで彼女がなぜ名探偵たりえたのか。その理由がようやくはっきりした。おそらく彼女は、父親の仕事を間近で見ていたのだ。そのせいで、事件にかかわる絵が贋作である、ということを最初から知っていた。そこから動機を、犯人を推測し、僕たちより有利にトリックを推理することができた。

そして、もう一つ。これまでずっと不思議だったのだ。あれだけの才能を持っていながら、千坂は自分の絵を全く売り込もうとしない。学生時代だってなかなか公募に出さずに、この部屋でただ描いては溜め込んでいた。それどころか高校時代は、芸大を受験することすらずっと躊躇《ためら》っていた。

「……君は、ずっと悩んでいたんだね」

「父親の仕事のこと、知ってた。私は……」千坂は俯いたまま、小さな声で言う。「……私はずっと、贋作で稼いだお金で育てられてきた」

「でも、それは」

僕が言いかけるのを千坂が遮る。

「私は贋作のお金でご飯を食べて、家に住んで、服を買って」千坂の声が震える。「……贋作のお金で芸大に行って、画家になってしまった」

千坂はそう言って長く息を吐く。それまでずっと水の底にいたように、長く。

僕は待つしかなかった。彼女は吐き出しているのだ。六年前から、いや、父親の仕事を知った時からずっと溜めていたものを。

目の前でそれを見ている僕は、千坂を取り巻くものの理不尽さに皮膚がざわついた。父親が何をしているかを知ってからというもの、彼女は日常のあらゆることに罪悪感を抱いてきたに違いなかった。自動販売機でジュース一本買っても、それは「贋作のお金で買った」ことになってしまう。いくら絵が売れて口座の残高が増えても、一銭たりとも自分の金だという気がしなかっただろう。

……だが。

「君は何も悪くない。親の職業なんて選べない。子供は親の犯罪の責任を負わない」

大きな声で言おうとしたが、体の震えの方が勝ってしまって、どうしても腹から声が出せない。それでも僕は全力で言った。

「だいたいそれどころか千坂、少しでもお金を使わなくて済むようにずっと頑張ってたじゃないか。高校だって学費免除の特待生だったし、大学だって安い芸大に受かって、学費免除と奨学金で行った」手を広げて部屋を指し示す。「こんな安い部屋で我慢してるじゃないか。普通の人はそこまでやらない。君は充分すぎるほど頑張ってる」

「親じゃない」

千坂は僕の言葉を遮ると、はっきりと言った。

「私も贋作師だった。……〈エアリアル〉は、私が描いた」

それまで大声で言いたい言葉が溢《あふ》れていた僕は、突然何も言えなくなってしまった。

予想外、というだけではない。頭が事態を飲み込めない。

確かに、一連の事件にはもう一つ、贋作が関わっていた。〈真贋展〉で贋作として発表される予定でいながら、真作を描いた大薗菊子自身をして「こちらの方が出来がいい」と言わしめた贋作の〈エアリアル〉。

……だが。

「そんな、馬鹿な」動かない頭で必死に計算する。「贋作が出たのは十年前から二十年前だ。〈エアリアル〉もそうだって、大薗先生が言ってたはずだ。だとしたら君は」

「五歳の頃から描いてた。小学校を卒業するまで」

「う……」

嘘だろ、と言おうとしたが、声が出なかった。僕の頭は反射的に理解していた。彼女の言葉は本当なのだ。

千坂桜のもう一つの謎。高校の美術部に来た時、彼女はデッサンの経験すら全くないようだった。にもかかわらず、彼女は最初からとてつもないレベルの技量を持っていた。

デッサン、陰影、遠近法。最初からほとんど完璧《かんぺき》だったのだ。僕は知っている。ギフテッドと呼ばれるある種の天才児は、三、四歳からすでに完璧なデッサンをする。千坂は天才だ。そしてその才能を贋作作りで鍛え上げた。おそらく竜武六と、父親である贋作師・千坂練平がそうするよう仕向けたのだ。

「仕事をしている時、父親は言ってた。これは『レプリカ』だって。本物が買えない人のために、本物そっくりのものを安い値段で売ってあげるんだって。……でも、おかしいと思ってた。『レプリカ』を月に一枚描くだけで、こんなにお金がもらえるなんて」

千坂は「父親」という言い方をした。「父」でも「お父さん」でもなく。

「……私は気付いてた。父親や自分が描いているのは『レプリカ』なんかじゃなくて贋作。竜さんはきっと人を騙してるんだって」

千坂は俯いて、画材の散らばる床に言葉を吐く。「……分かってて、描いてた。六年生の頃、父親が死んで、私は施設に引き取られた。そうなるまで、何度も」

それまで荒れ狂っていた僕の気持ちが、すっと落ち着いていった。

彼女の謎が解けてゆく。名探偵の知性。一度も口にしなかった自分の出自。芸術への情熱に、それと矛盾する臆病《おくびょう》さ。そして、高校の頃から「何を考えているのか分からない」と言われていた、彼女の心の中。

彼女の無表情の内側では、常に罪悪感が濁流となって渦を巻いていた。贋作の金で生活している自分。贋作の金で育っていながら芸大に行き、評価されている自分。それを周囲に隠し続けている自分。

いったいどれほどの苦痛だろうか。それを知ってしまった僕は、どうすればいいのだろう。

何か言わなければならないということは分かっていた。だが何をどう言えばいいのかが分からない。僕には、こんな過去を背負った人と相対した経験がない。

「子供の頃の話だ」僕は彼女に向かって身を乗り出す。「親に言われて仕方なくやったんだ。十二歳の頃までだろ？　なら子供に責任なんかない。誰も君のことを悪いなんて言わない。親に逆らったら生きていけないんだ。仕方なかったじゃないか」

「私は絵を描いた」

僕が必死で吐き出した言葉をすべて予想していたかのように、千坂は一言で応《こた》えた。

「生きるため、じゃない。私は絵を描いた。自分の意志で芸大に行って、画家になった。楽しかったし、お金をもらった。自分の意志で」

「それは……」

「それは、言い訳できない。許されない」

美術関係者にとって「贋作」という行為は、ただの不祥事とは意味合いが違う。麻薬取締官の薬物売買。あるいは消防士の放火。最もしてはいけない立場の人間による、最もしてはいけない種類の犯罪である。関わった人間は本来、問答無用で追放されるし、それが当然だと認識されている。

僕は次に言うべき言葉を見失ってしまい、口を開いただけで声が出せなかった。頭の中が空回りする。

千坂も黙っていた。静かになった部屋の外を、けたたましいエンジン音をたててバイクが走り抜ける。

バイクがゆっくり時間をかけて、路地のこちらからむこうへ、音を響かせながら離れていっても、まだ二人とも何も言えなかった。

「……私は誘惑に勝てなかった」

千坂が、かすれる声で言った。

「私は学校に行っても、何をすればいいか分からなかった。他の人たちの話にはついていけないし、話を聞いて何を言えばいいのか分からないし、変なことを言って気味悪がられてばかりだった。休み時間も放課後も、何をしていいか分からなかった。でも」だらりと下げられた千坂の手が、パーカーの裾を強く摑む。「……緑くんのところに行けば、やることがあった。楽しかった。黙っていてもよかったし、緑くんも風戸くんも、私を気味悪がったりしなかった。何も喋《しゃべ》らないで絵を見て、描いていてよかった、から」

目の前にいる千坂が高校生の頃に戻ってしまったように感じる。僕には、彼女はいつも無表情で泰然としているように見えていたから、彼女がまさか自分のことをそんなふうに見ていたなんて考えたこともなかった。

だが、思い返せばそうだった。高校の頃から、友達の輪の中にいる千坂を僕は見たことがない。それどころか同級生には「話の通じない人」扱いされてはいなかっただろうか。

「でも、そんなの僕だって……」自分の高校時代を思い出す。「僕だって放課後は、美術室以外に居場所がなかったよ。クラスの輪には入りそこねて、どれかのグループのレギュラーメンバーにもなってなかったし、美術部は誰もいないし。言っちゃ悪いけど風戸だってそんな感じだった。ボディビルとか理解する高校生ってあんまりいないから」

「私は人間とうまく話せない」千坂は髪を揺らしてかぶりを振る。「他の人がしている話に、どこで頷けばいいのか分からない。相槌《あいづち》もできない。視線をどこに置けばいいのか分からないし、何を言えばいいのか分からないし、言おうとすると変な感じになる。私が正確に言おうとすればするほど、みんな理解できなくなっていく。みんなが興味があるような話題も分からない。テレビを見ても面白いと思えないし、服も食べ物も、映画もアイドルも分からない。絵のことしか分からない」

「そんなこと言ったら」

僕だってそうだった、と言いかけてやめる。確かに「ある程度は」そうだった。だが彼女が言っているのはそんな次元の話ではない。僕は一応、人並みかどうかは分からないにせよ、少なくとも表面上は他人と会話をすることができるのだから。

「でも、緑くんのところにいると楽しかった。好きなだけ絵を描いて、絵の話をしていてよかった。……一緒に美術館に行けた」

「それは、僕だって……」

言いたいことが山ほど出てきている。僕だって同じだった。全部同じだ。千坂と一緒にいると楽しかったし、デートみたいに一緒に美術館に行けた時は、足が地面からふわふわ浮いていた。

だが、僕が口を開こうとする前に千坂は言った。

「私は誘惑に負けた。緑くんが『一緒に芸大に行こう』って誘ってくれた。嬉《うれ》しくて、緑くんと一緒に芸大に行けたらどんなに楽で、楽しいかって思ったら、断れなかった。……それで結局、大学でもずっと絵を描いてた」

千坂は俯いたまま言う。思えば、僕はこんなに饒舌《じょうぜつ》になった彼女を初めて見た。

「……絵を描いていれば、緑くんが会いにきてくれるから」

「そんな……」

とにかく何か言わなければならないと思う。だが、ここで何をどういうふうに言えばいいのか分からなかった。気のきいた言葉など到底浮かんでこない。

それでもとにかく、思ったことを言うことにした。変な言い方をしてしまって恰好悪くなったり誤解されたりしたら、全力で言葉を足して言い訳をすればいいのだ。

「僕も一緒にいたかった」

千坂が顔を上げた。いきなりつっこんだことを言いすぎた気がしないでもないが、出た言葉は引っ込められない。僕は続けて言った。

「あの、本当なんだ。高校の時なんか、一年の時からわりとちらちら見てたっていうか、捜してて、声かけようかな、とかなんとか毎日。だから、美術部に来てくれた時すごい嬉しくて」

七年越しでようやく白状したな、と思う。高校の頃の自分が蘇《よみがえ》ってくる。今の自分が高校生に戻ったような感覚もある。「ほんと嬉しくて。放課後が毎日楽しみだった。駄目元で美術館誘ったら来てくれるし。もう、すっごい嬉しくて」

もういい大人なのだからもう少し落ち着けはしないのか。そう自分を叱咤《しった》し、無理矢理言葉を切って深呼吸する。

「……だから、絶対一緒に芸大に行きたかったんだ。どんなに断られても、無理矢理にでも説得するつもりだった。それで、千坂は本当に一緒に来てくれた」

いずれ世界に認められるべき才能を引っぱってこられただけでなく、高校一年の頃からどうしようもなく惹かれてきた千坂桜と一緒に大学に行けた。率直に言って。

「……最高だった」

「私も」

千坂は微笑んだ。それから言った。

「……でも、もう終わりにしないと」

「え……」

何を、と思ったが、訊くまでもないことだった。「ちょっと待った。なんで」

「私はもう、絵は描かない。贋作師が許されてはいけない」

決定的な一言のはずなのに、千坂はいつもの無表情で言った。

「いつか自分でそう言うつもりだったの。大学の頃、話をしようと思って緑くんの家の前まで行った。それでも言い出せなくて、結局、緑くんが言い当ててくれるまで先延ばしにしていた。私はもう絵を描かない。もともと描いてはいけなかった。今までが間違っていたと思う。だから……緑くん」

千坂の目が、僕をまっすぐに見ている。

「緑くんに、『若鳥味麗』になってほしい」

部屋のカーテンの隙間から外の闇が覗《のぞ》いている。遠くで救急車のサイレンが鳴っていて、それがさらに遠くに離れて消えた。

僕は千坂の言ったことを理解しようとしたが、できなかった。

「……どういうこと？」

「これからは緑くんが若鳥味麗になる。緑くんが描いて、インタビューを受けたり、個展を開いたりする」

突拍子もない申し出だったが、ずっと温めていたらしい。千坂は淀《よど》みなく言う。「もちろん強制じゃない。緑くんは緑川礼のまま絵を描いてもいい。でも若鳥味麗を名乗っ

ても いい」

「そんな」

「できると思う。大学の頃、スケッチブックを見た。緑くん、私の描き方を覚えてた」

僕の秘密はあっさり暴露された。確かに僕は、千坂の描き方を真似してみた時期がある。千坂ならどんな風に構成して、構図を決めて線を引き、彩色をするか。もしかしたら僕にも真似ができるのではないか、と思ったこともある。だが。

「そんなの無理だ。少なくとも大学の人には絶対にばれる」

「ばれない。私があの作風で描いているところは、緑くんしか見ていない。最初から、若鳥味麗は緑くんだったっていうことにすればいい」

「だって名前が」

女性名だ、と言いかけて、はたしてそうだろうかと思った。それに実際のところ、女性名を名乗る男性の画家はさして奇異な存在ではない。

そして、僕は気付いた。「若鳥味麗」。

「いや……まさか」

わかどり　みれい。

みどりかわ　れい。

「……アナグラムか！」

千坂は黙って頷いた。「それが、緑くんが若鳥味麗の証拠になる」

僕はここまで気付いていなかった。「若鳥味麗」という妙な、どこから来たのか由来がさっぱり分からない名前は、単に千坂が好きな若鳥の唐揚げから取っただけで、つまり彼女の無頓着《むとんちゃく》さからきたものだと思っていた。そうではなかったのだ。千坂はいずれこの申し出をすることを考えて、「正体が僕になるような」名前にしていた。千坂が「若鳥味麗」の素性一切を非公開にしていたのもそのためだし、どこの取材も受けなかったのもそのためだ。

だとすると、本当に僕が「若鳥味麗」になることができてしまうかもしれない。

「いや、でも……ちょっと待ってよ」僕は慌てて言う。「僕だって、自分の作風ってものがあるし……他人の作風を借りて、なんて」

どうしても目をそらしてしまう。声に力がなくなる。

自覚していた。僕は、この申し出に乗りたくて仕方がないと思っている。「若鳥味麗」は全く積極的にプロモーションをしていないにもかかわらず、一部ではすでに注目株になり始めており、取材の申し出も、展覧会への出品依頼も来ている。僕が「正体」を明かし、普通の画家なみにプロモーションをしていけば、いずれ必ず人気の画家になる。世界的な展覧会に出品し、作品にはオークションで高値がつくようになる。有名になれる。これまで隠れていたのは、「画廊の人間だから躊躇っていた」とでも理由をつければいいのだ。

本当にできてしまう。僕が画家として有名になることが。そして緑画廊は一気に利益を得る。ずっと願っていて、しかし才能が足りなくてどうしようもなかった、プロ画家の夢が叶《かな》う。

そして千坂は、僕のそうした気持ちを見抜いている。確かに僕は最初「嫌だ」ではなく「無理だ」と言ってしまった。必ずしも無理ではないということを意識していながら。

「でも、他人の……」

「もともと私……若鳥味麗は、緑くんのものだった」千坂は僕の気持ちを見透かして言う。「私に絵を描かせてくれたのも緑くん。芸大に行くよう勧めてくれたのも緑くん。……緑くんが自分で作って、アドバイスをくれて、デビューさせてくれたのも緑くん」

育てた画家が若鳥味麗」

僕の中で囁《ささや》く悪魔の言葉を、千坂が口にする。そうだ。僕がいなかったら若鳥味麗は存在しなかった。それならそれは僕のものなのではないか。大学の頃から思っていた。僕だって何かの巡り合わせさえあればプロになれる、と。これこそがその巡り合わせではないのか。今でも思っている。「どんな手を使っても」プロになりたい、と。このくらいのルール違反で二の足を踏むのか。その程度の覚悟で追っている夢ではないはずだ。

「私は、本当は絵を描いてはいけない人間なのに描いていた」千坂は熱のこもった目で言う。「私は緑くんから借りていた。それを緑くんに返すだけ」

千坂がまっすぐに立って僕を見ている。頷けば、夢が叶う。ようやく僕にも。

名が売れる。個展が開ける。画家として人気が出る。僕の絵を皆が見てくれる。欲しいと思って買ってくれる。子供の頃からの妄想。人気画家になってインタビューを受けている自分。ドキュメンタリー番組に追われている自分。アート雑誌に特集を組まれる自分の絵。自分の世界を皆に示し、その善し悪しだけを頼りに世の中を渡っていく、どこまでも自由な生活。

僕は千坂に視線を返す。そのまま沈黙する。蛍光灯で照らされた部屋もじっと沈黙している。立てられたイーゼルも、床に散乱する画材も、筆洗器の中の平筆も沈黙している。

なぜ自分が頷かないのかと不思議に思うまで、ざっと一分はかかったと思う。僕はなぜか、どうやっても自分の首が縦に動かないことに気付いた。

なぜだろう。僕の気持ちは完全に、若鳥味麗をもらうつもりでいる。プライドなどは問題ではない。最初はフェイクでも、描き続ければいつか真実になるだろうと、本気で思っているはずなのに。

千坂を見る。彼女はいつまでも待つつもりらしく、僕から視線を外さないまま、じっと立っていた。彼女のことだから、本当に一時間でも二時間でもこのまま待つだろう。そのまましばらく睨《にら》めっこをしていたが、僕は不意に、見落としていることがあったと気付いた。

「僕が『若鳥味麗』になったとして」いつの間にか口の中が乾いている。唾《つば》を飲み込んで呼吸を整える。「……千坂は、これからどうするつもりなの？」

「私は就職する。絵を描かずに生活する。そうすればもう、画家じゃなくなるから」千坂はそこで俯いた。それまで落ち着いていた彼女が急に小声になる。「そうしたら……」

躊躇っているようなので、僕は先に言ってみた。

「……たとえば、普通に僕と……つきあうとか」

思いつくまま、危うく「結婚」とまで言うところだった。それは先走りすぎだ。

千坂はぱっと顔を上げた。「いいの？」

「それは、もちろん……」

「私も、ちゃんと働くから」千坂は髪を揺らして部屋を見回す。「普通にできるように覚える。料理とか。服も買う。話もできるようにするし、テレビも見る」

料理と服はともかく、テレビはそんなに決意して見るようなものでもないだろう、とつっこみかけて、僕は自分の内心に自分で首をかしげていた。

この千坂桜が僕の彼女になる。そのままいけば結婚してくれる。妻、である。高校の頃から好きだったまさにその人がだ。すごい。誰はばかることなく独占できるしいちゃいちゃできる。そして僕は画家になれる。人気画家若鳥味麗。家に帰れば妻になった千坂。しかも彼女は弱点だった仕事やら家事やらを頑張ると言ってくれている。彼女のことだからたぶん相当頑張ってくれるだろう。素晴らしい。ほとんど妄想の世界である。頷くだけでそれが現実になる。

だが。

何かがおかしい。僕はもっと踊り上がっていいはずなのだ。それなのに、心がちっとも浮かないのである。想像してみても、何かが違う。拍子抜けしたような感覚しかない。それとも現実に夢が叶った時は、皆こういう感覚を覚えるものなのだろうか。

千坂を見る。寝癖でちょっと膨らんだまっすぐな黒髪。太陽を拒絶する白い首筋。よく見るとわりと華奢《きゃしゃ》で頼りない肩と腕。無造作だが可愛いと思う。この人が僕の彼女になる。そして僕は新進気鋭の画家として注目を集める。画廊の息子、というのはただのプロフィールの一部、豆知識になっていくだろう。自分の願いがすべて叶った輝かしい未来。

……の、はずなのだが。なぜ自分はこんなに平静なのか。

彼女はそわそわしながら僕の返事を待っている。初めて見る「考えていることが手に取るように分かる千坂」であり、「すごくない千坂」だという感じがした。

それを見た僕は、急速に理解した。

つまらないのだ。

確かに夢は叶う。画家になれる。千坂の彼氏になって、いずれは夫婦になれるかもしれない。だが、そういえばその未来像には、決定的に欠けているものがあった。

絵を描く千坂桜、である。

ああそうか、と思った。

何のことはない。僕が一番好きなのはそれなのだ。絵を描くのをやめて、必死に「普通」になろうとする彼女は確かに可愛いし嬉しいのだが、決定的に輝きが欠けてしまう。それは絶対につまらない。それだったら今の方がずっといいのだ。僕は相変わらずプロになれないし、千坂は生活破綻《はたん》者で世話が焼けるし、プロデュース上の不安要素になることを考えると恋愛関係には進めない。それでも、絵を描く千坂桜がいなくなるより、ずっと僕は幸福だろう。

何より、僕が若鳥味麗になってしまったら、若鳥味麗を、この天才千坂桜をプロデュースし、世界に知らしめる仕事ができなくなってしまう。せっかく画商として、第一級の実績を得られるチャンスだというのに。

我ながら「何だそれは」と思う。自分の成功より他人の成功をプロデュースする方が楽しいとでもいうのだろうか。いや、他人の成功こそが自分の成功、ということなのだろうか。しかもそれは、わりとひどい話だった。それでは結局、僕は千坂の才能に一番惚《ほ》れていたということになる。千坂桜は才能がなかったら魅力的ではない、とでもいうのだろうか。

だがその考えはあまりに自分の気持ちにしっくりきてしまい、心の中で反論ができなくなっていた。本当にそうなのだった。僕が好きなのは「才能のある、この千坂桜」である。才能がない千坂桜はもう「この千坂桜」ではないし、才能があっても千坂桜でないならやっぱり違う。才能も何もすべてひっくるめて彼女だからだ。我儘《わがまま》なようで当たり前のようで、はたしてこれがどの程度一般的な「好き」なのか、よく分からない。そう理解すると、急に笑いがこみ上げてきた。笑いだしたら千坂が混乱するかもしれない。そう思ってこらえていたが、そこで不意に、もう一つの決定的なことに気付いた。それはあまりに決定的で、なぜこんな簡単なことに今まで気付かなかったのかと可笑《おか》しくなる事実だった。

僕はこらえきれなくなり、声をあげて笑った。アパートの狭い部屋に僕の笑い声が充満する。

「……緑くん？」

千坂は怪訝《けげん》そうに首をかしげる。説明をしなければな、と思う。

「無理だって。……千坂。無理だよそれ」

「でも」

「違う違う」掌《てのひら》を上げて待て待てとジェスチャーをする。口元が緩むのをこらえられない。「僕じゃなくて千坂が無理なんだ。絶対に無理」

「……何が」

「君が絵を描かなくなることが」

千坂は目を見開いた。僕は言った。

「断言する。賭《か》けてもいい。千坂がこの先一生絵を描かないで我慢するなんていうことは絶対にありえない。何年かは我慢できても……いや一年ももつかな？　千坂は絶対にこそこそ何か描きだすよ。で、それを人に見せたくて仕方がなくなる。ウェブにこっそり上げだすかもね。そうしたらその絵は絶対に評判になる。結局、千坂は少し遠回りをしただけでデビューする。僕の方は君のプロデュースにかまけて自分で描かなくなっていくだろうね。描いても楽しくなくて、こんなことをしているくらいなら千坂の宣伝を、と思い始める。結果やっぱり僕は消えて、君が生き残る」

忘れていた。彼女のような人間は「描いてしまう生き物」なのだ。つまり千坂の描いたプランは、もともと実現不可能なものだったということになる。

それを聞いた千坂は、地球が丸い、と初めて聞いた古代人のように目を丸くした。

それを見て僕はまた笑ってしまった。おかしなことだった。名探偵の千坂桜は、自分のこととなるとまるで分かっていなかったのだ。

そして僕も自分のことを分かっていなかった。高校の頃、初めて彼女に絵を描かせて、できたデッサンを見た時の、あの衝撃。体内で爆発があったような感動。そこからとめどなく広がる将来の希望。あれこそ画商の喜びだった。原石を見つけた時の感動。一番乗りをし、独占する快感。もちろん、分からないという人もいるだろう。自分が活躍するのでなければ何が楽しいのか、と言う人もいるだろう。だが僕には分かってしまうのだ。見出《みいだ》す喜び。育てる幸せ。売り、広める楽しさ。自分の手でブームを作れた時の気分はきっと、世界を操っているように心地よいだろう。

「千坂。せっかくだけど、今の申し出はなしだ」

僕が言うと、千坂もすぐに頷いた。どうやら理解したらしかった。

「若鳥味麗は君だ。僕は君をこれからどんどん売り出す。売れっ子になってもらう」

「でも」

「贋作師だった？　いいじゃないか」頭の中にどんどんプランが広がってゆく。僕の大好きな感覚だった。「そんなことを問題視する奴は実力で黙らせればいい。市場はむしろ面白がるよ。ギィ・リブによる贋作も、彼が天才贋作師として有名になった今ではそれなりの値段がついている。まして君が描いているのはオリジナルなんだ」

千坂はさっと俯いた。だが僕には分かっている。申し訳ないからではなく、とっさに身を乗り出しかけて、まずいと思って俯いたのだろう。

僕は喋った。

「そのためには情報公開の順番が大事だね。まず君には『若鳥味麗』のまま、ある程度顔と名前を売ってもらう。ああ、もう覆面はなしね。千坂は可愛いからマスコミなんか大好物だよ。最初は『若い美人』の要素を最大限に使ってメディアに出まくるんだ。画家としての本業と関係ない取材でもいいからすべて受けてもらう。インタビューが心配？　そんなことないよ。多少変な受け答えをしたってその方が『ちょっと変わった芸術家』としてはむしろいいんだ。そういうキャラはマスコミに受けるしね。ゆくゆくはドキュメンタリーで制作風景なんか撮ってもらえたらいいけど、それはもう少し先かな。そうして『今話題の、新進の若手』という感じになってきたら、今度は『天才贋作師』

の存在を話題にする。そして『そいつは誰なんだ』と皆が気にし始めたところで、『天才贋作師の父親に強制されて贋作を作らざるを得なかった悲劇の天才少女』の存在をリークする。世間は絶対『悲劇の天才少女』の味方をするよ。ああ、悪いけどお父さんと竜さんにはとことん悪役になってもらおう。シンデレラの継母《ままはは》くらいのイメージでね。娘をこれだけ悩ませてきたんだからそれくらいはいいよね？　そこで千坂が名乗り出る。『実は私でした』ってね。最近、一部で話題の新進若手画家の過去は悲劇の天才贋作師少女。こういう形で公表すれば、マイナスどころか飛躍する燃料にできるよ」

つい声が大きくなり、自分が興奮していることを自覚する。だが止められなかった。千坂をこれからどう売り出していくか。考えるだけで楽しい。想像がどんどん広がっていく。

「千坂桜」口角が上がるのを自覚する。「君にはガンガン描いてもらうよ」

「緑くん……」

千坂は唖然《あぜん》として僕の様子を見ていた。

やがて、おかしそうにくすりと笑った。

「……緑くん、悪魔みたい」

そういえば、風戸にも昔そんなことを言われた気がする。「いいね。悪魔上等。どんな汚い手を使ってでも千坂を売れっ子にして、大儲《おおもう》けしてやる」

でもね、と言って千坂を指さす。「千坂だって悪魔だろ。描くためなら、どんなことでもする」
現に菊子先生だってそうなのだ。イーゼルに向かうのが辛《つら》くなったら車椅子に座って
CGにはまりだした。あの人は手が動かなくなったら口で描く。口が動かなくなったら
脳波で描くだろう。そしてその新しいツールを存分に楽しみ、表現方法を探す。
画家とはそういうものだ。持っている人間とは、そういうものだ。
千坂ははにかんで、頷いた。「……そうかも」
「よろしく。同類さん」
僕がおどけて手を差し出すと、千坂も笑いながら握ってきた。心の底から楽しかった。

＊

「……ほら。いいかげん行くよ。木ノ下さんだってもう間、もたせるの限界だから」
「…………」
「大丈夫だって僕もいるし。さっき展示室見たら、風戸も南場さんも来てたよ。別にス
ピーチやんなきゃいけないわけじゃないんだから。僕はお客さんたちの相手があるけど、
千坂は風戸たちと一緒にいればいいから」
「…………」
「それに今日のそれ、可愛いよ。似合ってるし」

「……ありがとう」

そうは言うものの、千坂はずっと俯いたまま椅子から動こうとしない。歯医者に行きたがらない子供のようだと思う。ここで椅子にへばりついていたって何かを先送りにできるわけではないのだが。

とはいえ、バックヤードのドアを閉めていても分かる。緑画廊の展示室がここまで満員になったことは、ここ数年で一度も記憶にない。熱気で空調を調節しなければいけなくなったほどなのだ。

千坂の個展だった。しかも一般客参加OKのオープニングパーティーに、「若鳥味麗」本人が初登場する。画廊のHPやSNS、さらに看板やDM《ダイレクトメール》と雑誌の紹介記事。とりあえず普段通りに告知の手を尽くしただけなのだが、「作家在廊」の一言がここまで効くとは思わなかった。マスコミ関係のお客さんも多く、どうもさっき報告してきた木ノ下さんによると、入りきれないお客さんが外の路地にもいるらしい。

なのに、肝心の若鳥味麗氏本人は急に怖気《おじけ》づいたらしく、生来の人見知りを発揮して顔を上げようとしない。人前で喋るのも知らない人に話しかけるのもできないことはないはずなのだが、「画家」として皆の前に出るとなると違う、のだそうである。

今日の千坂は一応、絵の具のついた普段着ではなく、この間木ノ下さんと一緒に買ってきた、ある程度ちゃんとしたブランドの服と靴を身に着けている。まあそのわりにいつもと大差ないデザインのワンピースなのだが、それでもきちんと「美人画家」で通用しそうな姿だった。何を気後れすることがあるのだろうかと思うし、こうしてそばで見ているとやっぱり可愛いな、と思うのだが。

「ほら。行こう」

促して背中をぽんと叩《たた》き、先に立ち上がる。するとジャケットの袖を摑まれる。がっちりと力が入っている。皺になることを気にしてか彼女はすぐに離したが、かわりに手首を摑まれた。

「……あの、ちょっと……」

是が非でも離さぬ、という鉄の意志を感じ、どう反応していいか分からない。振り払うこともできない。それに加えて、やはり手が触れるとどきどきしてしまう。これから人気画家になるのだから恋愛はNG。恋人同士などというのは極めて不安定な関係で、一度の感情的なすれ違いで永久に彼女の作品が手に入らなくなるかもしれないと思うとリスクが大きすぎる。そう心に決めたはずなのだが、ことあるごとにぐらついている。やっぱり普通に好きである。可愛い。

迷っていると後ろでドアが開き、千坂の手が離れた。

「もうとっくに準備ができてるが、まだなのか？」

「おーい。あっ、千坂さんそれ可愛い。どこで買ったの？」

入ってきたのはなぜかネクタイを外して前を開けている風戸と、その脇腹あたりにくっついている南場さんである。さっき風戸の喋る声とざわめきが聞こえてきたが、一体お客さんたちに何を披露していたのだろうか。それに、この二人が現在つきあっていると聞いた時はびっくりした。お前ら、いつの間に。

「いや、千坂が動きたがらない」

そう答えたら、当の千坂がぱっと立ち上がってふるふると首を振った。「そんなことない」

なんだ第三者の目があれば意地を張らないのか、と拍子抜けするが、とにかく助かった。「よし。じゃ、僕が挨拶《あいさつ》を」

まず僕が集まったお客さんたちに千坂のプロフィールを紹介して、彼女は拍手とともに登場——と考えていたのだが、決然とした千坂は自分でドアを開け、真っ先に展示室に出ていった。拍手が起こり、展示室の明るさと熱がドアから飛び込んでくる。

僕は千坂に続いてお客さんたちの前に飛び出し、全身に拍手を浴びながら、お辞儀をして口を開いた。

「本日はお集まりいただきましてまことにありがとうございます……」

文庫版あとがき

お読みいただきまことにありがとうございました。KADOKAWA刊『彼女の色に届くまで』、単行本とは装幀もフォントも本文も違う文庫版の登場です。著者が昨夜見た夢の内容なみにどうでもいいですがあとがきも違います。ちなみにこの原稿はクリスマスに書いています。担当I氏に「早めに読まなければならない原稿」という素敵なクリスマスプレゼントを贈るため頑張ります。

ところでクリスマスソングの定番に〈赤鼻のトナカイ〉がありますが、あれの歌詞って少し気になりませんか。日本語版の歌詞は複数存在する上、たとえば高田《たかだ》三九三《さくぞう》版などは映画版『羅生門[*1]』というかファミリーコンピュータ版『スパルタンX[*2]』レベルで原

＊1　黒澤明監督／黒澤明・橋本忍脚本。筋立てはほぼ『藪の中』。同じ著者による他作品の筋立てを借りて原作のテーマをうまく掘り下げた、という離れ業である。

＊2　開発はアイレム。五階建ての塔を、各階の階段を守る猛者を倒しながら上っていくアクションゲーム。どう見てもジャッキー・チェンの『スパルタンX』ではなくブルース・リーの『死亡遊戯』である。どうしてこうなったのであろうか。

作とは別物のため、最もポピュラーな新田宣夫《にったのぶお》版を前提に考えるのですが、暗い夜道だと赤い鼻がピカピカで役に立つ云々というくだり、あれってどういうことなんでしょうか。確かに赤は黒や焦茶色より暗闇で目立ちますが、それは「鼻自体が見えやすい」というレベルの話で、特に役に立つほどではないはずです。そうすると、ここは行間を読まなければならないのではないでしょうか。つまり。

いつも泣いていた赤鼻のルドルフ（※原作童話や英語の歌詞などでは、この名前で呼ばれています）のところに、サンタクロースの叔父が訪ねてきて言いました。

「今年もソリは引くんだろ？　よろしく頼むよ。夜道は暗い。ピカピカのお前の鼻は役に立つからな」

サンタの叔父さんは去っていきました。名探偵が出てきてルドルフの隣で呟きました。

「妙だ。……事件のにおいがする」

「どういうことですか？　あとあなた誰ですか。どこから出てきたんですか」

「さあね」名探偵はコートをばさりと羽織りました。「僕は一足先に失礼するよ。急いで確かめなきゃならないことがある」

「いや、あなた誰ですか」

そしてクリスマスの前夜。例年通りプレゼントを配りに出かけたサンタクロースを、地上から追いかける一台のオープンカーがありました。運転席にはサンタの叔父さんが、そして助手席には、十一発フル装弾したバレットM82ライフルがありました。

「ふふ……ルドルフの馬鹿め。張り切ってソリを引いているようじゃないか」

サンタの叔父さんは狙撃ポイントに着くと、空に向かってバレットの銃口を向けました。

「予想通りだ。……ルドルフの赤い鼻は暗い夜道でもはっきり見える。距離約5000……着弾予想地点はあの赤い鼻の10フィート後方」叔父さんは口許を歪めました。「我が愛しい甥っ子よ。悪いが死んでもらうぜ」

するとサンタの叔父さんの後頭部に、ぴたりと冷たい銃口が押し当てられました。

「そこまでだよ。サンタの叔父さん」

「な……」叔父さんは驚愕しましたが、動けません。「誰だ」

「探偵さ」名探偵は言いました。「昼間、ルドルフに声をかけただろ？　あの時に怪しいと思ってね。あんたの車をつけていたのさ」

「なんだと……」

「ルドルフの赤い鼻が夜道で役に立つ、だって？　そいつはおかしい話だ。確かに赤は、闇夜では黒や焦茶色よりずっと目立つ。だがそれは鼻自体が視認しやすいというだけの話で、サンタクロースの役に立つわけじゃない。じゃあ、視認しやすい赤い鼻は誰の役に立つんだ？」

「くっ！」

サンタの叔父さんは体を反転させ、名探偵に殴りかかりました。しかし名探偵はそれを予想していたかのように難なくかわし、銃のグリップで叔父さんのこめかみを殴りつけると、うつ伏せに倒して腕を固めました。

「なんせ暗い夜道だからな。犯行は誰にも見えないし、トナカイたちにも狙撃の方向なんて分かりゃしない。あんたの狙いはあのプレゼント袋の中にある、大量の『変身ベルトDX飛電ゼロワンドライバー』*3だろ？」名探偵はサンタの叔父さんの腕を締め上げます。「あんたは以前から、甥っ子であるサンタクロースが業界とのコネを利用して人気のプレゼントを大量に確保してしまうことに怒りを覚えていた。サンタクロースを敵に回したらイメージが悪くなるってんで、公取委も黙認状態だしな」

「そうだ！　奴は卑怯だ」叔父さんは怒鳴りました。「自分だけ子供たちに人気のプレゼント配って英雄面しやがって。あいつが独占するせいで、変身ベルトが売り切れて子供に失望される本物のサンタ《パパママ》がどれだけいると思ってる！」

「あんたこそ英雄面はやめるんだね。すでに調べはついている。あんた、フリマアプリに新アカウント作ったよな？　奪った変身ベルトを高額転売するつもりだったんだろ？」名探偵は言いました。「正当化しようとすんなよ。サンタクロースも悪いが、あんたはもっと悪い」

　こんなところだろうなと予想したのですが、違うことが判明しました。英語の歌詞を見てみると、ルドルフの鼻は「どう見てもピカピカ光っている」レベルだと書いてあるのです。実際、原作の童話でも、それを元にしたアニメでも、ルドルフの鼻はイルミネーションよろしく発光しています。これはどういうことでしょうか。確かにホタルなどの例もある通り、動物が発光すること自体は不思議ではありませんが、赤く光るのはレールロードワーム（ホノオムシ科）などごく一部ですし、夜道で目印になるほど強く発光・点滅するのは少々SFです。となると、考えられるのはこういう事態です。

奴を、殺す。必ず。

サンタの叔父さんは決意しました。性格が歪みきっている叔父さんは、以前、名探偵にサンタクロース殺害計画を暴かれ殺人未遂罪で懲役刑をくらって以来、ずっとルドルフに殺意を抱いていました。本来ならサンタクロースや名探偵をまず恨みそうなものですが、彼の怨念は「あいつとの会話があったせいで懲役をくらったからルドルフのせいだ」という理屈でなぜかルドルフに向かいました。おそらく無意識では人気者で権力者であるサンタクロースや知力・体力ではるかに自分の上を行く名探偵への復讐は怖くてやりたくなく、しかし自分の復讐心はどうしようもなく、「妥協案として」弱くて簡単に殺せそうなルドルフに憎悪が向いたのでしょう。性格の歪んだ人間はしばしばそうい

＊3　二〇一九年現在、「仮面ライダーゼロワン」が放送中。

う思考回路を持ちます。

あくまで模範囚を装い、仮釈放を得て自由の身になったサンタの叔父さんは昔の伝手《つて》で再びバレットM82を手に入れ、クリスマスを待ちました。ルドルフは赤鼻のトナカイとしてサンタクロースの先導役をまだ現役で続けており、トナカイ界ではヒーロー的存在になっていたからです。

吐く息も凍るクリスマス前夜。サンタの叔父さんは昔と同じようにサンタクロースのソリを待ちました。今宵こそは。今宵こそは奴を殺す。射撃の腕はいささかも鈍ってはいないつもりでした。叔父さんはオープンカーを走らせ、今度は周囲に尾行車がいないことも確認し、バレットM82を夜空に向けました。ソリが近付き、赤い鼻がピカピカ光っています。「距離約5000……着弾予想地点はあの赤い鼻の1フィート後方！」

引き金が引かれ、凄まじい発砲音とともに発射されたライフル弾は、赤鼻のトナカイの頭部を粉々に砕きました。

「やった！　ざまあみろ」

サンタの叔父さんは言いました。

ですが様子が変です。慌てふためくかに見えたサンタクロースのソリは、なぜかくるりと方向を変え、まっすぐにサンタの叔父さんに向かって降下してくるではありませんか。それどころか、頭部が粉々になったはずの赤鼻のトナカイが、頭部がないまま平然と走っています。

「何だあれは？」サンタの叔父さんは驚きました。「トナカイじゃない？　いや、あれは……ロボットか！」

サンタの叔父さんが気付くと同時に、頭部のないトナカイの両脇腹ががしゃりと展開し、中から出てきたランチャーから左右計六発のロケット弾が発射され、叔父さんのオープンカーを粉々の鉄屑に変えました。

車両から撥《は》ね飛ばされて雪の上に倒れ、血まみれで呻き声をあげるサンタの叔父さんの傍らに、頭部のないメカトナカイとそれ以外の八頭のトナカイが引くソリが降り立ちました。叔父さんは信じられない思いで、地べたからそれを見上げました。

「馬鹿な。なぜ……ロボットなど……」

「あなたが出てくるという情報が入ったからね」気がつくと、後ろに名探偵がいました。

「ちなみにメカトナカイには暗視カメラも設置してある。あんたのやったことはすべて録画されてるよ」

「俺は……」負けを認めたくないサンタの叔父さんは歯ぎしりをしました。「俺は、確かに奴を……赤鼻の奴を……撃ったのに……」

「やっぱり、それをターゲットにしたんですね」

聞き覚えのある声がしました。口を開いたのはメカトナカイの隣でソリを引いていた、普通のトナカイでした。

叔父さんは驚愕しました。「……馬鹿な。ルドルフ貴様、赤い鼻はどうした！」

「やめたんです」ルドルフは平然と言いました。「赤い鼻は名探偵さんの知りあいの技師さんに取り外してもらいました。あなたが撃ったメカトナカイについていたのがそれです」

「取り外した、だと？」

「えっ。あなた、あれが僕の本物の鼻だとでも思っていたんですか？」ルドルフはさも意外そうに言いました。「そんなわけがないじゃないですか。あれ、電球ですよ。僕の体温と筋肉の動きで充電して光るようになっているんです」

「電球……」

「だってサンタの叔父さん。動物の器官があんなに派手に、しかも赤く点滅するなんて、あると思いますか？　あれは僕が生まれてすぐ、親に付けられた外付けパーツです。一種の虐待ですよ。子供がちょっと変わっている方が親である自分たちが目立てるだろうっていうんで。その証拠にうちの両親、ＳＮＳに『うちの赤鼻ちゃん』とか言って僕の写真、無断で上げまくってますもん。けっこうな広告料収入だったみたいですよ。僕は何も買ってもらえなかったけど」ルドルフは顔をしかめました。「それどころか、いつもみんなの笑いものでしたよ。何度も親に取ってと頼みましたが、お前はもう『赤鼻ちゃん』なんだからって言われて、とりあってもらえませんでした。そんな可哀想な僕を見て、宣伝に使えると思ったんでしょう。おかげでサンタクロースの目に留まって勧誘されました」

　サンタの叔父さんは自分の愚かさを悔やみました。あの鼻が取り外し可能だという可能性に気付かなかったし、狙撃する時、自分は鼻しか見ていなかった。サンタの叔父さんは泣きました。

「さて、最寄りの警察署に来ていただきましょうか」名探偵が言いました。「今度は五年や六年で出てこられると思わない方がいい」

ようやくしっくりきました。叔父さんはともかくルドルフの両親とサンタクロースまでずいぶんとろくでもない奴になっていますが、まあ「ありがたいのはサンタクロースよりプレゼント用意してくれた裏方じゃないの？」「走ってきたのはトナカイだし。なにんで運転して手渡すだけのサンタクロースの手柄みたいになってんの」と斜めに考えるいささか可愛くない子供だった私にはこのくらいが関の山です。ちなみに、元ネタの聖ニコラウスは貧しい少女に嫁入りのための持参金を用意したり、難破船の船員を救ったりしたという伝説の残る立派な聖人です。ここで強調したいのは、みんなが欲しがっている品薄の流行商品を買い占めてフリマアプリで高額転売するという行為は不当ではないか、という点です。ものには販売側が設定した適正価格というものがあり、それは固定ファンへのアピールから、商品イメージ戦略、話題性獲得といった複数の高度な価値判断に基づく最適値であって、「この値段でも買いたい奴がいるからいいだろう」という単純な話ではないのです。高額転売は販売元のそれら営業戦略を台無しにする妨害行為だと考えるべきではないでしょうか。そもそも品薄になるほどその商品が人気を得たというなら、「高くても売れるという利益」は販売元に帰属するはずです。なのに他人の努力で人気になった商品を「先に買い占める」だけで高額の販売利益を得るのは、他人の努力にただ乗りしてもうける行為つまり民法上の不当利得（703条）にあたるのではないでしょうか。常識的に考えても、人気を得た販売元に一銭も入らず、顧客から買う機会を奪ってただ転売しただけの転売屋が巨額の利益を得るというのは社会通念上おかしいと言えます。「不当転売禁止法」を作るか、フリマアプリの提供側に「不当転売の禁止」規約を作らせるべきではないでしょうか。なんでこんな話になったのでしょうか。ルドルフの話が血腥《ちなまぐさ》かったせいでしょうか。もっとディケンズの『クリスマス・キャロル』みたいな、小粋で心温まるストーリーを書くべきだったと思っています。もっとも、この本が刊行される頃にはとっくにクリスマスは過ぎているのですが。

あまり知られていないことですが、著者が原稿を脱稿してから本が刊行されるまでには数ヶ月の時間がかかるのです。なぜなら担当編集者がチェックして入稿して校正者が校正してそれを編集者と著者がチェックして同時に装画家さんやブックデザイナーさんに発注をして彼らがいい仕事をして、責了後は印刷して造本して流通させて、という作業があるからです。著者が脱稿しただけでは「本作り」は半分も終わっていないのです。KADOKAWAの担当I様、お世話になりました。装画のajimita先生及びブックデザインのアルビレオ様、ありがとうございます。よろしくお願いいたします。校正担当者様、今回も助かりました。ありがとうございました。印刷・製本業者様、いつもお世話になっております。私が子供の頃は乱丁・落丁本はわりとありふれたもので、私もクライマックスシーンが一折（十六頁）丸々ぐしゃぐしゃになって破れている井上ひさし先生の某作を持っていたりしますが、最近はとんと見なくなりました。印刷・製本技術の進歩を実感しております。　厚くお礼申し上げます。

そして本を全国津々浦々に行き渡らせてくれる取次・配送業者の皆様。今回もよろしくお願いいたします。北海道でも沖縄でも自著が見られるのは感動ものです。KADOKAWA営業部の皆様及び全国書店の皆様。面白い本ができました。どうかよろしくお願いします。一人でも多くの読者のもとに、この本が届きますように。
そして読者の皆様。おかげさまでなんとかやっております。いい話ができました。次もいい話を書きますので、ご期待下さい。そしてまた次の本で、皆様にお会いできますように。

令和元年十二月

似鳥　鶏

Twitter : https://twitter.com/nitadorikei
Blog : http://nitadorikei.blog90.fc2.com/

□『世界が終わる街　戦力外捜査官』　河出書房新社　2015年10月
河出文庫　2017年10月

□『シャーロック・ホームズの不均衡』　講談社タイガ　2015年11月

□『レジまでの推理　本屋さんの名探偵』　光文社　2016年11月
光文社文庫　2018年4月

□『家庭用事件』　創元推理文庫　2016年4月

□『一〇一教室』　河出書房新社　2016年10月

□『シャーロック・ホームズの十字架』　講談社タイガ　2016年11月

□『彼女の色に届くまで』　KADOKAWA　2017年3月
角川文庫　2020年2月

□『モモンガの件はおまかせを』　文春文庫　2017年5月

□『100億人のヨリコさん』　光文社　2017年8月
光文社文庫　2019年6月

□『破壊者の翼　戦力外捜査官』　河出書房新社　2017年11月

□『名探偵誕生』　実業之日本社　2018年6月

□『叙述トリック短編集』　講談社　2018年9月

□『そこにいるのに』　河出書房新社　2018年11月

□『育休刑事《デカ》』　幻冬舎　2019年5月

□『目を見て話せない』　KADOKAWA　2019年10月

□『七丁目まで空が象色』　文春文庫　2020年1月

著作リスト

似鳥鶏

☐『理由《わけ》あって冬に出る』 創元推理文庫 2007年10月

☐『さよならの次にくる〈卒業式編〉』 創元推理文庫 2009年6月

☐『さよならの次にくる〈新学期編〉』 創元推理文庫 2009年6月

☐『まもなく電車が出現します』 創元推理文庫 2011年5月

☐『いわゆる天使の文化祭』 創元推理文庫 2011年12月

☐『午後からはワニ日和』 文春文庫 2012年3月

☐『戦力外捜査官 姫デカ・海月千波』 河出書房新社 2012年9月
河出文庫 2013年10月

☐『昨日まで不思議の校舎』 創元推理文庫 2013年4月

☐『ダチョウは軽車両に該当します』 文春文庫 2013年6月

☐『パティシエの秘密推理 お召し上がりは容疑者から』 幻冬舎文庫 2013年9月

☐『神様の値段 戦力外捜査官』 河出書房新社 2013年11月
河出文庫 2015年3月

☐『迫りくる自分』 光文社 2014年2月
光文社文庫 2016年2月

☐『迷いアルパカ拾いました』 文春文庫 2014年7月

☐『ゼロの日に叫ぶ 戦力外捜査官』 河出書房新社 2014年10月
河出文庫 2017年9月

☐『青藍病治療マニュアル』 KADOKAWA 2015年2月
改題『きみのために青く光る』 角川文庫 2017年7月

本書は、二〇一七年三月に小社より刊行された単行本を文庫化したものです。文庫版あとがきは書き下ろしです。

この物語はフィクションであり、実在する人物・団体・名称等とも一切関係ありません。

彼女《かのじょ》の色《いろ》に届《とど》くまで

似鳥《にたどり》 鶏《けい》

令和2年 2月25日 初版発行
令和6年 11月30日 3版発行

発行者●山下直久

発行●株式会社KADOKAWA
〒102-8177 東京都千代田区富士見2-13-3
電話 0570-002-301（ナビダイヤル）

角川文庫 22044

印刷所●株式会社KADOKAWA
製本所●株式会社KADOKAWA

表紙画●和田三造

●お問い合わせ
https://www.kadokawa.co.jp/（「お問い合わせ」へお進みください）
※内容によっては、お答えできない場合があります。
※サポートは日本国内のみとさせていただきます。
※Japanese text only

ISBN 978-4-04-108571-4 C0193

角川文庫発刊に際して

角川源義

第二次世界大戦の敗北は、軍事力の敗北であった以上に、私たちの若い文化力の敗退であった。私たちの文化が戦争に対して如何に無力であり、単なるあだ花に過ぎなかったかを、私たちは身を以て体験し痛感した。西洋近代文化の摂取にとって、明治以後八十年の歳月は決して短かすぎたとは言えない。にもかかわらず、近代文化の伝統を確立し、自由な批判と柔軟な良識に富む文化層として自らを形成することに私たちは失敗して来た。そしてこれは、各層への文化の普及滲透を任務とする出版人の責任でもあった。

一九四五年以来、私たちは再び振出しに戻り、第一歩から踏み出すことを余儀なくされた。これは大きな不幸ではあるが、反面、これまでの混沌・未熟・歪曲の中にあった我が国の文化に秩序と確たる基礎を齎らすためには絶好の機会でもある。角川書店は、このような祖国の文化的危機にあたり、微力をも顧みず再建の礎石たるべき抱負と決意とをもって出発したが、ここに創立以来の念願を果すべく角川文庫を発刊する。これまで刊行されたあらゆる全集叢書文庫類の長所と短所とを検討し、古今東西の不朽の典籍を、良心的編集のもとに、廉価に、そして書架にふさわしい美本として、多くのひとびとに提供しようとする。しかし私たちは徒らに百科全書的な知識のジレッタントを作ることを目的とせず、あくまで祖国の文化に秩序と再建への道を示し、この文庫を角川書店の栄ある事業として、今後永久に継続発展せしめ、学芸と教養との殿堂として大成せんことを期したい。多くの読書子の愛情ある忠言と支持とによって、この希望と抱負とを完遂せしめられんことを願う。

一九四九年五月三日